rororo

Die drei Stücke der Trilogie der Verlorenen
«Der Mann, der noch keiner Frau Blöße entdeckte»
«Männer und Frauen»
«Republik Vineta»
werden begleitet von den Dramoletten «Von den Deutschen» und «Brecht und die Frauen». Daneben stehen Moritz Rinkes Arbeitsjournale, ein Drei-Minuten-Gespräch mit Bernhard Minetti, Texte zum Theater und Interviews.

«Die Nibelungen» liegen als Paperback-Band (Nr. 23202) im Rowohlt Taschenbuch Verlag vor.
«Der Blauwal im Kirschgarten» ist im Rowohlt · Berlin Verlag erschienen.

Moritz Rinke

TRILOGIE DER VERLORENEN

Stücke

Rowohlt Taschenbuch Verlag

für Gesine

Originalausgabe

Veröffentlicht im Rowohlt Taschenbuch Verlag GmbH,
Reinbek bei Hamburg, Dezember 2002

Aufführungsrechte Rowohlt Theater Verlag,
Hamburger Straße 17, 21465 Reinbek bei Hamburg
Umschlaggestaltung any.way, Cathrin Günther
(Foto: Hulton Getty)
Autorenfoto Copyright © Birgit Kleber
Gesetzt aus der Minion PostScript
bei Pinkuin Satz und Datentechnik, Berlin
Druck und Bindung Clausen & Bosse, Leck
Printed in Germany
ISBN 3 499 23194 8

Die Schreibweise entspricht den Regeln
der neuen Rechtschreibung.

Inhalt

TRILOGIE DER VERLORENEN

DER MANN, DER NOCH KEINER FRAU BLÖSSE ENTDECKTE

Schauspiel in vier Tagen

Personen

Felix
Helmbrecht
Anna
Der Stein
Peter
Angela

Zeit

heute

Und wehe dem Fremdling,
der aus Liebe wandert,
und zu solchem Volke kömmt …

Hölderlin,
Hyperion an Bellarmin

DER ERSTE TAG

1: WARTEN AUF DAS STÜCK

Am Abend. Ein leerer Raum. Im Hintergrund eine Wand. Stühle davor. Dunkelheit. Zeit. Und jetzt: Einer läuft durch den Raum. Er fällt. Läuft weiter zur Seitenwand. Es wird hell. Ein junger Mann hält sechs Kannen in den Händen. Acht Tassen hängen an den Fingern, und vier exotische Pflanzen liegen waagerecht zwischen den Zähnen sowie zwei Ballkleider und fünfunddreißig Tafeln Schokolade und ein Degen über den Armen. Er läuft in die Mitte. Er dreht sich um. Pause. Er dreht sich zurück.

Ich bin hier … –

Er dreht sich um – ruft:

Hallo!

Er dreht sich zurück.

Ich meine: Ich habe hier … –

Man versteht eigentlich kein Wort. Er lässt die exotischen Pflanzen aus seinem Mund zu Boden fallen.

– Also. Ich betreue das hier alles. Das bringe ich immer alles mit. Ich beherrsche das. Das gehört zu meiner Aufgabe. Ich erziele damit sofort die nötige Stimmung.

Er läuft nach links – sucht.

Ich spreche von handlichen Gefühlen.

Er läuft nach rechts – sucht.

Jede eine solche Pflanze gleich zu Anfang. Dann Kaffee. Gezielte Küsse. Und eine professionelle Liebeserklärung. *(In der Pose einer professionellen Liebeserklärung)* Ihr Ausdruck! Ihr Betragen! Diese Sprachbehandlung! *(Kniefall)* O Präsenz! *(Bricht ab)* Wie Rudolfo Valentino. Die lieben mich alle.

Er dreht sich um. Pause. Er dreht sich zurück.

Die Balkonszene ist doch kein Kinderspiel. Er hat gesagt: Die Balkonszene ist ein Menschheitsmoment. Das kann man nicht einfach mal so andeuten. Das muss monatelang – und nur das – durchströmen durch die gesamte Geisteshaltung.

Er stellt die Kannen und Tassen auf einen Stuhl und wirft den Rest auf den Boden.

Eine Drohung. Wäre möglich. Eine palästinensische Dattelbombe! Gibt's.

Er trinkt Kaffee.

Eingebaut in eine Dattel Typ Lotuspflaume. Hineingeschmuggelt in irgendein gesellschaftliches Ambiente. Dann: Kurze Detonation, ausgelöst durch Kauvorgänge zwischen Schneidezähnen. Macht alles in allem circa 250 internationale Opfer. Theoretisch. *(Trinkt)* Man steht heute irgendwo in der Welt, denkt an nichts, und plötzlich kriegt jemand Lust auf eine Lotuspflaume. *(Trinkt)* Mit bloßem Auge ja nicht mehr zu erkennen das Böse. Ich meine: Vor einem Monat habe ich eine Rede gehalten. *(Trinkt)* Im Flugzeug. *(Trinkt)* Ich habe eine Rede gehalten, weil die Stewardess dem Vordermann eine libanesische

Durchfalltablette reichte. Mein Gott! Eine libanesische Durchfalltablette ist kompletter Massenmord. Ich habe zwei Stunden gebraucht, um der Economy Class verständlich zu machen, dass es aus gesundheitstechnischen Gründen für alle Beteiligten das Beste wäre, wenn mein Vordermann von der libanesischen Durchfalltablette ließe.

Er springt auf.

Soll ich denn hier alles alleine machen? – Hallo?

Er nimmt die exotischen Pflanzen und probt lautlos kniend die professionelle Liebeserklärung.

Rudolfo Valentino!

Er läuft zum Telefon. Er wählt eine Nummer.

Ich mag nicht sieben Liter Kaffee alleine trinken. Verabredet war: Die Balkonszene. Wir wollen hier einen Menschheitsmoment … Hallo?

Er legt auf. Läuft in die Mitte. Er setzt sich zwischen die Ballkleider. Große Pause

Also gut. Das Ganze ist verloren gegangen. Ich betreue trotzdem. Schlechte Nachricht. Gute Nachricht. So ist das ja oft. Gut. Schlecht. Schlecht. Gut. Ich bin kein Philosoph. Interessant wäre nur, wenn man wüsste, ob etwas zuerst kommt … –

Er dreht sich um.

– Angela?

Er dreht sich zurück. Er nimmt die Pflanzen. Er probt kniend die professionelle Liebeserklärung und sagt:

Ich frage Sie. Ist es so, dass man auf die Welt kommt und denkt: hinreißend. Danke. Da fangen wir doch mal sehr gelungen an – und später merkt: Sie Sauhund Sie. Da wäre ich doch besser … – Oder eben andersherum: Ich erkenne sofort das ganze Ausmaß todbringender Lebenstücken – Bomben in Lotuspflaumen und libanesische Durchfalltabletten und so – und denke dann später: Na, da hätten Sie und Ihre Freunde aber insgesamt ganz schön alt ausgesehen, wenn ich hier nicht … – *(Bricht die professionelle Liebeserklärung ab)* Schlecht. Gut. Gut. Schlecht. Ich denke zum Beispiel manchmal … – Man stelle sich Christus gekreuzigt vor. Gut. Das ist ja vielleicht jetzt alles ein bisschen sehr schnell mit der ganzen Welt durch die Tür, wenn man mal bedenkt, dass ich gerade gekommen bin und … – Na ja: Worte, Worte und der, der sie versteht und am Ende als unsinnig erkennt, wenn er durch sie – auf ihnen – und über sie hinausgestiegen ist: Entschuldigung! Da hängt er also so am Kreuz mit diesen widerlichen Nägeln und sieht unten Johannes aufgeregt umherlaufen: Johannes, ruft er herunter. Komm bitte schnell zu mir. Ja, ruft Johannes, erklimmt das Kreuz im Steinhagel der Christenverfolgung und kommt blutüberströmt oben an. Und er? Er sagt: Schau mal, Johannes. Ich kann dein Haus von hier oben sehen.

Das Licht geht aus.

Aha. – Das ist ja jetzt sehr dunkel irgendwie. – Vielleicht habe ich mich in einen Schluck Kaffee verwandelt. Gibt's.

Er läuft im Dunkeln.

Als er eines Morgens … – *(Fällt)* – aus unruhigen Träumen erwachte, fand er sich in seinem Bett … – *(Läuft weiter)* – zu einem ungeheuren Schluck Kaffee verwandelt. – Peter? – Er lag auf seinem coffeinhaltigen Rücken und sah … –

Und plötzlich: wieder Licht

– wenn er den … – total … – coffeinhaltigen … – Kopf … –

2: IM GELOBTEN LAND

Vorne auf einem Stuhl: ein junger Mann. Gehüllt in nasses Leinen – barfuß und vom Licht geblendet. Er trägt einen sehr großen Bernstein in den Händen und einen Helm auf dem Kopf. Er friert.

Wer bist du denn jetzt?

Der junge Mann in Leinen springt erschrocken auf. Beide starren sich eine Zeit bewegungslos an.

Hallo.

Schweigen.

Du bist der neue Mann?

Schweigen.

Nicht – Aha – Hallo?

Schweigen.

Hm. – Ist das Wetter noch immer so verwerflich?

Schweigen.

Ah ja. Sehr interessante Kopfbedeckung das!

Schweigen.

Du: Hängt Jesus am Kreuz und sieht unten Johannes umherlaufen. Kennst du den? Wenn du den schon kennst, würde ich nämlich einen anderen erzählen.

Schweigen.

Schon gut. Do you speak English? – Ich verstehe. You are a visitor: Welcome!

Schweigen. Er winkt.

Hello? – From time to time you must play a ball to me. I mean: Du musst mir gelegentlich auch mal einen Ball zuspielen, ja? Ist der schwer, der Stein? – Auch nicht – hm. – Also ich bin Felix.

Felix: Und wer bist du?

Schweigen.

Das gibt's doch nicht. Wer hat dir eigentlich erlaubt … – Hey!

Schweigen.

Dies ist das Drama von einem Mann und einem Fisch. – Magst du Fische? – Weil – ich meine: Fische – die reden ja auch nicht so viel. Hallo!

Schweigen.

Ist schön mit dir!

Er wirft seine Kaffeetasse gegen die Wand. Der junge Mann in Leinen lässt den Stein zu Boden fallen. Er weicht zurück. Horcht.

Steht still. Seine Blicke wie die eines Kindes, das erwacht. Er bewegt die Lippen. Setzt einen Schritt vor. Hebt jetzt verhalten einen Arm, an dessen Hand die Finger vor dem Bauch sich heben und senken – so als suchten sie für den Rest des Körpers einen Raum. Einen Ort. Ein Gleichgewicht. Oder eine Erinnerung. Dann setzt er leise und bald vernehmlicher zu sprechen an.

Der junge Mann in Leinen: Stürme – Feuer – Eis – Schnee – Schwerter. Anzusehn war fürchterlich das Wetter. Auf schrien die Himmel – Tod fiel im Regen Asche der Adler… –

Er dreht sich um.

– da des Riesen Nachbarn Besetzung peitschte – Blut Hagel hält Not Neid und Kälte … – *(Dreht sich zurück)* – der Jahre – das Kreisen – die Fremde … – *(Hält eine Hand an die Schläfe, so als versuche er ein Chaos oder eine Wut zu besänftigen)* Und dann –: Er nahm das Leben dreitausend Morgen doppelt zum Laufen und weiter … – *(Wankt um sich blickend)* – im Rücken die falschen Winde von Westen – *(Wankt)* – im Rücken der Verführten Schrei eines Denkens … – *(Sinkt auf seinen Stein)* Wäre doch jener Tag zu Lehm geworden. Dicht nun die Finsternis, kein Licht ist da. Nicht ist ihm vergönnt zu sehn, was hinten war.

Schweigen. Dann setzt er, scheinbar gegen seinen Willen und wie von den Worten getrieben, wieder von neuem an.

Stürme – Feuer – Eis – Schnee – Schwerter. Anzusehn war fürchterlich das Wetter. Auf schrien die… –

Felix: … Stopp! … –

Der junge Mann in Leinen: … Himmel … –

Felix: … Danke. Das reicht. Vorsprechen war gestern. Muss man sich halt vorher anmelden und hier nicht so hyperdramatisch hineinplatzen in unsere wichtige Arbeitsstimmung. Abendprobe! Außerdem lassen wir nur Gegenwart an uns heran. Diesen

Monolog da. Den versteht doch kein Mensch. «Anzusehn war fürchterlich das Wetter»!? Wie bist du denn … –? Das klingt ja … – Ich weiß nicht. Auf keinen Fall so. Das machen wir nicht mehr.

Schweigen.

Hallo? – Entschuldigung. Ich bin … – Weißt du. Ich betreue das hier alles.

Er dreht sich um. Pause. Er dreht sich zurück.

Willst du einen Kaffee?

Gibt ihm eine Tasse Kaffee. Der junge Mann in Leinen starrt in die Tasse. Dann macht er es so wie Felix. Beide trinken.

Das ist ein sehr guter Kaffee. Darin bin ich ausgebildet. In der Praxis kenn ich mich aus. Hier: diese Pflanzen! Aber was meinst du, was ich mir damit für einen Stress erspare. Schau mal: Warum bringe ich immer diese Schokolade mit? Richtig. Das sind Friedensangebote. Tafelweise. Edelbitter. Bis sich irgendwann die Kostümabteilung beschwert. Das passt ja dann am Ende alles nicht mehr. Du: Diese Leute essen so manches bei der Arbeit. Zeitweilig operierte ich mit Brathähnchen. Das musst du dir einmal vorstellen. Morgens um zehn ein Brathähnchen und dann die «Iphigenie in Aulis» von Euripides. Antiker Grundgestus einerseits. Moderner Fritteusengestank andererseits. Das Ergebnis war grauenhaft. Aber meine Kommunikationstechnik brillierte. *(Trinkt)* Ich habe mal ein Semester Ingenieurswissenschaften studiert. Meine Mutter war immer für eine Ausbildung zum Krankenpfleger. Mein Vater plädierte sein ganzes Leben für die Ingenieurswissenschaften. Mit einer kurzen Unterbrechung, als ihm einmal so ein Monstrum von Rasierapparat die Halsschlagader freilegte. Da gewann dann meine Mutter die Oberhand. Er plädierte kurzzeitig für die Unfallchirurgie, dann wieder für die Ingenieurswissenschaften. Junge: Stahlbetonbau. Verfahrenstechnik. Schmelzsysteme. Das ist was Richtiges. Lies Mao und Rudi Dutschke. Schlaf dich auf der Federkernmatratze durch die Kommune, das haben wir auch gemacht. Aber denk daran: Die Ingenieurswissenschaften! *(Trinkt)* Mein Gott, du bist ja ganz nass. Wieso bist du denn so nass? Ich hol dir den Föhn. Du brauchst jetzt den Föhn.

Felix geht ab. Er kommt zurück: eine Verlängerungsschnur hinter sich herziehend. Der Mann in Leinen steht bewegungslos da: in der einen Hand die Tasse, in der anderen jetzt den Föhn.

Ich sagte: also gut. Ich baue Bomben. Bomben sind wissenschaftlich. Weißt du, dass man mit der Theorie einer Bombe alles erklären kann? In einer Bombe existieren zwei große Gegensätze, die aber durch bestimmte Bedingungen eine Zeit lang nebeneinander bestehen können. Und dann: Erst beim Eintreten neuer Bedingungen: Peng! Da erfolgt die Explosion. Eine Bombe funktioniert im Übrigen genauso wie Anna oder Angela. Das sagte ich ja. Weltgrundsätzliche Theorie. Schwieriges Thema. Du: Wenn du trocknen willst, musst du irgendwann mal den Hebel umschalten. Mein Gott. Wenn ich es nur schaffen könnte, in die Frauen so etwas wie eine neue Bedingung hineinzutragen. Sie weigern sich. Sie wollen … – Weißt du: Es muss ja unbedingt immer etwas sehr Starkes sein, wenn man mal gerade weich ist. Und wenn du dann stark bist und stolz, dann muss es natürlich plötzlich total weich sein, damit sie mit ihren Ich-Instinkten gut gefedert herumtrampeln können, was natürlich mit mir… – Weich. Stark. Stark. Weich. Es ist ja ein Prinzip in der Weiblichkeit, dass der Körper einer zarten Frau oft die Seele einer Eisscholle umschließt und die eckige Form eines Panzerschrankes besessen ist von der Naturkraft der Tropen. Sagt Schopenhauer. Nein. Bin ich Schopenhauer? Ich versuch jetzt einfach mal ihr Partnerkonzept auszukontern. Ich bräuchte einfach mal so eine ganz normale weibliche Kapitulation. Einen Gefühlsausbruch mit Rettung in eine andere Männlichkeit am Ende. Eine ganz primitive Mann-Frau-Ekstase. So eine Art Menschheitsmoment, das kann doch nicht … –

Der Föhn geht an. Der junge Mann in Leinen föhnt. Zaghaft-skeptisch erst die Hände, danach mutiger schon den Hals, jetzt wonnevoll Haar und Helm. Dann legt er den Hebel mit der Freude einer gewonnenen Kenntnis zurück.

Der junge Mann in Leinen: Brüder kamen. Und Brüder kämpften und brachten sich Tod. Vom Himmel stürzten die Sterne. Und durch Gifttäler zog man die Träume. Das war die Schwertzeit. Sturmzeit. Wolfzeit. Nicht einer mochte den anderen schonen. Und dann: Er wollte nicht mehr kämpfen. Er war müde. *(Er nimmt den Helm ab. Schaltet noch einmal an. Föhnt. Will sprechen. Schaltet zurück)* Er fragte: Nieder mit Rom? – und man fällt noch hier in die Erde. Weg aus den Landen? – und man geht einfach ins Draußen.

Er steigt auf einen Stuhl.

Der Acker liegt vor ihm. Und eine Welt steht vor der Hütte. Jetzt nach vorne. Weiter. Fliege. Besser. Freier. Kaffee!

Schweigen.

Felix: Kaffee? – Klar Kaffee. Jetzt noch Kaffee.

Beide trinken.

Gut. Du gefällst mir. Ich war auch mal so. Dieser Glaube. Dieses leuchtende Ziel am Ende eines finsteren Weges, von dem man keinen Fuß abweichen will. Wie heißt du eigentlich?

Schweigen.

Sag mir einen Namen, du himmlisches Talent.

Der junge Mann in Leinen beginnt seinen Kopf leicht hin und her zu bewegen, so als suche er einen anderen Rhythmus. Dann, erst staunend vorsichtig, bald mit dem Zutrauen verhaltener Neugierde – so als gegenwärtige sich einer das erste Mal im Spiegel – stockend leise jetzt der Name:

Der junge Mann in Leinen: – Helmbrecht.

Schweigen.

Felix: Helmbrecht! – Das ist ja ein sehr besonderer Name. *(Mit großer Geste)* Wer du auch seist, ich will dich retten!

Helmbrecht steigt vom Stuhl. Er läuft Felix langsam entgegen. Bleibt stehen. Zögert. Wieder das Hin und Her des Kopfes. Ein leichtes Lächeln liegt jetzt auf seinem Gesicht. Er reicht Felix die Hand.

Helmbrecht: Freude bei den Menschen – Sturmrast bei den Göttern. *(Er lehnt die Stirn an die Brust von Felix.)* Es schenkte dir der Gott ein weites Herz. Hast du etwas Nahrung?

Schweigen.

Felix: Du müsstest auch mal ein paar Gedanken an deine Grammatik verwenden. Das muss fließender klingen: lockerer. «Freude bei den Menschen» – Ich meine: Das klingt einfach nicht locker. Das kauft dir … – Pass auf: Niemals sollten wir ein Substantiv verwenden, wo ein Verb denselben Dienst versieht. Sag mal deinen Text weiter jetzt.

Schweigen.

Hallo! Weitermachen! Oder ich nenn dich Gottlieb Klopstock!

Helmbrecht steigt auf den Stuhl.

Helmbrecht: Den jungen Mann, der noch keiner Frau Blöße entdeckte, sahst du ihn?
Felix: Was?
Helmbrecht: Ja, man gab ihm einen Stein, aber er ist sehr allein mit dem Stein.
Felix: Nun bleib doch mal beim Thema.
Helmbrecht: Liebe Götter – *(Er weint.)*
Felix: Götter. Stein. Blöße entdeckte … –
Helmbrecht: … Mag ein Löwe aufstehn, die Menschen zu mindern? Soll eine Kraft kommen, das Schöne zu schenken? Den Gott, von dem man redet, will er sehn! – Und dann: Fasse die Weltenränder ins Auge. Halte die Erde einmal an. Und ziehe deine Schuhe aus: Er steigt jetzt hinunter. *(Er steigt vom Stuhl.)*
Felix: Die Grammatik wird besser. Aber der Inhalt?! *(Er dreht sich um. Er dreht sich zurück.)* Beenden wir das Spiel. Was willst du?
Helmbrecht: Rot … – Blau … – und Grün – Gelbgrün mit Duft. Und Gold. Und ein richtiges Lachen. Unter einem neuen Himmel – blaurot. Ohne das Schwarz der Brüder. Solche Pflanzen! Von der Kommunikationsschokolade! Es muss glänzen. Man müsste einmal leben. Erblinden. Nichts mehr sehen. Nie mehr. Aber wissen: Es war. Bitte noch Kaffee.

Schweigen.

Felix: Willst du jetzt die ganze Zeit so weitermachen? Das halt ich doch gar nicht aus. Wie redest du denn mit mir?

Schweigen.

Helmbrecht beginnt wieder mit dem leichten Hin und Her seines Kopfes, so als überprüfe er unterschiedliche Rhythmen. Dann – den Kopf geneigt zu Boden wie eine kindliche Scham – stockend leise jetzt das Wort.

Helmbrecht: Helogermanisch.

Schweigen.

Helogermanisch ist die Sprache des Vaters und der Mutter. Man spricht sie in Tiefe und gegenseitiger Verbeugung.

Felix: Ah ja. Und sonst so? Was spricht man sonst so?

Neben Helmbrechts Hin und Her seines Kopfes hält er sich im Folgenden mal die eine, dann die andere Hand flach vor die Schläfen, so als suche er zwischen rechts und links eine Ordnung, eine Entscheidung.

Helmbrecht: Melogermanisch. Jetzt spricht Helmbrecht gerade melogermanisch. «Anzusehn war fürchterlich das Wetter» – ist helogermanisch. «Den jungen Mann, der noch keiner Frau Blöße entdeckte – sahst du ihn?» –: helogermanisch und melogermanisch zusammen. Helogermanisch ist – rechtsrheinisch. Man verschwindet für die Götter – hinter der Sprache. Melogermanisch – ist anders. Linksrheinisch. Mit Melogermanisch – spricht man sich vor – die Götter. Helogermanisch!

Er probiert, die suchenden Bewegungen zu stoppen, und schlägt mit der Hand gegen seinen Hinterkopf.

Helogermanisch spricht man nur noch in den Hütten der Väter. Draußen vor den Römern muss man melogermanisch sprechen. Die Römer sprechen alle melogermanisch.

Felix: Wie bitte?

Helmbrecht: Die Römer sprechen alle melogermanisch.

Felix: Ach so. Du kennst also richtige Römer, du sprichst auch mit denen?

Helmbrecht: Ja, das ist richtig. Sie nennen sich Brüder und kamen an den äußersten Rand der Erde. Das liegt rechts des Rheines unter dem schwarzen Himmel. Man hat ein Ahnen, wenn man vom schwarzen Himmel spricht. Am Anfang eröffneten sie Märkte und gaben Münzen, und die Freunde waren wie umgewandelt. Die Erde schien eine andere und der Himmel selbst sanft und milder als sonst. Magst du Auerochsen?

Felix: Wie? Ja … – Oh ja.

Helmbrecht: Man hat ein Sehnen, wenn man von Auerochsen spricht. Helmbrecht ehrt Auerochsen und hütete sie ein ganzes Leben – bis die Brüder mit einem Lächeln kamen. Es gab einmal Gottesurteile und die Messer der Pflugscharen, wenn der eine dem anderen sein Heiligstes nahm. Dann aber, als das Lächeln kam und die Freunde lernten, dass es Gesetze gab, die grausamer waren als das Recht der Waffen, rosteten die Messer. Was blieb, das war ein Staunen, wenn einmal das Auge vom Lächeln hinunter auf die geschickten Hände fiel. Ach, man müsste einmal den tiefen Rhein herrufen, der seine Schmerzen schweigen hieß, damit er sich aufrichtet und antwortet der Welt. – Felix?

Felix: Ja.

Helmbrecht: Was ist eine Federkernmatratze?

Schweigen.

Felix: Du denkst wohl, wir haben hier alle nur auf dich gewartet?

Schweigen.

Eine Federkernmatratze? – Ja … – du – das ist etwas sehr … – Wichtiges. Unsere Väter haben mit unseren Müttern immer auf Federkernmatratzen gelegen, die haben sich dabei was gedacht … –

Er dreht sich um.

– das war immer eine grundsätzliche Entscheidung, wenn schon jeder mit jedem … –

Er dreht sich zurück.

– Sag mal, wie bist du hier reingekommen?

Schweigen.

Helmbrecht: Der Vater und die Mutter lagen in der Getreidekammer. Sie hatten ihn schlafen lassen, als sie gegangen waren. Die Freunde, die sie mit dem Stein – am Grund des Wassers fanden, wo sie die Schuld nicht mehr zahlen wollten – hatten sie in die Kammer zurückgetragen –

Seine Hand, die sich jetzt auf eine Schläfe drückt, so als müsste sie den Kopf zusammenhalten.

– Die Augen der Mutter sahen so weit – Er sah hinein – Nichts in ihm blieb an der Stelle stehen, wo es sonst immer zu Ende war. Alles ging jetzt dorthin. Man weiß nicht, was dort geschieht.

Er sinkt auf seinen Stein. Schweigen.

Die Mutter hatte ihm noch Brote bei Sonnenaufgang mit Butter bestrichen. Als er aufwachte, war sie weg. Nur die Brote mit Butter waren da. Ein ganzer Tisch. Und ein Baum mit einem Blatt und ihren Worten: Wenn der Baum groß ist in unseren Wäldern, dann wirst du nicht mehr warten. – Er hat sie nie wieder gesehen.

Schweigen. Felix läuft zum Telefon. Er wählt eine Nummer.

Felix: Könnte ich in diesem Haus mal irgendwann … – Hallo? – Nicht zu fassen!

Helmbrecht: Denke mal, wie viele Auerochsen er hatte?

Felix: Mensch, hundert!

Helmbrecht: Ja! Das ist richtig. Früher hatte er sogar zweihundert, aber hundert musste er abgeben, weil ihm Dietlinde so gut gefallen hatte. Dietlinde ist die Frau von Heilmar. Wem die Frau des Freundes gefällt, der muss Auerochsen abgeben. Handstreicheln sind fünfzehn, Oberarm fünfunddreißig, Brustbetasten fünfzig. Ach, man hat ein Sehnen nach dem Glück. Man muss es doch einmal mit den Händen greifen und festhalten in den Armen und hinunterschlucken.

Felix: Oh, Helmbrecht, ich sage, er hatte zweimal Brust betastet!

Helmbrecht: Ja, das ist richtig.

Felix: Ja, das ist richtig! Hast du eigentlich noch alle Tassen im Schrank? Kommst hier mit einer Selbstverständlichkeit … – Warum schleppst du denn diesen Felsbrocken da durch die Gegend?

Helmbrecht: Das macht man immer so. Man soll die Steine belauschen. Sie sind älter. Sie wissen mehr. Die Zeit ist darin aufgehoben. Es ist gar nicht eng in den Steinen. –
Felix?

Felix: Ja!

Helmbrecht: Ist jetzt Winter? Wenn jetzt Winter ist, muss man die erste Schneeflocke begrüßen. Man kann staunen. Und man kann das Lautlose lieben. Felix?

Felix: Ja.

Helmbrecht: Man müsste einmal einen Sonnenuntergang umarmen. Lass uns einen Sonnenuntergang umarmen.

Felix: Du, da muss man noch ein bisschen warten.

Helmbrecht: Worauf denn warten?

Felix: Na, bis die Sonne untergeht!

Helmbrecht: Geht sie denn nicht die ganze Zeit unter? Früher ging sie doch immer die ganze Zeit unter? – Felix?

Felix: Yes, Sir.

Helmbrecht: Er hatte einmal einen Hund.

Felix: Aha.

Helmbrecht: Dann ist er gestorben.

Felix: Hm.

Helmbrecht: Man hat ihm den Hund weggenommen aus den Armen und danach aufgegessen. Es gab nichts anderes. Für den Hund hat er dann den Stein bekommen. – Felix?

Felix: Letzte Frage, ja?

Helmbrecht: Was sind denn Schmelzsysteme?

Felix: Schmelzsysteme?

Helmbrecht: Du sagtest Schmelzsysteme.

Felix: Ach so. Ja, das sind so Systeme, mit denen man etwas schmelzt.

Helmbrecht: Was kann man denn schmelzen?

Felix: Alles. Kristallines. Amorphes. Den Helm. Diesen Stein. Die Auerochsen. Auch die Römer. Ich kann alles mit allem verschmelzen. Sogar dich!

Er geht mit dem Föhn ab. Helmbrecht steht bewegungslos im Raum. Große Pause

Helmbrecht: Oh. – Da könnte er ein bisschen dazutun von der Kommunikationsschokolade. Von dem Gold und dem Lachen – Dietlinde. Und auch von den Schneeflocken. Und den Sonnenuntergängen.

Große Pause. Helmbrecht schaut in den Himmel. Er schließt die Augen und steht da. Große Pause. Er schlägt die Augen wieder auf. Setzt einen Schritt zur Seite. Und dann: Er umarmt die Luft an der Stelle, wo er zuvor die Augen schloss. Große Pause. Felix kommt zurück.

Felix: Wir müssten uns hier irgendwie mal auf eine Zwischenlösung einigen. Das geht so nicht. Wie soll denn … – Ich meine: … – Was machst du denn da?

Helmbrecht umarmt weiterhin die Luft.

Hallo?

Helmbrecht umarmt die Luft.

Entschuldigung. Kannst du vielleicht mal aufhören – Hey! Jetzt reicht's!

Helmbrecht: Jetzt ist es weg! – Ach. Das war so ein schönes Umschließen. Das macht man immer so. Man soll mit einer Kraft an etwas denken. Danach einen Schritt zur Seite gehen. Und dann den Gedanken umarmen.

Schweigen. Felix geht kommentarlos ab. Helmbrecht läuft auf das Ballkleid zu. Felix kommt zurück.

Felix: Helmbrecht, ja? Einfach nur Helmbrecht, der Germane, ja?
Helmbrecht: Ja, das ist richtig.

Felix geht ab. Helmbrecht betrachtet das Ballkleid. Felix kommt zurück.

Felix: Und dann hast du die Römer einfach nicht mehr ausgehalten und bist den ganzen Weg hierher gelaufen?
Helmbrecht: Ja, das ist … –
Felix: … schon gut.

Felix geht ab. Helmbrecht vergleicht das Ballkleid mit dem Leinen. Felix kommt zurück.

Übrigens. Helmbrecht: Was die Frauen betrifft: Da musst du dein Grundkonzept ändern. Weißt du, was gut ist? Lässigen Hut auf, immer geschäftig wirken und niemals aus der Reserve kommen.

Felix geht ab. Helmbrecht zerreißt ohne Absicht das Ballkleid in der Mitte. Felix kommt zurück.

Und noch etwas: Ich habe mich entschieden.

Er geht ab. Dunkel.

3: FREUDE SCHÖNER GÖTTERFUNKEN

Helmbrecht sitzt auf dem Boden. Er versucht, beide Hälften des Ballkleides behutsam zusammenzufügen. Und dann: Helmbrecht schaut in den Himmel. Er träumt. Felix kommt zurück. Er schiebt von links Bäume mit Mandarinen in den Raum. Felix geht ab. Helmbrecht läuft den Bäumen mit Mandarinen entgegen. Felix kommt von rechts und schiebt eine Bar mit Cocktails, Kühlschrank und Musik-Box in den Raum. Felix drückt eine Taste an der Musik-Box. Und dann: Wagner oder Walzer oder was auch immer – Hauptsache: sehr ergreifend. Felix geht ab. Helmbrecht läuft der Bar und den Cocktails und der Musik entgegen. Felix kommt von links und schiebt einen sprudelnden Springbrunnen in den Raum. Felix geht ab. Helmbrecht läuft dem Springbrunnen entgegen. Felix kommt von rechts und wirft eine Federkernmatratze in den Raum. Felix geht ab. Helmbrecht läuft rückwärts in Richtung Federkernmatratze. Felix kommt von links und schiebt einen auf Helmbrecht gerichteten Scheinwerfer mit hellem Licht in den Raum. Felix geht ab. Helmbrecht hält sich die Hände vor die Augen. Felix kommt von rechts und wirft Helmbrecht ein Bündel Kleidungsstücke in die Arme. Felix bleibt. Musik aus.

Felix: Los! Zieh das an!

Helmbrecht zieht das an. Felix sitzt an der Bar. Er raucht eine Zigarette. Zeit. Helmbrecht trägt jetzt ein Hemd. Eine gut sitzende Hose.

Und Schuhe. Alles genau wie Felix. Felix erhebt sich von der Bar. Er läuft Helmbrecht langsam, scheinbar feierlich oder offiziell entgegen. Er zieht eine Zigarette aus der Tasche. Steckt sie Helmbrecht in den Mund. Gibt Feuer. Pause. Felix zieht eine Fernbedienung aus der Tasche. Und jetzt: Musik. Und Hauptsache: sehr mitreißend. Felix beginnt zu tanzen. Er zieht leicht an Helmbrechts Armen. Er reißt fester an Helmbrechts Armen. Er tritt mit seinen Füßen gegen Helmbrechts Beine. Helmbrecht muss tanzen. Er wird gezogen. Er wird gestoßen. Er wird gedreht. Und er beginnt allmählich in die Bewegung zu finden. Und jetzt: Felix und Helmbrecht sind ein tanzendes Paar berauschter Männer. Dann von links: Eine junge Frau stürzt herein.

Musik aus.

4: DIE ERSTE PRAXIS / LEARNING BY DOING I

Die junge Frau außer Atem. Sie hält ihre Schuhe in den Händen. Felix und Helmbrecht stehen bewegungslos im Raum.

Die junge Frau: Hört ihr mein Herz? Ich bin gerannt und gerannt! Ich dachte, ich schaffe es nie. Wie kann denn das geschehen? Hast du die anderen gesehen? Das ist doch absurd! Von einem Tag auf den anderen wird doch nicht …? – meine Füße. Ist das Kaffee? So was habe ich mal im Kino gesehen. Das gibt's doch gar nicht! Ich habe die Schuhe einfach so in die Hand genommen und dann … – die sind alle verrückt geworden. Ich muss etwas trinken. Waren wir nicht zusammen in dem Film? Ich dachte … – Wo sind denn die Gläser? – … ich schaffe es nie. Und ihr? Musikhören ist ja irgendwie sehr originell! Ich trink das jetzt einfach so.

Sie trinkt.

Helmbrecht: *(starrt die Frau an – leise)* Willst du es nicht anbinden?

Felix: *(starrt ebenfalls die Frau an)* Anbinden? Was für eine komische Idee!

Helmbrecht: Aber wenn du es nicht anbindest, wird es doch weglaufen.

Felix: Wo soll es denn hinlaufen?

Helmbrecht: Man weiß nicht. Irgendwohin. Geradeaus.

Die junge Frau: *(setzt die Flasche ab)* Das war doch dieser Film mit dem Mann, der schon seit vierhundert Jahren lebt. Und kämpft. Hast du nicht irgendwo ein Mineralwasser? Und dann gibt's doch immer diese Szenen, wo alles in sich zusammenfällt. Mir ist so schlecht. Mit Angela. Wir waren zu dritt in dem Film. Dieser komische Abend. Sie. Ich. Du. Du hattest dich doch aus Versehen mit zwei Frauen verabredet.

Helmbrecht: Man braucht jetzt einen Hut. Hast du einen Hut?

Felix: Ich habe jetzt keinen Hut.

Die junge Frau: Mensch! Wieso einen Hut? Das war ein total abgedrehter Film. Da sind mindestens fünftausend Menschen gestorben. Explosionen! Erdbeben! Attentate! Das kann man doch nicht einfach so vergessen!

Helmbrecht: Wenn wir es nur schaffen könnten, eine neue Bedingung in dich hineinzutragen.

Felix: Er meint das eher theoretisch.

Helmbrecht: Es ist ja ein Prinzip in der Weiblichkeit.

Felix: Sagt Schopenhauer.

Die junge Frau: Sagt Schopenhauer? Wieso denn Schopenhauer? Wovon rede ich eigentlich? Was macht ihr denn hier?

Helmbrecht: Wir brauchen einfach mal eine ganz normale weibliche Kapitulation. Einen Gefühlsausbruch mit Rettung in eine andere Männlichkeit am Ende. Eine ganz primitive Mann-Frau-Ekstase. So eine Art Menschheitsmoment … –

Felix: … Wem die Frau des Freundes gefällt, muss Auerochsen abgeben. Handstreicheln macht fünfzehn, Oberarm fünfunddreißig, Brustbetasten fünfzig. So!

Die junge Frau: Entschuldigung. Hast du vielleicht mal aus dem Fenster geguckt?
Helmbrecht: Er hat nicht mehr alle Tassen im Schrank.
Felix: Sehr witzig!
Helmbrecht: Du: Hängt Jesus am Kreuz und sieht unten Johannes umherlaufen. Kennst du den?
Die junge Frau: Felix?
Felix: Anna.
Anna: Wer ist das?
Felix: Helmbrecht.

Schweigen.

Helmbrecht: Hallo.
Anna: Hallo.

Schweigen.

Helmbrecht: Wenn du den schon kennst, würde ich nämlich einen anderen erzählen.

Schweigen.

Hallo.
Anna: Hallo. Felix, ich … –
Helmbrecht: … Ich hol dir den Föhn. Du brauchst jetzt den Föhn.
Felix: Mensch! Halt endlich das Maul!

Schweigen. Helmbrecht läuft zu seinem Stein.

Anna: Du bist ja aggressiv.
Felix: Ich bin nicht aggressiv!
Anna: Doch. Du bist aggressiv.
Felix: Gut. Ich bin aggressiv.
Anna: Siehst du.

Felix: Siehst du! Es ist Mitternacht. Ich warte hier stundenlang! Niemand kommt! Meine Blumen welken! Ich trinke aus lauter Verzweiflung sieben Liter Kaffee! Und was sagst du? Siehst du!

Anna: Sei froh, dass überhaupt jemand gekommen ist.

Felix: Ja, aber genau der: Der war gar nicht angemeldet! Der ist einfach aus dem Nichts gekommen! Das ist Gottlieb Klopstock!

Anna: Aber das ist doch klar. Die Leute laufen jetzt alle kreuz und quer durch die Gegend. – Wieso eigentlich Klopstock? Ich finde das irgendwie klar.

Felix: Ja, das ist alles irgendwie sehr klar! Und nun hör mir mal zu: Ich muss hier die Balkonszene probieren. In drei Tagen ist Wiederaufnahme. Ich stehe unter einer gewissen innerlichen Anspannung, und was mache ich? Ich unterhalte mich mit einem Halbirren aus dem Nichts! Du, der kennt richtige Römer. Ganze Legionen von Römern. Du stehst doch so auf Italiener. Wo ist eigentlich Romeo?

Anna: Darum will ich ja die ganze Zeit mit dir reden. Mein Gott, weißt du denn nicht … –

Felix: … Scheiße. Typisch. Du sollst Julia nur spielen, ja? Das ist ein Stück. Keine Gebrauchsanweisung. Ich sterbe! Hast du mit ihm geschlafen?

Anna: Geschlafen? Sag mal, spinnst du: Es gibt keinen Romeo mehr. Es gibt uns alle nicht mehr. Das ist das Ende. Geradeaus können wir hier nicht mehr laufen. Lass uns aufhören.

Dunkel.

DER ZWEITE TAG

5: WENN SICH DER MENSCH UNTER DIE TAUFE ZWINGT

Am Morgen. Anna sitzt an der Bar. Helmbrecht, abseits auf seinem Stein, starrt in den sprudelnden Springbrunnen. Felix steht hinten mit Hut und schaut gegen die Wand.

Felix: Anna. So sehen doch keine Revolutionen aus. Hast du mal eine richtige Revolution gesehen? Kennst du eigentlich meine Revolutionstheorie? Hoffnung als die Konstruktion eines Punktes B, wenn man es auf A nicht mehr aushält? – Na ja – und kommst du dann am Ende an bei C: Dann bist du enttäuscht. So einfach ist das.

Beide trinken.

Anna: Was ist denn das?
Felix: French Connection.
Anna: Mit Southern Comfort?
Felix: Nee, Amaretto. Mit Southern Comfort ist Manhattan Dry.
Anna: Ohne Eis?
Felix: Eis ist alle.

Schweigen.

Anna: Was machen wir denn jetzt? Seit gestern sitzen wir hier herum und warten. Wir können doch nicht die ganze Zeit Cocktails trinken. Ich möchte frühstücken. Ich bin müde. Ich würde gern … – Felix. Ich wäre so gern einmal woanders. Wo ist denn die Schönheit, von der wir immer sprechen? Was ist denn das, ein schöner Gedanke? Zieh ihm doch mal Kleider an und Schuhe und so einen Hut, damit er endlich loslaufen kann. Ja, warum machen wir denn das alles hier?

Schweigen.

Felix: Kennst du dieses erotische Gefühl, wenn man zusammen im Fahrstuhl stecken bleibt?

Schweigen.

Anna: Ich glaube, du müsstest so eine Szene mal ein bisschen kompositorischer aufbauen. Du bist in solchen Dingen immer so platt.

Felix: Ah ja? Und Peter? Der liegt doch bestimmt seit gestern bei dir herum in der Goethestraße und freut sich, dass das Ganze die Sache mit der Balkonszene regelt.

Anna: Na klar. Das ist bei dir immer alles ganz logisch.

Felix: Ich bin ja nicht doof.

Anna: Doch.

Felix: Wieso bin ich denn plötzlich doof? Man wird ja wohl nochmal auf Romeo eifersüchtig sein dürfen?

Anna: Ich bin aber wegen dir gekommen. Es gibt vielleicht wichtigere Dinge.

Helmbrecht läuft nach hinten. Er horcht mit dem Ohr an der Wand.

Felix: Das interessiert mich aber.

Anna: Ach so. Dann solltest du eventuell mal dein Interesse auf letzten Freitag lenken.

Felix: Das ist doch nicht meine Schuld.

Anna: Meine Eltern waren völlig geschockt. Die wollten dich kennen lernen. Meine Mutter hat Cordon bleu gemacht. Meinem Vater habe ich vorher deinen ganzen künstlerischen Werdegang geschildert. Und du?

Felix: Und ich? Vier Tage hast du mich auf diesen Zusammenstoß mit deinen Eltern vorbereitet. «Halte dich zurück!» – «Sag bloß nicht du, wenn sie nicht Sie sagen!» – «Mach dir noch einmal klar, was der Dow Jones ist, das mag mein Vater!» Ich war völlig verkrampft. Ich konnte die Tasse nicht halten.

Helmbrecht läuft an eine andere Stelle der Hinterwand. Er horcht.

Anna: Aber dann kann man doch in drei Stunden wenigstens mal ein Wort sprechen! Du hast überhaupt kein Interesse gezeigt.

Felix: Musste ich doch gar nicht. Die haben ja auch kein Interesse gezeigt. Die wussten ja wahrscheinlich schon alles.

Anna: Ja, deinen künstlerischen Werdegang. Ansonsten denken sie, ich mache mit einem Fisch herum.

Felix: Entschuldigung! Sie haben an dem gesamten Abend genau zwei Fragen gestellt. Deine Mutter: «Wie alt ist Ihre Exfreundin?» Dein Vater: «Und was schaltet man zwischen Telefon und Computer?» Na wunderbar! Meine Exfreundin ist siebenundzwanzig, und zwischen Telefon und Computer schaltet man ein Modem. Mein Gott, da stimmt doch irgendetwas nicht!

Helmbrecht geht rückwärts in den Raum, den Blick auf die Wand gerichtet.

Anna: Du bist doch sonst nicht so fundamentalistisch. Das ist halt so in modernen Familien. Da fängt man erst mal mit Sachfragen an. Was sollen sie dich denn als Erstes fragen? Ob du die Demokratie für eine gute Staatsform hältst?

Ein Donnern wie das Detonieren einer Bombe in der Ferne. Helmbrecht läuft zu seinem Stein.

Felix: Schon als dein Vater die Treppe runterkam. Dieser Schafott-Blick: «Der hat also mit meiner Tochter geschlafen!» – und dann auf seinen Wirtschaftsteil zusteuerte, da habe ich mir geschworen: Ich werde mich verhalten wie ein asexueller Felsbrocken.

Anna: Danke! Das war wirklich ein schöner Abend!

Felix: Das musst du gerade sagen! Du hättest dich mal sehen sollen! Äußerlich war ich ein Felsbrocken, aber innerlich bin ich aufgeschäumt! Es war nämlich auch überhaupt nicht möglich, ein vernünftiges Wort mit deinen Eltern zu wechseln, weil die ganze Zeit hast nur du geredet! Wir alle waren nur damit beschäftigt, unser Interesse auf dich zu richten! Ich erläutere dir jetzt einfach mal stellvertretend deine Forderung nach dem Dessert. Die Forderung nach dem Dessert war wirklich eine typische Szene. Ich kenne das eigentlich so, dass man, wenn man noch ein Dessert haben will, einfach fragt, ob man noch ein Dessert bekommt. Du aber wirst laut, forderst von deinem Vater das Dessert und tust die ganze Zeit so, als liebe dich dein Vater nicht mehr, obwohl der in Wahrheit einfach nur gern auch ein Dessert gehabt hätte.

Es donnert heftig.

Am schlimmsten fand ich die Szene mit dem Stück Cordon bleu. Gut, das letzte Stück Cordon bleu hat dir nicht geschmeckt. Aber wie schaffst du es, das Stück mit einem Schrei auf den Teller deiner Mutter zu spucken?

Es donnert noch heftiger. Helmbrecht springt vom Stein auf und läuft hin und her durch den Raum.

Helmbrecht: Lass mich raten, mon chérie – Spucken konnte er schon in den ersten Tagen – Der Aufschwung hat begonnen – Und wenn sich der Mensch unter die Taufe zwingt – Please hold the line – Und ohne zu antworten spielt der Wind in den Bäumen – Ich steh wie ein Ochs vorm Berge – Die Verschiebung der Anpassung der Freibeträge – Du musst dein Leben ändern – Und was ist im Dutzend billiger – Gebt mir einen Korb – Acht Flaschen Wein auf sieben Kisten Bier das rat ich dir – Gott geht's gar nicht gut – Wir werden das Kind schon schaukeln – Wer A sagt muss auch B sagen – Und da fängt man erst mal mit Sachfragen an – I like swimming – Oder: Ich bremse auch für Tiere – Frieden in Europa – Und hiermit möcht ich mich bewerben – Es muss doch einmal Frühling werden – Und macht mir den rechten Flügel stark – Die Mauern stehen sprachlos und so kalt – Es sind nicht alle frei, die ihrer Ketten spotten – Schwamm drüber: Alles wird gut – Mein Name ist Hase – Ich werde hingehn in das Abendrot – Wer wird denn weinen – Wenn der Appetit beim Essen kommt – Oder: Kommt eine Blondine in den Supermarkt – Und wie schießen denn die Preußen – Es ist die allerhöchste Eisenbahn – Hast du den Omnibus verpasst – Zur Sache jetzt – Wer du auch seist ich will dich retten – Und denk ans Glück im Querschnitt der Bevölkerung – Blickt man umher in diesem edlen Kreise – Sitzen Sie bei uns in der ersten Reihe – Frage: Plopp Zisch Perl – Ist das das Glück dann halt mich bei der Stange – Neu: 0190 / sechsmal die vier oder Hast du schon zur Nacht gebetet – Ich will mehr Glück ... – Nun entspanne dich: Hoffnung ist das halbe Leben – Das Glück ... – Es ist nicht alle Tage Sonntag und sprich: Was willst du mit dem Dolche? – Ich will das Glück ... – Ein guter Mensch der tut das nicht – Das Glück ... – Ihnen wird zur Last gelegt – Das Glück ... – Sie sind verhaftet – Das Glück ... – rien ne va plus mein Schatz – Humor ist wenn man trotzdem lacht – Das ... – Halt's Maul.

Er fällt auf den Boden und bleibt bewegungslos liegen.

Felix: Und weißt du, was ich auch nicht verstehe? Wie dann deine Mutter das Stück nimmt und mir auf den Teller legt.

Anna: Ich denke einfach mal, dass das unser letzter Abend war. Ich werde deine Sachen an die Pforte legen.

Felix: *(wirft den Hut in den Raum)* Na ja. An allem ist sowieso Romeo schuld.

Es donnert. Dunkel.

6: LIEBE AUF DEN ERSTEN TRICK / LEARNING BY DOING II

Mittag. Felix sitzt allein an der Bar. Helmbrecht wieder auf seinem Stein.

Felix: Auf Rudolfo Valentino!

Er trinkt.

Rudolfo Valentino ist ein großes Vorbild von mir.

Er trinkt. Anna läuft herein und setzt sich außer Atem an die Bar. Sie trinkt. Schweigen.

Du bist zurückgekommen?

Anna: Die Straßen sind leer. Und der Himmel ist ganz schwarz geworden. Es sieht jetzt alles so anders aus.

Schweigen.

Felix?

Felix: Ja.

Anna: Ich zieh jetzt das Ballkleid an.

Felix: Was?

Anna: Ja, man muss arbeiten!

Felix: Jetzt?

Anna: Ja! In zwei Tagen ist Wiederaufnahme. Theoretisch. Ich zieh jetzt das Ballkleid an und gehe auf den Balkon. Helmbrecht! Wir müssen mal reden. Hör zu: Du bist verliebt! Du würdest alle deine Auerochsen aufs Spiel setzen. Oberarm. Unterarm. Brustbetasten. Das ist alles Schnee von gestern. Du willst mich jetzt mit Haut und Haar. Oder sterben!

Sie geht ab. Schweigen. Felix reicht ihm ein Textbuch.

Felix: Na ja. Ich meine: Du magst es doch helogermanisch? Das ist rechtsrheinisch. Präg es dir ein. Und weißt du was? Sie dich auch. Sie vergeht. Ja! Die totale Hingabe beiderseits! Ein Menschheitsmoment! Schluss mit Luft umarmen! Ihr könnt sofort verschmelzen! Ist das gut?

Schweigen.

Helmbrecht: So schnell?!

Felix: Was heißt denn hier so schnell? Das ist eben heute so. Da wird mit Tempo geliebt. Und jetzt: Stell dich da unter den Balkon!

Felix richtet den Scheinwerfer auf den Balkon. Helmbrecht steht bewegungslos da. Felix trifft weitere Vorbereitungen. Helmbrecht geht zögernd Schritt für Schritt unter den Balkon. Felix bekleidet sich mit einem Schal. Und dann: Anna im Ballkleid auf dem Balkon.

Sehr gut! Wartet! Ich hol mir meinen Stuhl.

Er holt sich seinen Stuhl.

So! Es geht nichts über eine improvisatorische Umbesetzung. Wir beginnen mit: «Oh, wie sie auf die Hand die Wange lehnt!»

Nein. Das überspringen wir. Gleich: «O Romeo! warum denn Romeo?» Bitte.

Anna: «O Romeo! warum denn Romeo?
Verleugne deinen Vater, deinen Namen!»

Schweigen.

Helmbrecht: Wo ist denn Romeo?

Felix: – Da! Unter dem Balkon! Das hätte ich dir natürlich sagen müssen. Romeo bist jetzt du. Du stehst unter dem berühmten Balkon und guckst nach oben. Nochmal!

Anna: «O Romeo! warum denn Romeo?
Verleugne deinen Vater, deinen Namen!»

Schweigen.

Helmbrecht öffnet den Mund, versucht zu sprechen, stockt, drückt eine Hand auf die Schläfe – und dann: ein leiser, ein trauriger Ton – – –

Felix: Falscher Text. Zuerst kommt: «Hör' ich noch länger, oder soll ich reden?» Bitte.

Es donnert.

Mein Gott! Ich weiß nicht, was dieser ständige Scheiß-Ton soll! Ruhe! – So. – «Hör' ich noch länger, oder soll ich reden?» Bitte.

Helmbrecht: Mir ist so schlecht.

Felix: Macht nichts. Nochmal! Und Anna: Etwas mehr auf den Punkt. Du zerfällst an den Rändern. Bitte!

Anna: *(wütend)* «O Romeo! warum denn Romeo?
Verleugne deinen Vater, deinen Namen!»

Felix: Stopp! Anna! So geht das nicht. Du befindest dich in einem der rührendsten Momente der Menschheit. Nochmal.

Anna: *(noch wütender)* «O Romeo! warum denn Romeo?
Verleugne deinen Vater, deinen Namen!»

Helmbrecht übergibt sich in den Springbrunnen.

Felix: *(schreit)* Anna! Das ist ja grauenhaft. Ich will lineare Sätze. Sätze, in denen eins aus dem andern folgt. Keine Vorgriffe. Keine Rückbezüge. Keine Knoten. Du musst die Wörter nach romanisch-englischem Modell aufreihen wie Perlen auf der Schnur. Logisch. Hierarchisch. Chronologisch. Psychologisch … –

Anna spricht einfach weiter, wobei sie im Folgenden die Wut gegen Felix immer mehr in eine flammende Leidenschaft für Helmbrecht verwandelt.

Anna: «Dein Nam' ist nur mein Feind. Du bliebst du selbst,
Was ist ein Name? Was uns Rose heißt,
Wie es auch hieße, würde lieblich duften;
So Romeo, wenn er auch anders hieße,
Er würde doch den köstlichen Gehalt
Bewahren, welcher sein ist ohne Titel
O Romeo, leg' deinen Namen ab,
Und für den Namen, der dein Selbst nicht ist,
Nimm meines ganz!»

Helmbrecht hat sich vom Rand des Springbrunnens erhoben und begibt sich mit zunehmender Verzückung unter den Balkon. Er wischt sich den Mund ab. Er starrt wie angewurzelt sprachlos hoch zu Anna. Anna springt in den 3. Aufzug, 5. Szene.

«Willst du schon gehn? Der Tag ist ja noch fern.
Es war die Nachtigall und nicht die Lerche,
Die eben jetzt dein banges Ohr durchdrang;
Sie singt des Nachts auf dem Granatenbaum.
Glaub', Lieber, mir, es war die Nachtigall.»

Stille.

Romeo: Die Lerche war's, die Tagverkünderin,
Nicht Philomele; sieh den neid'schen Streif,
Der dort im Ost der Frühe Wolken säumt … –

Felix drückt auf die Fernbedienung. Musik erklingt. Vielleicht Tschaikowskys «Phantastische Ouvertüre – Romeo und Julia», Mittelteil. Am liebsten der DDR-Schlager von Frank Schöbel: «Wie ein Stern in einer Sommernacht ist die Liebe, wenn sie strahlend erwacht.» Die Musik wird immer lauter und legt sich über die Sprechenden, deren Münder sich lautlos und kraft der perlenden Wort immer weiterbewegen. Vielleicht sagt Romeo gerade: «Ich bleibe gern; zum Gehn bin ich verdrossen» – worauf Julia ein Taschentuch vom Balkon herunterfallen lässt und Romeo das Taschentuch ergreift und in den Händen vom Herzen durch das Haar zum Himmel streicht sowie eine nach der anderen von den exotischen Pflanzen auf den Balkon hoch zu Julia wirft und Julia immer weitere Taschentücher herunter zu Romeo, worauf Romeo erst die Tassen und dann alle Kaffeekannen hoch zu Julia schmeißt, während die Fontäne des sprudelnden Springbrunnens immer höher schießt und im Hintergrund eine Sonne abwechselnd goldgelb auf- und blutrot untergeht, sodass kein Mensch weiß, ob nun die Lerche oder die Nachtigall … – bis Felix plötzlich auf die Fernbedienung drückt. Stille. Felix geht ab.

Dunkel.

7: ALLE WEGE FÜHREN NACH ROM

Spätnachmittag. Anna und Romeo auf dem Balkon.

Romeo: Es ist schön. – Die Haut. Und das Haar. – Anna?

Anna: Ja.

Romeo: Irgendetwas geschieht mit mir. Dein Gesicht ändert sich. Es wird klarer. Immer heller. Es ist jetzt so, dass ich es begreifen kann. – Anna?

Anna: Ja.

Romeo: Vorher war ich noch unsicher, ob unser Gespräch gelingen wird.

Schweigen.

Anna: Mir ging es genauso.

Romeo: Jetzt fühle ich mich so lebendig. Ich habe gerade Dietlinde vergessen. Und auch, wozu unser Gespräch eigentlich dienen soll.

Felix kommt. Er trägt einen Mantel und einen Degen in der Hand. Er setzt sich auf seinen Stuhl.

Anna: *(zu Romeo)* Ich fühle mich innerlich auch ganz lebendig. Ich habe im Moment so viel im Sinn … –

Romeo: *(zu Felix schauend)* Ja, das ist richtig.

Anna: Mir wird jetzt plötzlich klar, warum ich am Anfang dein Gesicht als so verschlossen erlebt habe. Einerseits empfand ich eine so große Freude in mir – an dir. Andererseits eine Trauer in dir – über mich? Doch das ist jetzt vorbei. Ich sehe Augen. Ich sehe deine Augen. Es sind tiefe Augen. Sie heben sich ab von den anderen. Kennst du das? Man denkt, man kann hinter den Augen weiterlaufen und dann … –

Felix steht auf und geht.

Romeo: Das ist schön. Möchtest du Kaffee? Hier! Nimm diese Pflanze. Es gibt so viel Neues. Ach Anna, dass man einmal so verschlossen lebte. Siehst du diesen Stein? Das war einmal mein bester Freund. Vorher und auf dem Weg hierher. Nimm noch eine Pflanze, du blaurotes Leben. Man könnte jetzt auch einmal von der Schokolade essen! *(Er springt vom Balkon.)* Anna?

Anna: Ja.

Romeo: Wo ist sie denn? Ich meine: Wie sieht sie denn aus?

Anna: Wer?

Romeo: Die Schokolade. Die Schokolade zum Abendessen.

Anna: Ich mag jetzt keine Schokolade.

Romeo: Vielleicht später?

Anna: Ja, vielleicht später.

Romeo: Ich könnte etwas singen.

Anna: Nein, bitte nichts singen. Sag mal, bevor du an diesen Ort gekommen bist. Wo warst du da?

Schweigen.

Von wo bist du denn hierher gelaufen?

Schweigen.

Hallo?

Romeo beginnt seinen Kopf hin und her zu bewegen. Er stockt. Bewegt die Lippen. Macht einen Vorwärtsschritt und einen Rückwärtsschritt. Hält eine Hand an die Schläfe. Dreht sich im Kreis. Läuft rückwärts gegen seinen Stein. Hebt verhalten einen Arm, an dessen Hand die Finger sich heben und sich senken. Umarmt jetzt kurz die Luft. Dann bricht er ab. Er steht bewegungslos da.

Geht es dir nicht gut?

Romeo: Ich weiß nicht. Ich habe es vergessen.

Anna: Du hast es vergessen?

Romeo: Die Augen der Mutter. Nein. Tot. Vorhin wusste ich es noch. Die Gegenwart. – Die Gegenwart ist so hell, dass ich das Licht am anderen Ende nicht mehr sehen kann. Es ist alles eins geworden.

Schweigen.

Anna: Vielleicht … – *(Beunruhigt)* – Das gibt es doch gar nicht. Vielleicht kommst du aus Italien? Ja, vielleicht bist du ein Italiener? Schon wie wir uns kennen lernten, dachte ich sofort: Oh, ein Italiener! Dann dachte ich: Der kommt aus Finnland – aus Lappland, weil du plötzlich so zurückhaltend, so nach innen gerichtet sprachlos und irgendwie nachdenklich geworden bist. Dann dachte ich: ein Russe. Russen fangen ja erst richtig an, wenn sie sich einmal geöffnet oder übergeben haben. Aber jetzt – weißt du – jetzt glaube ich: Du bist doch ein Italiener aus Italien. Diese südländischen Backenknochen. Hör mal. Das ist gar nicht so weit. Willst du mal anrufen zu Hause? Ich habe Telefon.

Romeo: Er hatte mal einen Hund. Nein. Liegt das am äußersten Rand der Erde? – Ich weiß nicht. Es gab einmal Gottesurteile und die Messer der Pflugscharen. Aber warum? Ein Italiener aus Italien?

Anna: Ja, ja, das ist jetzt richtig.

Schweigen.

Romeo: Ein Römer aus Rom?

Anna: Rom?

Romeo: Wir könnten Felix fragen. Er weiß alles. Er ist mein Freund.

Anna: Da bin ich mir nicht so sicher. Felix liebt nur sich. Er kennt außer sich niemanden mehr hier.

Romeo: Aber er hat mich doch begrüßt.

Anna: Das bedeutet nichts.

Romeo: Er ist nicht dein Freund?
Anna: Nein.
Romeo: Und du bist auch nicht sein Freund?
Anna: Nein.
Romeo: Aber du bist doch seinetwegen hierher gekommen?
Anna: Ich wäre sowieso irgendwann hierher gekommen.
Romeo: Er hat auf dich gewartet.
Anna: Hat er nicht. Es hätte genauso gut Angela kommen können.
Romeo: Wer ist denn Angela?
Anna: Eine andere Frau.
Romeo: Er kennt eine andere Frau?
Anna: Ich glaube, er kennt alle Frauen.
Romeo: Aber ich denke, er kennt außer sich niemanden mehr hier.
Anna: Ja, er kennt in allen Frauen immer nur sich. Ihm sind alle Frauen gleich.
Romeo: Aber ich bin doch ein Mann.
Anna: Ja.
Romeo: Ich bin doch sein Freund.
Anna: Nein.

Schweigen.

Romeo: Aber er ist mein Freund. Ich will die erste Schneeflocke nach ihm taufen. *(Pause)* Anna?
Anna: Ja.
Romeo: Was machen wir jetzt?

Sie lächelt.

Anna: Komm! Ich zeig es dir.

Dunkel.

DER DRITTE TAG

8: PLÄNE

Am Morgen. Anna und Romeo erwachen auf der Federkernmatratze. Romeo steigt auf einen Stuhl.

Romeo: Guten Morgen. Wenn doch nur einer voranginge und die weiße Fahne hochhielte. Seht! Ich habe mein Herz zum Himmel gehalten. Man muss es doch einmal aus den kalten Mauern hinauffliegen lassen. Und wenn jetzt eins das andere sieht: Werden es dann nicht immer mehr und mehr in der Welt? Gib mir deine Schuhe. Ich will mit dir tanzen. Ich sehe schon so viele im Fluge sich die Herzen in die Arme werfen. Anna. Wird der Mensch denn nicht vom Erkennbaren bewegt? Ich habe solche Lust, jetzt durch die Welt zu gehen. Da! Der Himmel ist blaurot, und es fällt so ein richtiges Lachen herunter. Wollen wir nicht heiraten? Ich werde arbeiten. Ich werde Stein auf Stein dir ein Haus errichten. Magst du Bauernhöfe? Ich will dir einen Bauernhof bauen, mitten auf der Bernsteinstraße. Da werden wir uns abends Geschichten erzählen. Wir werden essen. Wir werden Sonnenuntergänge umarmen. Anna!

Er steigt vom Stuhl und umarmt Anna. Er schließt die Augen. Große Pause. Setzt einen Schritt zur Seite. Und jetzt: Er schaut Anna an.

Wir sind alt geworden.

Anna: Es war eine schöne Zeit.

Romeo: Ja. Der Bauernhof steht immer noch da wie am ersten Tag.

Anna: Es war eine schöne Zeit.

Romeo: Ja. Das sagtest du bereits.

Dunkel.

9: DER SCHOSS IST FRUCHTBAR NOCH ...

Anna und Romeo sitzen sich gegenüber auf Stühlen. Felix kommt mit Mantel, Degen und Helmbrechts Helm.

Felix: Aua! Mitten auf den Kopf! Die arbeiten mit Baseballschlägern. Was macht ihr denn da? Ich bin die ganze Nacht … – Wo ist mein Stuhl? Ich will meinen Stuhl! Habt ihr vielleicht mal in den Kühlschrank geguckt? Da ist nur noch Champagner drin. Ich will mein Frühstück! Wo ist mein Frühstück? Romeo! Was starrst du mich so an? Zum Glück habe ich diesen Helm getragen.

Romeo steht auf. Felix setzt sich auf seinen Stuhl.

Romeo: Wir wollen heiraten, Felix!

Anna: Felix, du blutest ja. Gib mir den Degen!

Felix: Was wollt ihr?

Sie eilt auf seinen Schoß.

Anna: Mein Gott. Liebster. Was ist dir denn da auf den Kopf gefallen?

Felix: Mensch. Ein Baseballschläger, das habe ich doch … –

Romeo: Wisst ihr: Wenn sie einmal stirbt, dann wird sie es sein, nicht ich, die in mir lebt.

Felix: Scheiße. Bring mir mein Frühstück, du Idiot!

Schweigen.

Romeo: Nein. – Ich bringe dir Champagner.

Felix: Du glaubst wohl, das gehört alles dir! Ich bin doch nicht dein Gast! Sehe ich aus wie dein Gast? Ich kann mir mein Frühstück selber bringen. Es geht auch ohne dich. Setz dich hier hin! Hinsetzen! *(Zwingt ihn auf seinen Stuhl)* So! Pass auf! Ich hole dir Champagner! *(Geht ab.)*

Romeo: Anna. Es war dieser Kuss, der welthellsichtig mich machte.

Anna: Entschuldigung, Romeo. Wir sind hier nicht bei Richard Wagner. Kannst du mir das bitte hochziehen. Meine Hand zittert.

Romeo: Würdest du bei etwas schwören?

Anna: Ich weiß es nicht. Lass mich. Du bist verrückt.

Romeo: Glaubst du, dass uns die Götter helfen? Es ist eine lange Reise nach dort zurück.

Anna: Ich weiß es nicht. Was für eine Reise? Wo ist Felix? Er blutet.

Romeo: Glaubst du nicht an unsere Reise? Gehn wir. Du musst doch … – Woran glaubst du denn?

Anna: Mensch. Ich weiß es nicht. Ich … –

Romeo: Hast du denn noch nie geliebt?

Anna: Mein Gott! Das weiß ich doch auch nicht. Ich kann nicht mehr. Wie redest du denn?

Felix kommt.

Romeo: Anna! Gehn wir! Es war dieser Kuss!

Felix: Romeo?

Schweigen.

Kommst du mal mit.

Anna: Ja. Geh. Bitte.

Romeo ab. Anna steht bewegungslos da. Große Pause. Sie nimmt ihre Schuhe. Läuft durch den Raum. Lehnt mit Kopf und Rücken an der Hinterwand. Schließt die Augen. Öffnet sie. Setzt einen Schritt zur Seite. Breitet ihre Arme aus. Und dann: Sie umarmt die Luft. Und geht weiter. Sie sitzt auf dem Stein. Zieht langsam ihre Schuhe an. Steht plötzlich auf. Läuft zum Springbrunnen und betrachtet sich auf der Oberfläche des Wassers. Sie hält ihr Gesicht immer näher an die Oberfläche. Vielleicht singt sie leise. Dann taucht sie ein.

Dunkel.

10: FREMD IST DER FREMDE NUR IN DER GERÜCHTEKÜCHE

Nachmittag. Anna und Felix an der Bar.

Felix: Ich bring dich um, wenn du mit dem … –

Schweigen.

Das ist doch nicht dein Ernst.
Anna: Hol mal den Föhn. Ich brauche jetzt den Föhn.

Felix holt den Föhn.

Felix: Und? Ist er gut?

Sie föhnt.

Anna: Ein Wunder. Ein richtiges Wunder. Wo ist er?
Felix: Der Champagner?

Anna: Mensch. Romeo!
Felix: Ach so. Du, der ist auch im Kühlschrank.

Der Föhn geht aus.

Anna: Romeo ist im Kühlschrank?
Felix: Ja, zusammen mit dem Champagner. Der Kerl ist ja nicht auszuhalten.

Sie springt auf. Er hält sie fest.

Anna: Sag mal, bist du wahnsinnig geworden? Du kannst den doch nicht einfach in den Kühlschrank sperren.
Felix: Den Champagner?

Sie lächelt.

Anna: Mensch. Romeo.

Er lächelt.

Felix: Ach so. Du, der ist auch im Kühlschrank.
Anna: Romeo ist im Kühlschrank?
Felix: Ja, zusammen mit dem Champagner. Der Hund ist ja nicht auszuhalten.

Sie springt auf. Er hält sie zärtlich fest.

Anna: Bist du wahnsinnig geworden? Du kannst den doch nicht einfach in den Kühlschrank sperren.
Felix: Den Spaghettifresser?
Anna: Mensch. Den ausländischen Mitbürger!
Felix: Ach so. Du, der ist auch im Kühlschrank. Ein ausländischer Mitbürger ist ja nicht auszuhalten.
Anna: Bist du wahnsinnig geworden? Du kannst doch so was nicht einfach in den Kühlschrank sperren.

Felix: Den Hund?

Anna: Mensch. Den Asyl suchenden Spaghettifresser.

Felix: Ach so. Du, der ist auch im Kühlschrank. Ein Asyl suchender Hund, der Spaghetti frisst, ist ja nicht auszuhalten.

Anna: Bist du wahnsinnig geworden? Du kannst doch einen aidskranken Hund, der Asyl suchende Spaghetti frisst, nicht einfach in den Kühlschrank sperren.

Felix: Anna?

Anna: Ja.

Felix: Ist er gut?

Anna: Der Champagner?

Felix: Vielleicht stirbt er. Er sieht so dünn aus.

Anna: Bestimmt hat er Hunger.

Felix: Er sieht aus wie ein Libanese.

Anna: Ich glaube, er denkt gerade an seine Mutter.

Felix: Gib ihm bloß keine Durchfalltablette. Sonst fliegen wir alle in die Luft.

Anna: Er spricht viel von Gott.

Felix: Gottlieb Klopstock. Ich glaube, er ist Terrorist. Hat er einmal nach einer Lotuspflaume verlangt?

Anna: Er ist grenzenlos. Ich glaube, er ist über irgendetwas hinausgeschritten. Kennst du den Gral?

Felix: Klar. Richard Wagner. Das klingt gefährlich. Ich glaube, der läuft hier noch Amok.

Anna: Felix?

Felix: Ja.

Anna: Ich glaube, du müsstest dich mal rasieren.

Felix: Ah ja.

Anna: Weißt du was? Ich mag ihn. Man kann sich aufrichten an ihm. Mit ihm fällt mir auf, dass ich etwas spielen kann, was es gar nicht mehr gibt. Und das ist der Unterschied. Das ist so schön. Ja. Wir sollten eine kleine Feier geben. Ihm zu Ehren. Dem göttlichen Anfänger. Er ist so einsam. Man müsste ihm einmal eine Freude machen. Einen Traum erfüllen. Blaurot, ja? Und er darf alles. Einen Abend.

Felix: Gut. Erst muss ich dir noch was zeigen. Dann holen wir den Champagner.

Sie föhnt. Dunkel.

11: GESPRÄCH ÜBER DIE FRAUEN

Der Abend. Licht auf den Kühlschrank. Licht auf den Stein. Und dann: Stimmen.

Der Stein: Hallo. Hier ist der Stein. Ich habe schon so viele Menschen gesehen. Nimm dich in Acht. Sie sind anders. Sie schwanken.

Romeos Stimme: Du sprichst?

Der Stein: Als ich mit deinen Eltern auf dem Grund lag im Wasser, dachte ich: Wenn du jemals wieder Land siehst, dann wirst du sprechen.

Romeos Stimme: Ich habe dich wieder unter die Menschen gebracht. Ich habe dich den ganzen Weg hierher getragen.

Der Stein: Danke.

Romeos Stimme: Weißt du, ich habe mich an dich gelehnt, wenn mich die Kräfte verließen. *(Pause)* Gefällt sie dir?

Der Stein: Anna?

Romeos Stimme: Ja.

Der Stein: Ach. Ich habe schon so viele Frauen gesehen. Sei auf der Hut. Sie hat ein großes, ein blaurotes Herz. Aber es ist anders als deines. Es ist schwarz darin. Und es ist schwerer. Sie kann es nicht halten vor die Welt und hindurchsehen wie du. Willst du sie haben?

Romeos Stimme: Ja! Aber irgendetwas stimmt noch nicht.

Der Stein: Ich muss langsamer sprechen. Man wird müde, wenn man so lange nicht mehr gesprochen hat.

Romeos Stimme: Was kann ich denn jetzt tun?

Der Stein: Ich mag es nicht sagen.

Romeos Stimme: Doch. Sage es!

Der Stein: Du musst dein Herz schwerer machen. Es darf nicht mit dir bei jeder Gelegenheit senkrecht in den Himmel schießen. Ach. Es ist schön, dass ihr beide so fliegen könnt. Aber hier – hier müsst ihr das Landen lernen. Mein Gott. Ich bin müde. Ich muss gleich enden.

Romeos Stimme: Aber wie soll ich denn mein Herz schwerer machen?

Der Stein: Sieh dir die Menschen an! Du siehst noch nicht richtig an.

Romeos Stimme: Ah. – Ich sehe noch nicht richtig an.

Der Stein: Und noch etwas. Sie lebt vor dir. Du musst schneller werden, wenn sie dir in die Arme laufen soll. Du kannst sie nicht wie mich umhertragen durch die Zeit. Lebe wohl. Gute Nacht.

Romeos Stimme: Wie kann ich denn hier schneller nach vorne laufen?

Schweigen.

Muss ich wirklich hier bleiben mit ihr? Man könnte doch noch einmal zurück und sehen, wie es zu Hause ist? – Ich habe doch einen Baum in unsere Wälder gepflanzt.

Schweigen.

Weißt du, ich könnte dich auch mitnehmen nach Haus? – Du kennst doch die Bernsteinstraße, ja?

Schweigen.

Hallo? – Das ist eine schöne Straße. – Die Bernsteinstraße. – Gute Nacht.

Dunkel.

12: DAS GASTMAHL

Ebenfalls am Abend. Eine gedeckte Tafel. Schokolade. Kaffee. Champagner. Reste von Cocktails. Felix lehnt an der Wand. Anna faltet Servietten.

Anna: Felix?
Felix: Ja.
Anna: Manchmal bist du richtig … –
Felix: … stark?
Anna: Nein. Das Gegenteil.
Felix: Weich?
Anna: Ja. Aber jetzt die Mitte.
Felix: Die Mitte von beiden Gegenteilen?
Anna: Ja. Das Gleichgewicht.
Felix: Mittelweich!
Anna: Genau.
Felix: Ist das gut?
Anna: Ja. Sehr!
Felix: Schön. Auf uns! *(Er trinkt.)*
Anna: Stop. Weißt du, wie du gerade trinkst?
Felix: Wie ich gerade trinke?
Anna: Ja. Wie Robert De Niro. Dieselbe Unvermeidlichkeit in der Grundgeste. Viel zu stark. Kannst du weglassen.
Felix: Gut. – Anna?
Anna: Ja.
Felix: Guck mal. *(Er trinkt.)*
Anna: Ja. Genau. Steht dir auch viel besser.
Felix: Danke.
Anna: Bitte. Felix?
Felix: Ja.
Anna: Wo ist er?
Felix: Der Champagner?
Anna: O nein, nicht schon wieder. Ich spreche von Romeo.

Schweigen.

Felix: Anna?

Anna: Ja.

Felix: Geht es dir auch manchmal so? Du bist verabredet, weißt aber nicht mehr, mit wem. Neulich zum Beispiel. Ich hatte mich um siebzehn Uhr zehn verabredet. Wusste aber nicht mehr, mit wem. Die Verabredung hatte ich von einem dieser Laufbänder aus mit jemandem auf dem entgegenkommenden Laufband getroffen. Am Flughafen. Na ja. Mir wurde natürlich sofort klar, dass ich auf dem entgegenkommenden Laufband sehr viele Leute gesehen habe, mit denen ich theoretisch eine Verabredung getroffen haben könnte.

Anna zündet Kerzen an.

Du: Ich überlegte mir dann, dass es das Beste wäre, wenn ich die Leute in zwei Kategorien trenne. Zuerst Kategorie eins: Ich kenne die Leute sehr genau – vom Sehen, ich meine: vom Ansehen – habe aber noch nie mit ihnen gesprochen. Dann Kategorie zwei: Ich habe mit den Leuten gesprochen, aber im Prinzip kenne ich sie überhaupt nicht, und darum sehe ich sie auch überhaupt nicht, wie zum Beispiel Peter, den ich auch auf dem Laufband … – Anna?

Anna: Ja?

Felix: Hörst du mir eigentlich zu?

Anna: Ich glaube, wir könnten dann mal.

Felix: Ach so. Ja. Also gut. Iss du nun, O Fremder, was für die Dienenden da ist. Odyssee. Vierzehnter Gesang. *(Er öffnet den Kühlschrank.)* Wir bitten Sie im Namen der Republik, an der gedeckten Tafel Platz zu nehmen!

Felix drückt auf die Fernbedienung. Aus der Musik-Box erklingt der Triumphmarsch von Verdi oder der Chor der Gefangenen aus «Nabucco». Romeo kommt aus dem Kühlschrank. Naturgemäß total unterkühlt. Er bewegt sich sehr langsam vorwärts und bleibt vor der Tafel bewegungslos stehen.

Sehr verehrter Herr Präsident. Ein kleiner Tipp. Wenn Sie noch eine politische Rede halten wollen: Legen Sie die Hände vor dem Geschlechtsteil zusammen. Eine kleine Änderung, aber der Unterschied ist gewaltig.

Anna: Entschuldigung, Felix! So habe ich das nicht gemeint. Ich dachte an eine wirkliche Freude – ja? Hör mal: Erst Romeo. Jetzt plötzlich der Präsident. Sag mal, spinnst du: Der war ja wirklich im Kühlschrank! Das sind doch höchstens zwei Grad über null! Was hast du eigentlich mit ihm vor?

Felix: Wieso denn ich? Der hat doch damit angefangen. Der ist hier reingekommen, als sei er Hölderlin. Und wo bitte steht denn zum Beispiel, dass die Julia von Shakespeare mit einem Germanen … – ich meine … –

Romeo: Mir ist so kalt.

Schweigen.

Wie sollen denn hier die Blumen blühen? – – Entschuldigung. – Ich denke, wir heiraten? *(Streckt eine Hand nach Anna aus.)*

Felix: Das geht jetzt gerade nicht. Eine plötzliche Geheimwahl der Leitung. Wir haben auch zugestimmt. Unter uns: Das ist auch ein sehr versöhnliches Zeichen für das Ausland. Also: Du kommst jetzt nochmal von hinten herein. Gehst nach vorne, aufrecht, aber locker, so wie Rudolfo Valentino! Persönliches Vorbild von mir. Winkst dann kurz nach beiden Seiten. Danach sofort Hände vors Geschlechtsteil. Und die Rede. Bitte.

Schweigen.

Rudolfo Valentino? Stimmt. Das hätte ich dir natürlich erklären müssen. Also: Rudolfo Valentino geht im Grunde genommen so.

Er geht so umher.

Das ist übrigens professionelles Gehen. Ja, beim professionellen Gehen dreht sich nämlich alles um den lockeren Gebrauch von Knie, Hüfte, Kopf.

Er geht noch einmal umher.

Anna: Entschuldigung. So geht vielleicht Gottlieb Klopstock. Aber doch nicht Rudolfo Valentino. Valentino geht so.

Sie geht auch umher.

Knie. Hüfte. Kopf – schon klar. Aber man muss das Ganze auch irgendwie miteinander verbinden. Es dreht sich um eine Art weiches und starkes Ineinander horizontaler und vertikaler Bewegungen. Das heißt: Die Achse Knie – Kopf musst du konterkarieren im Ausschwingen der Hüften. Ich gehe jetzt nochmal.

Sie geht jetzt nochmal.

Felix: Weißt du. Ich glaube, dein Problem ist, du machst grundsätzlich zu viel. Du kannst vielleicht gehen, aber wenn du einfach mal nur auf dem Balkon stehen sollst, dann ist das total grauenhaft.

Anna: Du Arschloch. Mach dir deine blöde Balkonszene doch selbst.

Schweigen.

Romeo: Entschuldigung. Ich … – Ich gehe dann jetzt mal.

Schweigen.

Felix: Oh ja. Bitte.

Anna: Hier, mein kalter Prinz. Nimm den Mantel und erzähle von deinen schönen Träumen. Ich liebe deine Träume.

Sie legt den Mantel um seine Schultern. Er geht nach hinten und dann wieder zurück in einer Mischform aus Gottlieb Klopstock und Rudolfo Valentino. Winkt jetzt kurz nach beiden Seiten und legt danach sofort die Hände vorm Geschlechtsteil zusammen. Und dann: Er spricht lautlos.

Felix: Entschuldigung. Geht es nicht auch ein bisschen deutlicher?

Romeo beginnt wieder, seinen Kopf leicht hin und her zu bewegen. Hebt dabei die eine, dann die andere Hand, deren Finger sich vor seinem Oberkörper heben und sich senken, bis er die Arme fallen lässt. Dann steht er bewegungslos da.

Romeo: Er … – Es gab einmal … – Es geht nicht mehr. Ich möchte etwas mit dem Herzen sagen, aber es bewegen sich nur die Lippen.

Felix: Ach, dann sag es doch einfach mit den Lippen.

Romeo: Nur mit den Lippen?

Felix: Genau.

Anna: Du hast überhaupt keine Ahnung, wovon er spricht.

Felix: Aha. Und Ruhe bitte.

Schweigen.

Der Präsident: Bla-bra. Bra-bla. Sehr verehrte, liebe Auerochsen. Es sind Jahrhunderte herabgesunken, seitdem ihr nicht mehr zusammengerufen worden seid, wie heute, in solcher Anzahl und einer so dringlichen und gemeinschaftlichen Angelegenheit. Fremde Herden haben die Landesgrenzen überschritten und sich niedergelassen auf unseren Wald- und Wiesenflächen. Sie sagen: Sie kommen zum Dessert. Aber in Wirklichkeit grasen sie alles ab. Die Gerichte von morgen, von übermorgen, und mir wird schwindelig, wenn ich des Abends die Wiesen abschreite. Kürzlich nun habe ich eine ihrer Führungsspitzen in mein Büro gebeten. Ich sagte: Bla-bra. So geht das nicht. Wenn alle so weitergrasen, grast bald keiner mehr. Er sagte: **Bra-bla. Schließen wir einen Pakt.** Ich sagte: Gut. Arbeiten ja. Grasen nicht. Er sagte: **Wie wird das gehen? Besser ist: Alle grasen. Und wenn es nichts mehr zu grasen gibt, dann wird der Schwächere vom Stärkeren gegrast – und der seid ihr**. Ich sagte: Richtig. So ist das Leben. Wir werden euch grasen lassen, nur damit ihr Kräfte habt zur Produktion von Gütern und nicht dünn seid, wenn wir die Schafskleider fallen lassen und euch … – Er sagte: **Und so werden wir alle halb glücklich leben, bis der Tag kommt und ihr …** – Und wir euch das Fett … – **Und ihr uns das Blut die Haut …** – Und wir eure Reste ins Feuer … – **Und ihr werdet leben …** – Richtig: Und eure Güter werden wir nach Hause … – **Während wir tot sein werden und oder umgekehrt …** – Bla-bra: Wieso und oder umgekehrt? … – **Brabla: Denn wir werden viele sein, wenn der Tag kommt …** – Anna, was sage ich?

Es donnert wie das Detonieren einer Bombe in der Ferne. Sie essen Schokolade. Tafelweise. Edelbitter.

Dunkel.

13: MONOLOG ZU ZWEIT I

Nacht. Romeo sitzt neben seinem Stein.

Romeo: Hallo? – Ich kann nicht schlafen. Ich habe so schlecht geträumt. Und du? Schläfst du? Kannst du träumen?

Schweigen.

Warum antwortest du nicht? Du musst mir antworten! Kennst du Peter? Ist Valentino gut? Gefällt dir denn Felix? – Er hat mich doch gerettet? Aber warum hat er mit der Hand hier ins Gesicht … – Weißt du das? Hör mal. Sie hat gesagt: zu Hause! Wach auf! Wo ist denn zu Hause? Hallo? Wer ist denn jetzt Valentino?

Schweigen.

Schau mal. Bin ich gut im Gehen?

Er geht um den Stein.

Gehe ich gut? – Guck! Ich will meine Figur vollenden. Ich möchte nicht gehen wie Gottlieb Klopstock. Ich werde meine Achse jetzt konterkarieren. – – Aber du: du bist langweilig geworden. – – Du siehst ja gar nicht hin! – Hast du gehört? Ich habe schöne Träume. Sie liebt meine Träume. Sahst du den Kuss? Ich habe sie so in den Armen gehalten. Schau! Sie hat mir diesen Mantel geschenkt. Ich bin ein Prinz. Was ist ein kalter Prinz? Wie träumt denn ein kalter Prinz? Hörst du? Du sollst mir antworten.

Er legt sich auf den Stein.

Sprichst du so leise? – Ich werde mein Ohr an dich legen. – Du bist still. Die ganze Zeit ist in dir aufgehoben. Und du? Du bist so still.

Er schläft ein. Dunkel.

14: BILDER DER NACHT I

Rotes Traumlicht auf den Balkon. Anna oben. Felix mit Hut darunter. Und jetzt: Sie fällt herab in seine Arme. Er hält sie. Sie umarmt ihn. Er dreht sie. Sie nimmt den Hut. Er dreht sie schneller. Jetzt tanzend. Dann Küsse. Überall Blumen. Und ein leichtes, immer lauter werdendes Lachen, das abbricht auf einem grellen Höhepunkt.

Dunkel.

15: MONOLOG ZU ZWEIT II

Dieselbe Nacht. Romeo fährt auf.

Romeo: Was ist denn das? Wo soll das hin? Immer hin. Immer her. Wollten wir nicht tanzen? Sind denn Küsse so vergeblich? – Mein Kopf. Wo ist mein Kopf? *(Sinkt zurück auf den Stein)* Ich wollte mit dir über die Wahrheit sprechen. Aber du: du sprichst nicht. Du schweigst. Dann schweige. Durch die Zeit, da werde ich dich nicht mehr umhertragen – nein. Es ist so dunkel. Lebe wohl. In Tränen schwor ich ihr Treue.

Dunkel.

16: BILDER DER NACHT II

Anna tanzt mit Romeo. Blaurotes Traumlicht. Leichte Klaviermusik.

Annas Stimme: Kennst du das? Ich kann hinter deinen Augen weiterlaufen und dann: Dann ist da ein Tanzsaal, und Rosen und Lieder und durch die Türen, wie Flügel geöffnet, weht der Wind von einem Meer mit weiten Segeln von Schiffen, die ihre Bahnen ziehen zum Land, das blaurot leuchtet hinter dem Wasser. Mein großer Retter. Mein schöner Gedanke! Ist denn der Weg so lang? Wo ist deine Straße? Bis wohin reicht jetzt mein Leben? – Gehn wir. Nimm meine Schuhe. Trage mich durch die Säle bis hinter die Stürme. Wie einfach war es, die Vernunft, die widersinnige, zu opfern. Gehn wir! In deinen Armen. Komm. Mein Geliebter. Ein Ende oder die Reise.

Dunkel.

DER VIERTE TAG

17: KLAPPERN GEHÖRT ZUM HANDWERK

Am Morgen. Romeo erwacht auf dem Stein. Er starrt auf die Matratze: Anna liegt in den Armen von Felix. Sie steht auf. Sie streift sich das Kleid über den Körper. Sie geht an die Bar. Romeo folgt. Sie trinkt.

Romeo: Immer hin! Immer her! Ich denke … – Guten Morgen. Darf ich das hochziehen? Das … –
Anna: Lass mich.
Romeo: Warum zittert deine Hand nicht? –

Sie trinkt.

French Connection ist gut.
Anna: Ohne Southern Comfort. Schönes Frühstück. Romeo. Es tut mir … – ich weiß nicht mehr.
Romeo: Southern Comfort ist Manhattan Dry.

Er trinkt fünfmal French Connection auf Ex.

Gehn wir!

Sie trinkt.

Immer hin! Immer her! Anna. Wir könnten fortgehen von hier. Weißt du, wohin? Du weißt es. Ich habe es dir doch … – Hallo?

Er fasst sie.

Anna: «Rühr mich an, Franz! Ich hätt lieber ein Messer in den Leib als deine Hand auf meiner.»

Felix: Anna. Entschuldigung. Das ist doch jetzt ein anderes Stück. *(Zu Romeo)* Weißt du: Sie will immer die Lulu und die Marie und die Julia, alle auf einmal, spielen.

Romeo: Anna! Ich … – Was? Was ist denn das? Wo ist es denn – das Land hinter den Augen? Anna? Kannst du nicht kommen?

Sie trinkt. Schweigen. Er hält sich erst die eine, dann die andere Hand flach vor die Schläfen. Er stoppt die suchenden Bewegungen und schlägt gegen seinen Hinterkopf. Pause. Es ist, als müsste er sich jetzt zu etwas überwinden. Zum Tauchen. Oder zu einem Hundertmeterlauf. Er nimmt einen tiefen Atemzug.

Ich … – Ich habe eine neue Bedingung in dich hineingetragen, und das, was war, ist Schnee von gestern. Schau mir in die Augen und unterbrich mich nicht. Es hätte genauso gut Angela kommen können. Und jetzt zieh das Ballkleid aus. Wer wird denn weinen, wenn der Appetit beim Essen kommt. Vielleicht kommst du aus Italien. Ich habe Telefon. Hallo? – **Anna? Wie schwer muss ein Herz denn heute wiegen? Wie viele Farben muss es haben? Und wie viele Augen hat so ein Gesicht? Kann ich denn gleichzeitig von zwei Seiten in eine Richtung laufen? – Ich … – –** Ich habe Telefon. Ich will lineare Sätze. Keine Knoten. Eis ist alle. Geht es dir nicht gut? Zieh das Ballkleid aus. Man muss arbeiten.

Anna zieht das Ballkleid aus. Felix richtet den Scheinwerfer auf die Szene. Romeo trinkt.

Gut. Das letzte Stück Cordon bleu hat dir nicht geschmeckt. Aber wie schaffst du es, das Stück mit einem Schrei auf den Teller deiner Mutter zu spucken? Ich bin doch nicht dein Gast … – **Anna? – Weißt du denn nicht, wohin? – Ich weiß, wohin. Ich habe es dir doch … –**

Er trinkt.

– Du zerfällst an den Rändern. Ob du die Demokratie für eine gute Staatsform hältst? Ich habe Telefon. Hallo? – Die sind alle verrückt geworden. Und zieh das Ballkleid an. Heute, da wird mit Tempo geliebt. Komm, ich zeig es dir. Was ist ein Name? Was uns Rose heißt, wie es auch hieße, es würde lieblich duften, so Romeo, wenn er auch anders hieße. – **Wo kommt denn das jetzt her? – Anna, mein Kopf! Halt meinen Kopf. Bin ich jetzt Peter? Was macht ein Präsident? Sag! Ist das da mein Retter? Anna! Wenn es doch nur einmal ganz stille wäre. Weißt du! Ich habe es doch geträumt! Das Land ist frei, und wie man zurückkommt dorthin. Hörst du? – Aber wie schnell muss ich denn hier nach vorne laufen? – Hörst du mich?** – – Und zieh das Ballkleid an. Sie. Ich. Du. Du hattest dich aus Versehen mit zwei Frauen verabredet.

Anna zieht das Ballkleid an. Felix sitzt auf seinem Stuhl. Er klascht Beifall. Romeo trinkt.

Einerseits empfand ich eine so große Freude in mir an dir. Andererseits. Hast du nicht irgendwo ein Mineralwasser? Ich möchte frühstücken. Und was mache ich? Weich. Stark. Stark. Weich. Falscher Text. Zuerst kommt: – **Anna! – Ich habe es dir doch …** – – Waren wir nicht zusammen in dem Film? – – **Ich … – Wenn ich woanders gewachsen wäre! Ich hätte dir ein großes Fest erfunden! Hörst du mich? Gib mir deine Schuhe. Ich will mit dir tanzen.** – – Schluss mit Luft umarmen – – **Hörst du mich?**

Schweigen.

Also gut.

Er greift den Stein. Rennt mit dem Stein ein Loch in die Hinterwand. Flackerndes Licht fällt herein.

So! – Ich baue Bomben. Bomben sind wissenschaftlich. Und noch etwas. Hoffnung als die Konstruktion eines Punktes B, wenn man es auf A nicht mehr aushält. Das sind doch höchstens zwei Grad über null. Ich sterbe! Peng! Hast du mit ihm geschlafen? Danke! Ich wäre sowieso hierher gekommen. Aber wo ist denn die Schönheit, von der wir immer sprechen?

Es donnert. Romeo geht jetzt im Raum umher. Er zwingt sich immer mehr zu einer grotesken Lockerheit, um gegen seine Tränen anzulaufen. Die Achse Knie – Kopf konterkariert er im Ausschwingen der Hüften. Donnern. Er läuft zum Telefon. Er wählt eine Nummer.

Schwamm drüber. Mein Name ist Valentino. Meine Freunde sind weit. Hören Sie mich? So wie ich hier stehe, da bin ich auch … – Ich habe Telefon. Hallo, hallo? Soll ich reden? Danke. Ich bin aus dem Nest gefallen. Keine Ursache. Grüßen Sie niemanden. Stopp.

Donnern. Romeo lässt den Hörer fallen und taumelt ab. Gleichzeitig springt Felix vom Stuhl auf und läuft durch den Raum.

Felix: Scheiße! Ich würde so gern auf dem Lande leben. Jetzt in die Ferne gucken! Hört ihr den Wind in den Bäumen? Ich will Sonnenuntergänge. Mal ein bisschen Abendrot. Und morgens sehen, wie der Sommer hoch aus der Tiefe steigt. Wollen wir nicht durch den Nebel und über Wiesen laufen?

Donnern.

Mensch. Mach doch endlich einer mal diesen Ton aus! Wir könnten Milch und Brötchen holen. Ich möchte Basilikum anpflanzen. Es ist gerade so eine herrliche Stille über den Wegen. Anna. Wo leben wir denn? Lass uns doch einmal einen Tag bedenken, wenn er zu Ende ist. Wo ist mein Stuhl? Können wir uns nicht einmal ohne Resultat betrachten? Anna! Mir ist plötzlich so schwarz vor Augen. Ich brauche jetzt meinen Stuhl!

Heftiges Donnern. Dunkel.

18: TO BE OR NOT TO BE

Mittag. Felix sitzt auf seinem Stuhl und starrt durch das Loch in der Wand. Sonnenstrahlen fallen herein. Anna betrachtet sich auf der Wasseroberfläche des Springbrunnens.

Anna: Es gibt Momente, da geht er einem richtig auf die Nerven. Er hat sich so verändert. Diese plötzlichen Grundsatzerklärungen. Dieses aufdringliche Sofort-Alles-Haben-Wollen, was bei der kleinsten Enthaltung … – Ich finde das so unerotisch.

Sie hält ihr Gesicht ganz nah über die Oberfläche des Wassers.

Weißt du. Manchmal denke ich, ich bin aus lauter Flicken und Fetzen so kunterbunt zusammengesetzt, dass jeder Lappen jeden Augenblick sein eigenes Spiel treibt. Zwischen mir und mir findet sich ebenso viel Verschiedenheit wie zwischen mir und dir. Verstehst du das?

Felix: Ja klar. Guck mal. Das Wetter ist in den letzten Tagen viel besser geworden. Spürst du die Sonnenstrahlen?

Anna: Andererseits bist du mir manchmal so nah, und dann denke ich, sehr viele Lappen sind vielleicht von dir. Und ich sehe zwar immer noch eine Verschiedenheit zwischen mir und mir, nicht aber mehr zwischen mir und dir. *(Pause)* Felix?

Felix: Ja.

Anna: Vorausgesetzt, du fühlst das genauso: Dann sind wir beide zusammen mindestens vier Menschen in einem.

Schweigen.

Und wenn du zwischen dir und dir noch irgendwo etwas Drittes spürst, wie ich zwischen mir und mir: Dann wären wir zusammen sechs. In einem! Ist doch toll.

Felix: Anna?

Anna: Ja?

Felix: Neben dem Kühlschrank, da liegt das Fernglas. Komm mal mit dem Fernglas.

Anna kommt mit dem Fernglas. Felix schaut durch das Fernglas.

Anna: Ich habe heute Nacht gesehen, wie die Erde brennt.

Schweigen.

Als ich an das andere Ende sah, war da ein junger Mann. Er wollte mir meine Schuhe bringen, aber plötzlich war er in Flammen, und ich sah nur noch ... –

Felix: ... Mensch, komm doch mal her!

Sie sehen zusammen aus dem Loch in der Wand.

Siehst du das?

Anna: Was? Das Feuer?

Felix: Nein. Den Mann. Dazwischen.

Anna: Kennst du den?

Felix: Er kommt mir so bekannt vor.

Anna: Mir auch.

Felix: Und die Kühe?

Anna: Wieso hat er denn in dem Chaos Kühe an der Leine?

Felix: Das weiß ich ja auch nicht.

Anna: Felix?

Felix: Ja?

Anna: Der ist doch ganz weit weg.

Felix: Ja.
Anna: Aber wieso kann ich ihn dann singen hören?
Felix: Du hörst ihn singen?
Anna: Ja.
Felix: Stimmt. Jetzt höre ich es auch. Er singt. Anna?
Anna: Ja?
Felix: Er umarmt die Kühe.

Schweigen.

Anna: Ich glaube, er dreht jetzt um?
Felix: Er dreht um?
Anna: Ja!
Felix: Wohin denn um?
Anna: Na, direkt auf uns zu! Er ist gleich da!

Es donnert.

Felix: Anna?
Anna: Ja.
Felix: Ich stell jetzt diesen Ton ab.

Sehr lockerer Auftritt von Valentino mit Hut

Valentino: Entschuldigung. Wo ist eigentlich Helmbrecht?

Dunkel.

19: WAHNSINN. METHODE. QUARTETT

Anna. Felix. Valentino. Alle an der Bar.

Anna: Helmbrecht?
Valentino: Ja.

Schweigen.

Felix: Du kannst uns doch nicht fragen, wo Helmbrecht ist?

Schweigen.

Findest du das nicht ein bisschen sonderbar? Ich meine: Warum fragst denn du, wenn du …? – Kennst du ihn?
Valentino: Ja. Aber nicht gut.
Felix: Und wie findest du ihn?
Valentino: Blöd.

Schweigen.

Felix: *(zu Anna)* Du, er findet ihn blöd.
Anna: Aber er ist doch nicht blöd!

Anna geht einen Schritt auf Valentino zu.

Ich finde ihn liebevoll. – Er hat sein Herz zum Himmel gehalten. Er kann einen Gedanken umarmen.
Felix: Du musst ihn doch auch irgendwie mögen?

Schweigen.

Weißt du, er denkt sehr gut von den Menschen.

Anna geht einen weiteren Schritt auf Valentino zu.

Anna: Es gibt solche Menschen. Die sehen dich an, und du fühlst dich sofort innerlich stark.

Felix: In einer Zeit, in der Utopien vollkommen aus der Mode sind, ist dieser Mensch ein richtiger Glücksfall.

Anna: Außerdem war er einmal mit einem Stein befreundet. Stell dir das mal vor.

Felix: Er behandelt einen Stein genauso wie eine Schneeflocke oder einen Hund.

Anna steht jetzt vor Valentino.

Anna: Ja, das ist richtig. Welchen Hund eigentlich?

Felix: Er hatte mal einen Hund. Dann ist er gestorben.

Anna: Ich glaube, seine Mutter ist auch schon tot.

Felix: Der Vater auch. Sie haben sich zusammen ertränkt. Mit dem Stein.

Anna: Mein Gott. Wo denn? In Italien?

Felix: Im Rhein. Auf der rechten Seite. Unter dem schwarzen Himmel. Die Mutter hatte ihm noch Brote bei Sonnenaufgang mit Butter bestrichen. Als er aufwachte, war sie weg. Nur die Brote mit Butter waren da. Ein ganzer Tisch.

Anna macht Rückwärtsschritte von Valentino weg.

Anna: Und woher hat er dann diese Lebensfreude? Er wollte mir einen Bauernhof bauen mitten auf der Bernsteinstraße.

Schweigen.

Felix: Weißt du, sein größtes Drama ist: Er hat noch nie einer Frau Blöße entdeckt.

Schweigen.

Anna: Bist du dir sicher?

Schweigen.

Felix: Was willst du denn von ihm?
Valentino: Ich muss ihm etwas sagen.
Felix: Was willst du ihm denn sagen?
Valentino: Ein Geheimnis.

Schweigen.

Felix: Aha. Ja – Ich meine … – Und wer bist dann du?
Valentino: Das sagte ich bereits. Valentino. Ich betreue das hier alles.

Es donnert. Zweimal. Valentino ab. Dunkel.

20: GOODBYE STRANGER

Nachmittag. Felix sitzt auf Helmbrechts Stein. Valentino lehnt an der Bar. Mit Hut. Und Schal. Er wirkt wie ein Mann, der niemals aus der Reserve kommt. Anna steht mit dem Rücken zur Wand. Das Ausklingen leichter Salonmusik.

Anna: Das ist hier vielleicht ein Scheiß-Verein. Ich weiß überhaupt nicht, warum ich diesen ganzen Mist mitmache. Wisst ihr, was euch fehlt? Ein richtiges Grundkonzept. Ihr habt überhaupt keine Ahnung. Von nichts. Wenn ich euch schon so herumsitzen sehe! Vier Tage! Ihr könntet ja vielleicht darüber nachdenken, ob man nicht gelegentlich auch mal etwas tut. Ich meine: Wollt ihr nicht einmal euren Kopf mit den Händen so zusammenbringen, dass am Ende dabei ein bisschen Sinn herausspringt für die Welt?
Valentino: Entschuldigen Sie, wie spät ist es?

Anna: Wie bitte?

Valentino: Ich sagte: Wie spät ist es?

Anna: Kurz nach fünf.

Valentino: Siebzehn Uhr zehn. Ich habe keine Zeit. Es gibt schließlich noch andere, die wissen wollen, wie man so etwas macht. Schauen Sie mal in meinen Terminkalender. Noch Kaffee? Danke. Wissen Sie, ein Mann in meiner Lage. Ich stehe um Punkt kurz nach fünf am Morgen auf. Feierabend nie vor zehn Uhr siebzehn. Ich bin verantwortlich für die Umkehrung der Erstarrung. Valentinos Schmelzsysteme. Landesweit. Hier ist meine Karte. Kristallines mit Amorphem. Blaurotes mit Schwarzem. Wir verschmelzen alles mit jedem. – Sagten Sie siebzehn Uhr zehn?

Schweigen.

Anna: Verstehst du das?

Felix: Nein, ich glaube nicht.

Anna: Ich auch nicht. Das ist ja alles so schrecklich.

Felix: Das ist wie am Anfang. Da hat der Sachen vorgetragen.

Anna: Wie Hölderlin. Ich weiß.

Felix: Aber jetzt geht er eher in Richtung Rockefeller. Sag mal. Haben wir jetzt eigentlich Donnerstag? Heute ist doch die Wiederaufnahme? Theoretisch! Wie spät ist es denn?

Anna: Siebzehn Uhr zehn.

Valentino: Also doch. Siebzehn Uhr zehn. Ich bin verabredet.

Felix: Das ist interessant. Er ist verabredet. Wissen Sie, mit wem?

Valentino: Ja.

Felix: Und?

Valentino: Mit Romeo.

Schweigen.

Felix: Sag du was.

Anna: Was soll ich denn sagen?

Felix: Irgendwas. Gib dir Mühe.

Anna: Ich denke, Sie sind mit Helmbrecht verabredet.

Valentino: Nein. Der ist verschwunden. Ich habe keinen Kontakt mehr zu Helmbrecht. Aber ich bin deshalb mit Romeo verabredet. Er weiß, wo er ist.

Anna umkreist noch einmal Valentino. Dann entfernt sie sich nach und nach. Sie setzt sich auf den Stein.

Anna: Wenn Sie Romeo sehen, sagen Sie ihm bitte, er möge Helmbrecht grüßen. Ich vermisse ihn. Er war einmal so ein klarer Mensch.

Valentino: Ja, von mir auch bitte grüßen.

Schweigen.

Felix: Romeo soll Helmbrecht von Valentino grüßen. Mein Gott –

Anna: Er war mir im Grunde viel lieber als Romeo.

Schweigen.

Felix: Romeo ist eigentlich ein sehr gewöhnlicher Mensch. Kein Wunder, dass Sie ihn treffen. Den treffen Sie überall.

Maschinengewehrfeuer.

Valentino: Ich muss jetzt gehen. Gute Nacht.

Er überreicht Anna eine Blume.

Leben Sie wohl.

Er geht ab. Dunkel.

21: DIE WELT IST AUS DEN FUGEN

Abend. Anna und Felix an der Bar. Flackerndes Licht fällt durch das Loch in der Wand.

Felix: Guck mal!

Er trinkt.

Ich spüre gerade eine immer größere Sehnsucht in mir, zitatfrei zu trinken.

Er trinkt.

Ich trinke und stelle dabei eine immer größere Au-then-ti-zi-tät mit mir selber her. Das habe ich dir zu verdanken.

Anna: Felix! Vielleicht müssen wir irgendwann mal aufhören. Vielleicht unterschätzen wir die Lage.

Felix: Nein. So was kann hier gar nicht passieren. Das passiert woanders. Nicht hier, Anna. Hier sind wir sicher. Wie spät ist es denn?

Maschinengewehrfeuer. Felix läuft zum Loch in der Wand.

Anna?

Anna: Ja!

Felix: Mir kommt das alles so unwirklich vor. Es ist so, als sähe ich auf ein Bild. Kennst du das?

Anna: Was?

Felix: Du guckst auf so ein Bild, aber das Einzige, was dich bewegt, ist: Verdammt! Man hätte doch die Kamera schärfer stellen müssen.

Heftiges Donnern. Peter stürzt herein. Er ist gekleidet wie Felix. Er sinkt außer Atem auf einen Stuhl.

Peter: Hier seid ihr! Origineller Aufenthaltsraum! Seit Tagen suchen wir euch. Habt ihr mal den Fernseher eingeschaltet? Wir sind alle in der Goethestraße. Und ihr? Wie habt ihr euch überhaupt hierher durchgeschlagen?

Näher rückendes Maschinengewehrfeuer.

Dunkel.

22: APOKALYPSE NOW

Ein Scheinwerfer, gerichtet auf den Balkon. Anna ist oben. Peter unten. Felix mit Schal auf seinem Stuhl.

Anna: «O Romeo! warum denn Romeo?
Verleugne deinen Vater, deinen Namen!
Was ist ein Name? Was uns Rose heißt,
Wie es auch hieße, würde lieblich duften;
So Romeo, wenn er auch anders hieße,
Er würde doch den köstlichen Gehalt
Bewahren, welcher sein ist ohne Titel.»

Näher rückendes Maschinengewehrfeuer.

«Willst du schon gehn? Der Tag ist ja noch fern.
Es war die Nachtigall und nicht die Lerche,
Die eben jetzt dein banges Ohr durchdrang;
Sie singt des Nachts auf dem Granatenbaum.
Glaub', Lieber, mir, es war die Nachtigall.»

Kalk rieselt von der Decke.

Peter: «Die Lerche war's, die Tagverkünderin,
Nicht Philomele; sieh den neid'schen Streif,
Der dort im Ost der Frühe Wolken säumt … –»

Felix drückt auf die Fernbedienung. Musik erklingt. Sie wird immer lauter und legt sich über die Sprechenden, deren Münder sich lautlos und kraft der perlenden Worte immer weiterbewegen. Vielleicht sagt Peter gerade: «Ich bleibe gern; zum Gehn bin ich verdrossen», während das Maschinengewehrfeuer immer näher rückt. Erneutes Donnern. Immer mehr Kalk rieselt von der Decke. Anna wirft Taschentücher zu Peter. Peter wirft die exotischen Pflanzen zu Anna. Scheinwerfer stürzen von oben herunter. Anna deklamiert. Maschinengewehrfeuer. Richard Wagner. Die Wand um das Loch bricht langsam ein. Peter hebt die Arme zum Himmel. Teile der Decke stürzen herab. Felix sitzt auf seinem Stuhl. Es donnert. Zweimal. Dreimal. Marschschritte. Blitze von draußen. Jetzt: Ein Mann wie ein Kreuz im Bruch der Wand. Es donnert. Viermal. Fünfmal. Anna umklammert den Balkon. Die Musikbox hat einen Sprung: Triumphmarsch. Götterdämmerung. Götterdämmerung. Triumphmarsch. Und dann: Maschinengewehrfeuer im Raum. Peter: Er fällt auf die Knie. Der Mann im Bruch der Wand: Er senkt das Gewehr. Blitze. Schritte. Donnern. Peter sinkt auf den Boden. Anna springt vom Balkon. Felix sitzt bewegungslos auf seinem Stuhl. Der Springbrunnen versiegt. Die Musik endet. Anna beugt sich über Peter.

Anna: Peter?

Schweigen.

Er ist tot. Siehst du das Blut? Er ist tot!

Der Mann steigt durch den Bruch in den Raum. Er ist in nasses Leinen gehüllt und barfuß. Er trägt einen Helm auf dem Kopf. Er geht langsam auf Anna zu.

Felix. Ich glaube … – mein Gott … –

Felix sitzt bewegungslos auf seinem Stuhl. Der junge Mann in Leinen ergreift den Stein. Er geht langsam auf Anna zu. Sie kniet. Er steht vor ihr. Sie schaut hoch. Er hebt den Stein höher. Sie streckt ihre Schuhe ihm entgegen.

Nein … – Komm … –

Der Stein – sie bricht zusammen – Stille.
Der junge Mann in Leinen schleift den Körper von Peter durch den Raum und in den Kühlschrank. Felix sitzt bewegungslos auf seinem Stuhl. Der Mann in Leinen nimmt Anna auf seine Arme. Er geht auf die Wand zu. Es ist ganz still.

Helmbrecht: Anna! Sieh doch – die Straße. Das Ende der Straße. Den Sonnenuntergang! Siehst du? Wir werden am Ende den Sonnenuntergang umarmen – Anna.

Helmbrecht geht durch den Bruch der untergehenden Sonne entgegen.

Dunkel.

23: FELIX

Felix sitzt bewegungslos auf seinem Stuhl. Er hat überall Kalk am Körper und in den Haaren. Er steht auf. Er geht langsam auf Annas Schuhe zu. Er hebt sie auf. Er hält sie in den Händen. Es ist still. Eine junge Frau stürzt herein. Sie ist außer Atem.

Die junge Frau: Ich bin die ganze Zeit gerannt und gerannt. Wo sind denn die anderen? So was habe ich mal im Kino gesehen. Und du? Meine Füße … – Ist das da mein Ballkleid? – Was ist denn hier passiert?

Schweigen.

Felix: Hallo, Angela.
Angela: Hast du was zu trinken?
Felix: Im Kühlschrank – Champagner. Wenn du möchtest.

Sie geht auf den Kühlschrank zu. Er sinkt auf den Stein.

Dunkel.

ENDE

BERLINER FASSUNG

Die «Berliner Fassung» zieht die Szenen 21 und 22 der Originalfassung zusammen zu Szene 21. Darauf folgt Szene 23 der Originalfassung.

21.

Abend. Anna und Felix an der Bar. Flackerndes Licht fällt durch das Loch in der Wand.

Felix: Guck mal!

Er trinkt.

Felix: Ich spüre gerade eine immer größere Sehnsucht in mir, zitatfrei zu trinken.

Trinkt.

Felix: Ich trinke und stelle dabei eine immer größere Au-then-ti-zi-tät mit mir selber her. Das habe ich dir zu verdanken.

Anna: Felix! Vielleicht müssen wir irgendwann mal aufhören. Vielleicht unterschätzen wir die Lage.

Felix: Nein. So was kann hier gar nicht passieren. Das passiert woanders. Nicht hier, Anna. Hier sind wir sicher.

Donnern. Felix läuft zum Loch in der Wand.

Felix: Anna?

Anna: Ja.

Felix: Mir kommt das alles so unwirklich vor. Es ist so, als sähe ich auf ein Bild. Kennst du das?

Anna: Was?

Felix: Du guckst auf so ein Bild, aber das Einzige, was dich bewegt, ist: Verdammt! Man hätte doch die Kamera schärfer stellen müssen.

Heftiges Donnern. Peter stürzt herein. Er ist gekleidet wie Felix, hält einen Baseballschläger und ein merkwürdiges totes Tier an den Beinen.

Peter: Hier seid ihr! Seit Tagen suchen wir euch! Habt ihr mal das Radio eingeschaltet? Das gibt's überhaupt nicht! Du denkst, die drehen 'nen Film, aber die drehen überhaupt keinen Film, das ist echt!! Also, ich sag euch mal was: Der Alexanderplatz ist weg! Wisst ihr, wie groß der Funkturm jetzt noch ist?! *(Hält die Hand an seinen Bauchnabel.)* Ja. – Guck mich nicht so an! Ich weiß doch auch nicht, was das für ein Tier ist! Stand da auf 'm Platz. Konrad Lorenz hat mal gesagt, wenn der Mensch tot ist und alle Haustiere ausgerottet sind, dann tauchen die Urarten wieder auf! Die Meere bevölkern sich wieder mit Walen, Rieseninsekten steigen aus den Wäldern auf und holen die Flugzeuge herunter, ich glaube ja, das ist 'n Vorläufer von einem Känguru. Oder einem Hund. Uli sagte vorhin, die haben bestimmt irgendwelche Grenzen aufgemacht, von denen wir noch gar nicht wussten, dass es sie gibt, weil da laufen jetzt ja … Also vorhin hatte ich das Gefühl, ich bin mir sogar selber entgegengekommen! An der Friedrichstraße! Scheiße, ihr sitzt hier rum, aber komm dir mal an der Friedrichstraße selber entgegen! Ich hab Durst. Mit dem Loch da, ja, da seid ihr noch richtig gut bedient, aber was ist denn dieses Loch da im Vergleich zu einem Loch in der Größe des Alexanderplatzes?! Mein Gott, wenn das jetzt auch noch mit dem Potsdamer Platz passiert, dann ist die Stadt so was von verarscht, da haben die jahrelang …

Näher rückendes Donnern. Anna rennt mit dem Ballkleid auf den Balkon. Kalk rieselt von der Decke.

Peter: Anna, wo willst du denn hin? Wo will sie denn jetzt hin? Ich hab eigentlich nichts gegen die Vorfahren der Kängurus, aber da draußen herrscht vielleicht ein allgemeines Misstrauen, das greift einfach über, und außerdem hat doch der Prophet Daniel einmal geträumt, dass ein schreckliches Tier mit Menschenaugen, das alles frisst und zermalt und den Rest mit den Füßen … Haben wir hier eigentlich irgendwo feste Regenkleidung? Taschenlampen! Hatten wir nicht in Richard der Zweite Taschenlampen? Wir brauchen Fallschirme für die Löcher und Schutzhelme …

Näher rückendes Donnern. Anna mit Ballkleid auf dem Balkon.

Anna: Okay.
Felix: «O Romeo! Warum denn Romeo?» Bitte.

Immer mehr Kalk rieselt von der Decke.

Anna: *(Vom Balkon herunter)*
«Willst du schon gehn? Der Tag ist ja noch fern.
Es war die Nachtigall und nicht die Lerche,
Die eben jetzt dein banges Ohr durchdrang …»
Peter: *(Unter dem Balkon)* – Habt ihr 'n Rad ab?! Die gesamte BVG ist vor einer Stunde versunken. U 1 bis U 9, S 1 bis S 44. Zieh sofort das Ballkleid aus!
Anna: *(Vom Balkon herunter)*
«Willst du schon gehn? Der Tag ist ja noch fern.
Es war die Nachtigall und nicht die Lerche, die …»
Peter: In einer Sondersendung haben sie gesagt, dass sich bei einem Alter der Erde von 2000 Jahren die Antimaterie vom Urgestein lösen könnte und dann das bisherige Leben ersetzt. Wisst ihr, was das heißt?!

Anna: *(Vom Balkon herunter)*
«Wie es auch hieße, es würde lieblich duften;
So Romeo, wenn er auch anders hieße …»

Felix: Nein!! «Wie es auch hieße» ist davor! Du hast doch eben schon «Es war die Nachtigall» gesagt!! Sortier das doch mal!

Peter: Entschuldigung, vielleicht ist mir an der Friedrichstraße meine eigene Antimaterie entgegengekommen!?!

Scheinwerfer und Teile der Decke stürzen herab.

Anna: *(Vom Balkon herunter)*
«Sie singt des Nachts auf dem Granatenbaum.
Glaub', Lieber, mir, es war die Nachtigall.»

Felix: Jaa!

Peter: Scheiße, die Lerche war's, die Tagverkünderin, nicht Philomele … Wenn die BVG jemals wieder auftauchen sollte, dann nur noch spiegelverkehrt als ihre eigene Antimaterie! Komm doch bitte da runter! «Sieh den neid'schen Streif, der dort im Ost der Frühe Wolken säumt!» Draußen tobt der Irrsinn, wir müssen alle spiegelverkehrt leben!, und ihr probt die Balkonszene!

Anna: *(Vom Balkon herunter)*
«Trau mir, das Licht ist nicht des Tages Licht.
Drum bleibe noch, zu geh'n ist noch nicht not.»

Peter: Was ist das überhaupt für eine Fassung?!

Anna: *(Vom Balkon herunter)*
Trau mir, das Licht ist nicht des Tages Licht.
Drum bleibe noch, zu geh'n ist noch nicht not.

Peter: Ich glaube, es wäre besser, wir würden jetzt vor die Ausgänge überall Bretter vornageln. «Lass sie mich greifen, lass sie mich töten, ich gebe gern mich drein, wenn du es willst. Ich bleibe gern; zum Gehn bin ich verdrossen. Willkommen, Tod! hat Julia dich beschlossen. Nun, Herz? Noch tagt es nicht, noch plaudern wir.» Hey, ist das jetzt eigentlich Schlegel/Tieck?

Er wird erschossen. Der Mann im Bruch der Wand senkt das Gewehr. Anna springt vom Balkon. Felix sitzt bewegungslos auf seinem Stuhl. Der Springbrunnen versiegt. Anna beugt sich über Peter.

Anna: Peter? – – – Er ist tot. Siehst du das Blut? Er ist tot!

Der Mann steigt durch den Bruch in den Raum. Er ist in nasses Leinen gehüllt und barfuß. Er trägt einen Helm auf dem Kopf. Er geht langsam auf Anna zu.

Anna: Felix. Ich glaube ... – mein Gott ... –

Felix sitzt bewegungslos auf seinem Stuhl. Der junge Mann in Leinen ergreift den Stein. Er geht langsam auf Anna zu. Sie kniet. Er steht vor ihr. Sie schaut hoch. Er hebt den Stein höher. Sie streckt ihre Schuhe ihm entgegen.

Anna: Nein ... – Komm ... –

Der Stein – sie bricht zusammen – Stille.

Der junge Mann in Leinen schleift den Körper von Peter durch den Raum und in den Kühlschrank. Felix sitzt bewegungslos auf seinem Stuhl. Der Mann in Leinen nimmt Anna auf seine Arme. Er geht auf die Wand zu. Es ist ganz still.

Helmbrecht: Anna! Sieh doch die Straße. Das Ende der Straße. Den Sonnenuntergang! Siehst du? Wir werden am Ende den Sonnenuntergang umarmen – Anna.

Helmbrecht geht durch den Bruch der untergehenden Sonne entgegen.

Dunkel.

23: FELIX

Felix sitzt bewegungslos auf seinem Stuhl. Er hat überall Kalk am Körper und in den Haaren. Er steht auf. Er geht langsam auf Annas Schuhe zu. Er hebt sie auf. Er hält sie in den Händen. Es ist still. Eine junge Frau stürzt herein. Sie ist außer Atem.

Die junge Frau: Ich bin die ganze Zeit gerannt und gerannt. Wo sind denn die anderen? So was habe ich mal im Kino gesehen. Und du? Meine Füße … – Ist das da mein Ballkleid? – Was ist denn hier passiert?

Schweigen.

Felix: Hallo Angela.
Angela: Hast du was zu trinken?
Felix: Im Kühlschrank – Champagner. Wenn du möchtest.

Sie geht auf den Kühlschrank zu. Er sinkt auf den Stein.

Dunkel.

ENDE

MÄNNER UND FRAUEN

Ein Schauspiel in zwölf Bildern

Personen

Martin Goldmann

Heinrich

Der schöne Fremde / Der Mann mit dem Gefrierkühlkoffer / Angelo Hoffmann

Dagmar Schönfeld
Natalie
Jenny

Die Verlorene

Jürgen Rühlmann
Susanne

Marie / Die Prostituierte / Die Frau mit der Baseballmütze / Die Touristin

Der Spediteur / Einer, der das Spiel guckt Karlsruhe gegen Köln / Der Gebildete mit Hut / Der weißhaarige Mann im Rollstuhl

Die Stimme aus der Ferne

Der Anrufbeantworter mit der Stimme von Goldmanns Mutter

EINS

Im Hintergrund ein Arbeitsstudio. Ein Rednerpult, aufgestellt in Richtung weiße Hinterwand, so als befinde sich ein Auditorium dahinter. Nach kurzer Zeit sind von dort Stimmen zu hören und bewegte Schatten auf der Wand zu sehen, so als versammelten sich Menschen, um Plätze einzunehmen. Vorne ist ein Wohnraum angedeutet. Martin Goldmann im weißen Kittel kommt und stellt sich an das Rednerpult.

Goldmann: Meine Damen und Herren, die Funktionen des menschlichen Gehirns lassen sich wie folgt erläutern: Die beiden Hirnhälften, genannt die linke und die rechte Hemisphäre, werden durch den Balken: den Corpus Callosum, sowie durch Nervenfaserbrücken verbunden. Das limbische System befindet sich im Hirninneren, und es koordiniert das Langzeitgedächtnis und auch die Gefühle. Ich habe bereits mehrfach darauf hingewiesen.

Eine Frau im Mantel tritt auf mit dem Spediteur und beginnt, hinter dem Rücken Goldmanns die Wohnung leer zu räumen.

Goldmann: Die stark gefurchte Oberfläche des Gehirns ist nur zwei Millimeter dick und erreicht bei einer Fläche von 1,5 Quadratmetern die Ausdehnung einer durchschnittlichen Schreibtischplatte. *(Dreht sich um. Dreht sich zurück.)* Der seitliche Kniehöcker liegt unterhalb des Sehhügels. Hier enden die Nervenfasern der renitalen Ganglienzellen, die sich im Zwischenhirn bilden, während sich die Nervenfasern des seitlichen Kniehöckers im Auge bilden … ich korrigiere: die seitlichen Ganglienzellen bilden sich im Auge, und es sind die Nervenzellen des Sehhügels, die sich im Zwischenhirn … nicht des

Sehhügels: der Sehrinde bilden, und ich verkürze: Was wäre der Mensch ohne den seitlichen Kniehöcker? *(Im Auditorium wird es unruhig.)* In einer Nervenzelle besteht ein elektrisches Potenzial, ja eine Ladungsdifferenz, meine Damen und Herren, von minus Millivolt, wie viel?!, meines Erachtens: von siebzig, und wohlgemerkt: das Innere ist relativ zum Äußeren negativ. Sagte ich von siebzig? Einen Augenblick bitte.

Läuft nach vorne.

Goldmann: Wo willst du denn jetzt mit der Pflanze hin? Bleib doch mal … Hallo?

Die Ersten im Auditorium gehen. Er läuft nach hinten.

Goldmann: Kapitel sechs: Transmittermoleküle diffundieren durch den synaptischen Spalt und heften sich an der Empfängerseite … und wieso an der Empfängerseite? Sprach ich denn schon von der Senderseite? Einen Augenblick bitte.

Läuft nach vorne.

Goldmann: Wir werden die Fahrräder aufpumpen und dann … Kannst du das nicht stehen lassen? Den ganzen Tag auf einer Wiese liegen! *(Es gehen immer weitere.)* Bin gleich wieder zurück.

Läuft nach hinten.

Goldmann: Die Senderseite oder die Empfängerseite! Es ist ja immer die gleiche Frage: Sendet der, der sendet, wirklich etwas an einen Empfänger? Und empfängt der, der empfängt, wirklich eine Sendung? Moment.

Läuft nach vorne.

Goldmann: Die Balearen! – Du! Ich! Der Strand!

Der Arbeiter stapelt auf eine Schubkarre die ganzen Schuhkartons.

Goldmann: Wir werden Languste essen. – Hallo?

Immer weitere gehen. Er läuft nach hinten.

Goldmann: Kapitel sieben: Proteinchemische Messungen im Gehirn von so genannten … Ist es Ihnen lieber, wenn ich noch ein bisschen über den seitlichen Kniehöcker spreche? – Ah ja. Gut. Spreche ich also weiter von den proteinchemischen Messungen, und es wäre schön, wenn Sie sich einmal diese Wüstenrennmaus angucken wollten.

Auf der Wand erscheint für eine Weile das große Abbild einer Frau im roten Sommerkleid.

Goldmann: MARIE! *(Dreht sich um. Läuft vor dem Abbild umher.)* Schottland. Da ist irgendwas durcheinander gekommen. Wir lagen in den Wiesen im Hintergrund. Es war Sommer. Proteinchemische Messungen. *(Läuft nach vorne.)* Komm zurück! Sie kann doch nicht einfach … Ist das hier leer! *(Läuft nach hinten.)* Ladungsdifferenzen! Rotationsdefizite! Wo war ich stehen geblieben?

Die Restlichen gehen. Goldmann lehnt mit dem Rücken an der Wand. Dahinter sieht man den Schatten einer Gestalt.

Goldmann: Ich habe den Faden verloren. Sprach ich schon von der Großhirnrinde? Kapitel acht: Jede Nacht sehe ich eine Masse dick gewordenes Mark. Wie Tomatenmark. Gehirnmasse ist wie Tomatenmark. Aber grau. *(Lehnt den Kopf an die Wand.)* Ich träume, wie sie daliegt, geduldig hinter den Stirnlappen. Und dann: Neuronen. Fünf Millionen Neuronen. Sie bleiben?

Der Schatten erhebt sich und kommt näher und wird immer größer. Dann tritt ein Mann durch die Wand. Er trägt einen altmodischen Anzug und in seinen Händen vergilbte und verschnürte Bücher und einen roten Damenschuh.

Goldmann: In Schottland war noch alles in bester Ordnung. Seit einiger Zeit simuliere ich neuronale Reaktionen in Tomatenmark, und es gibt umwerfende Erkenntnisse, wenn ich das so schlicht sagen darf. Für Sie. Für mich. Für uns alle. Ich stehe kurz vor meiner persönlichen Neuronen-Schöpfung: der Martin-Goldmann-Neuronen-Schöpfung: Künstliche Gedanken. Künstliche Gefühle. Denken ohne Hirn, Fühlen ohne Mensch. Das klingt völlig wahnsinnig, aber es ist herstellbar, mein internationaler Durchbruch, aber …
Marie …

Er weint. Der Mann legt die Bücher ab. Geht langsam auf Goldmann zu. Überreicht den roten Damenschuh. Eine stille, vorsichtige Umarmung.

ZWEI

Im Arbeitsstudio. Goldmann schlafend auf einem Stuhl. Im Schoß der rote Damenschuh. Der angekommene Mann steht hinter ihm, in einer Hand die Bücher, die andere liegt auf Goldmanns Stirn.

Der angekommene Mann: *(singt)* Der Mond ist aufgegangen / Die goldnen Sternlein prangen / am Himmel hell und klar. / Der Wald steht schwarz und schweiget, / und aus den Wiesen steiget / der weiße Nebel wunderbar. / Wie ist die Welt so stille / und in der Dämmerung Hülle / so traulich und so hold / als eine stille Kammer / wo ihr des Tages Jammer / verschlafen und vergessen sollt. / So legt euch denn, ihr Brüder / in Gottes Namen nieder; / kalt ist der Abendhauch. / Verschon uns, Gott, mit Strafen / und lass uns ruhig schlafen. / Und unsern kranken Nachbarn auch.

Nimmt einen Stuhl. Steigt darauf.

Der angekommene Mann: Ich habe ihn gefunden. Ich bin da.

Die Stimme aus der Ferne: Gut. War die Reise beschwerlich?

Der angekommene Mann: Nein. Es gab viel zu sehen. Ich bin über Paris geflogen.

Die Stimme aus der Ferne: Ah. Ganz Paris träumt von der Liebe.

Der angekommene Mann: Ja. Ich bin dabei gegen diesen Turm gelaufen.

Die Stimme aus der Ferne: Du musst mehr nach vorne gucken. Verstanden?

Der angekommene Mann: Ja.

Die Stimme aus der Ferne: Gut. Dann fangen wir jetzt an. Du stehst dort unten, weil ich es von hier oben nicht mehr will. Meine Hand ist müde und schwankend, und ich kann die Fäden nicht mehr halten. Manchmal zieh ich noch an diesem oder jenem, aber dann sehe ich, es war der falsche. – Hast du mit Goldmann schon gesprochen?

Der angekommene Mann: Ich wollte mich noch besser vorbereiten.

Die Stimme aus der Ferne: Gut. Das Glück von Goldmann ist mir wichtig. Ja. Im Alter wird man, wie heißt es? – «minimalistisch», und ich habe wirklich keine Lust, mich immer weiter um den Rest zu kümmern. Nun. Du bekommst das beste Mittel, das ich habe für dort unten. Hier der Schlüssel! Gehe zu ihm! Finde ihm die Passende! Und zeige, wie er die Zukunft mit ihr lebt!

Der angekommene Mann: Mir ist noch nicht so deutlich, ob meine Kräfte reichen für hier unten.

Die Stimme aus der Ferne: Ich gebe dir einen großen Teil von mir. Den Rest liest du bei den Griechen. Die Griechen haben wirklich viel davon verstanden. Ich habe dir doch die Schriften mitgegeben. Oder hast du auf der Reise gar nicht gelesen?

Der angekommene Mann: Doch, schon, aber …

Die Stimme aus der Ferne: Gut. Dann fangen wir jetzt an.

Der angekommene Mann: Eine Frage noch. Wie heiße ich hier unten? Wie nenne ich mich?

Die Stimme aus der Ferne: Ah. Dein Name. Lass mich überlegen. – *(Lacht.)* Kennst du den Faust? *(Hustet.)* Scherz beiseite. – Höre, Heinrich! Wenn es nicht die Erste ist: gut. Dann vielleicht die Zweite. Wenn es nicht die Zweite ist: gut. Dann wird es die Dritte sein. Wenn es aber nicht die Dritte ist, werde ich wütend. Sehr wütend. Verstanden?

Heinrich: Ja.

Die Stimme aus der Ferne: Du hast also drei Kugeln. Pass auf, dass du nichts verschwendest! Und noch etwas: Nicht Jenny! Hast du gehört?

Heinrich: Jenny?

Die Stimme aus der Ferne: Ja, Jenny. Nicht Jenny! Und nun trete auf wie ein guter Lehrmeister und finde ihm die Passende! Es irrt der Mensch, solang' er strebt. Wenn Goldmann glücklich wird, dann darfst du zurück und wirst der Glücklichste hier oben! Leb wohl!

DREI

Im Arbeitsstudio. Im Hintergrund die Wand. Goldmann schlafend mit dem roten Schuh im Schoß. Heinrich geht mit den Büchern zum Rednerpult.

Heinrich: Menschen.
Nein. Menschen!

Ich habe so hart auf dem Stuhl geschlafen. Nein. Nochmal.
Ich habe … Menschen! Ich habe so hart auf diesem Stuhl geschlafen! Gestern habe ich mir den Kopf an dieser Wand gestoßen! Hat nicht ein Kopf Vorrecht vor einer Wand!?
Wand. Sand. Hand. Land! Weiter.
Kann man nicht bleiben hier wie Kinder? Herabgekommen, um so den Weg wieder hinaufzufinden? Ist nicht das Schönste hier wie in den Winden? Wiegenwissen. Entschuldigung.
Sprechen. Ich werde richtig sprechen müssen.
Erde. E – R – D – E!
Buchstaben. Hier. Lesen. *(Liest.)* «Zuerst aber war das Chaos.» DAS CHAOS. Es war zuerst. Weiter. «Aber darauf dann ward die Erde, breitbrüstig, und für alle ein dauernder Wohnsitz.» BREITBRÜSTIG. Schön. WOHNSITZ. Wohnsitz. «Als ersten von allen Göttern ersann er den EROS.» Ah! Erst Chaos, dann Erde, jetzt EROS. Gut. «Und so bauten sie Großes, um nahe zu sein den Göttern.» Noch mehr Götter. «APHRODITE. APOLL. SOHN DES ZEUS.» Kenn ich. Der Furchtbarste von allen. *(Stürzt das obligate Glas Wasser herunter.)* Erst sprechen. Dann trinken. Gut. Tempo! Und jetzt der Schlüssel!

Geht mit dem Schlüssel auf die Wand zu. Ein lautes Geräusch. Heinrich und Goldmann blicken auf die Wand, wo große Projektionen von Frauen erscheinen. Blond. Brünett. Dunkel. Bekannte, Unbekannte aus allen Jahrhunderten: Groß, zierlich, rundlich. Ein Lichtkegel, der mal rot oder grün leuchtet. Heinrich geht ans Rednerpult.

Heinrich: «Fürchtet euch nicht!» Nein. Falsches Buch.

Nimmt ein anderes.

Damen, Herren, Bürger! Man muss die Frauen in drei Ordnungen teilen. Die dorischen sind gerade. Ja. Gerade. *(Gestikuliert.)* – Linien. Ja. Kraft! Mit Kraft. Gerade Linien mit Kraft. *(Blät-*

tert.) Metrisch! Ja. Geometrisch. Gradlinig geometrisch. Verstanden? Schnörkellos! Ja. Im Richtungsbau. Ausgleich von Vertikal- und Horizontalkräften. Ja! Und …

Goldmann ab. Kommt zurück mit einem schwarzen Schuh.

Heinrich: Die ionischen! Vielschichtiger als die dorischen. Innerhalb der Gestaltung mehr Elemente. Richtig. Dekorativ. Einerseits. Dorisch. Andererseits. Geht nicht ohne Widerspruch. Das bedeutet …

Goldmann: Die Polstermöbel zum Beispiel, die standen jahrelang in meiner Wohnung herum, die habe ich bei einem spanischen Avantgarde-Designer gekauft.

Heinrich: Sie wollen das eine. Ja. Und das andere. Ja. Das bedeutet? *(Gestikuliert, wie etwas Geradliniges auf etwas Schnörkelhaftes trifft.)* Kompliziert. *(Auf der Wand erscheint der Athena-Tempel in Priene.)* Richtig! IONISCHER ECKKONFLIKT! Fachbegriff.

Goldmann: *(Springt auf)* Marie. Marie war so eine Frau. Ich bearbeite doch nicht jeden Tag meine Polstermöbel mit einem Spezialfleckenwasser, im Übrigen auch nur, weil sie ihre Schuhe ja nicht an der Garderobe ausziehen konnte, und jetzt sagt sie plötzlich, im Grunde seien es ihre Polstermöbel! Ich hätte immer vor ihnen gestanden wie in einem Museum, aber sie, sie hätte mit ihnen gelebt, weil nämlich so, wie ich … Die Polstermöbel hätten in meiner Gegenwart geschrien wie Pflanzen ohne Wasser! Am Ende hat sie sich sogar mit ihnen identifiziert. Wie Schwestern stünden sie da in dieser seelenlosen Wohnung!

Heinrich: *(Wird mitgerissen.)* Korinthische Frauen werden ganz und gar von AKANTHUSMOTIVEN bestimmt. In ihren Köpfen ist nichts als Ornament und schönes Gebälk. Konnten die ionischen die klare Richtung noch einfließen lassen in den Eckkonflikt, ist in den korinthischen …

Goldmann: Ich stehe daneben, aber sie begrüßt die Möbel! Ich meine, da stimmt doch was nicht!

Heinrich: Entschuldigen Sie!
Goldmann: Stopp! Wer war denn das?
Heinrich: Das?
Goldmann: Nein! Eins davor!
Heinrich: Diese?
Goldmann: Ja. Die!
Heinrich: Einen Augenblick bitte. *(Läuft zum grünen Lichtkegel. Kommt zurück.)* Dagmar Schönfeld.

Sie betrachten das Bild von Dagmar Schönfeld.

Heinrich: Gefällt Sie Ihnen?
Goldmann: Sieht super aus.
Heinrich: SUPER.
Goldmann: Ja.
Heinrich: Ist SUPER etwas Passendes?
Goldmann: Ja.
Heinrich: Vielleicht ist sie das Passende für Sie?
Goldmann: Ich glaube, das passt. – Aber kann man das nicht leiser machen?
Heinrich: Sehen Sie die Schrift unten da?
Goldmann: Wo?
Heinrich: Da! Da ist eine Inschrift. Auf dieser Seite: Ort, Zeit und Raum. In der Mitte: eine Frau, dorisch, ionisch, korinthisch. Und hier: das rote oder grüne Leuchten.
Goldmann: Rotes oder grünes Leuchten?
Heinrich: Ja. Rot bedeutet: Da ist noch ein anderer Mensch. Grün: Wir können sofort anfangen.
Goldmann: Das ist ja wie bei einer Ampel.
Heinrich: AMPEL.
Goldmann: Na, wie bei einer Ampel, aber was ist denn da? Wie leuchtet's?
Heinrich: Grün.
Goldmann: Stimmt. Jetzt seh ich's auch. *(Läuft hin.)* Das ist ja … *(Sieht in das grüne Leuchten.)* Irre! Man guckt einfach hinein

und schon weiß man alles. *(Sieht.)* Er war Flugkapitän bei der Air-France. Typische Fernbeziehung. Nach einem zwanzigtägigen Streik des Bodenpersonals war Schluss. Auseinander gelebt.

Heinrich: Es funktioniert, es funktioniert. Gefällt sie Ihnen? Ist sie super?

Goldmann: Ich finde, das ist eine ganz ungewöhnlich geile Frau.

Heinrich: Eine dorische Frau. Sieht man ja. Dorisch ist geradlinig, geometrisch klar …

Goldmann: Ja, gut, ja, gut, jetzt links?

Heinrich: Da?

Goldmann: Nein. Die andere Seite.

Heinrich: Ah. *(Liest.)* «Stu-tt-gaa-rt

Goldmann: Stuttgart?

Heinrich: Stuttgart. – Wir können gleich los. Sie kommt immer am Abend in ihr Haus.

Goldmann: Moment. – Interessiert sie sich für Gehirnforschung?

Heinrich: GEHIRNFORSCHUNG.

Goldmann: Ja, Neurologie?

Heinrich: NEUROLOGIE.

Goldmann: Ich meine, würde sie es aushalten, gegebenenfalls mit jemandem zusammenzuleben, dem der Nobelpreis zuerkannt wird?

Heinrich: NOBELPREIS. Wird zuerkannt.

Goldmann: Gut. Dorisch ist gut. Dann müssen wir nur noch meine Schlüssel bei Remde abgeben. Remde kümmert sich immer um die Post.

Sie betrachten das Bild von Dagmar Schönfeld.

Goldmann: Man sieht ja so viel in einem neuen Gesicht. – Wissen Sie, was gerade vor sich geht?

Heinrich hält Koffer, Mäntel und Hüte bereit. Er versucht, einen Mantel mit dem Rücken nach vorne anzuziehen.

Goldmann: Die Signale laufen aus den sensorischen Feldern des Neocortex in die Verschaltungsgebiete des Hippocampus. Zuerst in die Körnerzellen, dann in die Pyramidenzellen und wieder in die Körnerzellen. Jetzt, durch dieses wellenförmige Hin und Her, entsteht der Theta-Rhythmus: das neuronale Erregungsmuster. Und genau das werde ich bald auch herstellen. Stellen Sie sich vor: In meinem Reagenzglas, ein völlig isoliertes, von allen menschlichen Zusammenhängen abgekapseltes Neuron, das aber von seiner elektro-chemischen Polung her gesehen total erregt ist. Machen Sie jetzt nochmal fünf vor.

Es erscheinen Susanne, die Verlorene, Natalie und die Touristin. Heinrich überreicht Goldmann den Mantel, um zu sehen, wie es geht. Dann läuft Dagmar Schönfeld im roten Sommerkleid lachend mit Goldmann über eine schottische Wiese. Goldmann steht davor mit Koffer und Mantel.

Goldmann: Das heißt: Es wäre das erste Mal in der Menschheitsgeschichte, dass eine molekulare Einheit an Sex denkt. Ohne auch nur im Geringsten etwas in diese Richtung ausführen zu können! Und trotzdem, in meinem Reagenzglas: Das wäre der geschlechtliche Urgedanke! Sex als die Essenz einer reinen Idee! Alles, was ich dafür brauche, ist Blut, Glutamat, Calcium, Natrium, elektronische Spannung und ein bisschen Tomatenmark. Machen Sie jetzt zweitausend vor! Ich will sehen, wie jetzt die Zeit vergeht und was ich am Ende davon brauchen kann!

Setzt den Hut auf. Heinrich tut es ihm gleich. Er hält seine Bücher und die Koffer. Es wird sehr hell. Dunkel.

VIER

Stuttgart. Der angedeutete Teil einer Wohnung in unterkühltem Stil. Goldmann sitzt an einem Tisch, setzt Tomatenmark in einem Reagenzglas unter elektronische Spannungen und diktiert Ergebnisse in ein Gerät. Dagmar Schönfeld tritt in den Raum.

Dagmar Schönfeld: Mein Gott, was für ein Tag! Und dabei dachte ich immer: Firmeninternes Event-Marketing dient in erster Linie der Motivation des Außendienstes. Die Mitarbeiter sollen durch eine stark emotionsbetonte Ansprache davon überzeugt werden, dass das von ihnen vertriebene Produkt das beste der Branche ist. Und was plant Pfeifenberger? Unternehmensdarstellung! Stundenlang! Ich sage: «Lieber Herr Pfeifenberger: Der Außendienst weiß doch schon, wer wir sind. Es wäre besser, wir würden jetzt gefühlsbetont aufbereitete Informationen über unser Produkt sowie die Motivation, dieses engagiert zu verkaufen, ins Zentrum der Bemühungen stellen. Ich schlage vor: etwas Multimediales. Vorläufiger Titel: Erst der Mensch, dann die Maschine!» Pfeifenberger guckt mich mit großen Augen an, ich sage: «In Teil 1 führt Jürgen Rühlmann, der Schauspieler, als der Mensch durch die Menschheitsgeschichte, die in vielen Bildern mittels vorhandener Technik dargestellt wird. Die Botschaft: Der technische Fortschritt muss den Wünschen der Menschen gerecht werden. Nur wenn Autos diesen Wünschen entsprechen, lassen sie sich auch verkaufen. Teil 2: Wir, die Veranstalter, vermitteln Wertbegriffe unserer Gesellschaft auf Großbildprojektionen, entweder in Form von Hieronymus Bosch oder etwas aus der Rosa Periode von Picasso sowie durch weitere künstlerische Einlagen wie zum Beispiel einem Faksimile von Franz Kafka.» Ich will gerade Teil 3 erläutern, aber weißt du, was Pfeifenberger da sagt: «Liebe Frau Schönfeld, was hat denn ein Faksimile von Franz Kafka mit Autos zu tun?» Ich frage ihn: «Was haben denn Zigaretten mit Sonnenuntergängen zu tun?» Er schnauzt mich an: «Was soll ich mit der Rosa Periode von

Picasso, wenn ich einfach nur einen Pkw mit Schiebedach haben will?» Plötzlich kommt Klaus herein, und weißt du, was in dem Moment Klaus zu Pfeifenberger sagt?

Goldmann: Nein.

Dagmar Schönfeld: Du bist wohl heute nicht so gut vorangekommen?

Goldmann: Wieso?

Dagmar Schönfeld: In deinem Tonfall klingt so etwas mit wie: Bitte nicht ansprechen. Ich bin heute nicht gut vorangekommen.

Goldmann: Also, nachdem du da durch die Tür gekommen bist, kann es unmöglich irgendeinen Tonfall von mir gegeben haben. Du bist reingekommen und hast schon im Reinkommen gesprochen. Bis eben.

Dagmar Schönfeld: Aber es ist ja schon alles an deiner Körperhaltung zu sehen. Guck dich doch mal an, wie du da sitzt.

Goldmann: Erstens sitze ich hier, wie ich immer sitze, und zweitens, wenn ich hier sitzen würde, und man sehen könnte: «Oh, da ist aber einer heute nicht gut vorangekommen», dann ist es doch das Mindeste, dass man erst einmal abwartet und ihn nicht gleich so anspricht, wie du mich angesprochen hast.

Dagmar Schönfeld: Ich kann hier ansprechen, wen ich will! Wer bezahlt denn das hier alles?!

Goldmann: Ja! Aber dann sprich mich doch erst mal an mit etwas allgemein Menschlichem! Frag mich, was ich fühle! Aber lass mich mit deinem bescheuerten Schauspieler Rühlmann in Ruhe! Bei jedem Rahmenprogramm tritt Rühlmann auf!

Dagmar Schönfeld: Jürgen Rühlmann ist ein Künstler!

Goldmann: Wenn Rühlmann auftritt, verkauft ihr danach nicht mal einen Ersatzreifen.

Dagmar Schönfeld: Du wirst es ja wissen. Seitdem ich dich kenne, stocherst du in Tomatenmark herum auf der Suche nach irgendeiner Theorie, an die kein Mensch glaubt, außer du und deine Mutter!

Goldmann: Was hat denn das jetzt bitte mit meiner Mutter zu tun?

Dagmar Schönfeld: Schon als deine Mutter beim ersten Treffen mit meiner Mutter nach zwei Sekunden verkündete: «Mein Sohn erforscht, wie das Gehirn wirklich denkt, und ich unterstütze ihn dabei telepathisch!», da hätte ich sie am liebsten in den Neckar geworfen, diese esoterische Kuh!

Goldmann: Weißt du eigentlich, dass alles, was aus deinem Mund kommt, immer etwas zu überbetont klingt?

Dagmar Schönfeld: Nein.

Goldmann: Entspann dich mal. – Setz dich hin, zieh die Schuhe aus und stell dir was Schönes vor. Wie du über eine Wiese läufst. Wie dir das Gras über die Füße streicht. Wie du merkst, dass dein ganzer weiblicher Körper ja auch irgendwie im Verhältnis zu dem steht, was dich umgibt: die Kornfelder, die Kühe, die stundenlang das Gras kauen, das sich dann in Milch verwandelt, der Mond über dir …

Dagmar Schönfeld: Du bist so ein Arsch.

Heinrich kommt herein in Goldmanns Kittel.

Heinrich: Halt! Nein. Stopp. *(Setzt sich.)*

Schweigen.

Heinrich: So geht das nicht. Was sind denn das für Dialoge? *(Geht umher.)* Perseus mit den Flügelschuhen machte Andromeda ihre Hautfarbe kein einziges Mal zum Vorwurf. Ja. Andromache war allen zu groß, und doch war es Hektor, der sie für mittelgroß erklärte. Ja. Was meine ich damit? Nun. Als braun bezeichne die, deren Blut schwärzer ist als illyrisches Pech. Ja. Schielt sie, sprich vom göttlichen Blick, der alles umfasst. Gut. Stirbt sie fast vor Magerkeit, nenne sie handlich schlank. Ja. Und ist sie fett, sage vollschlank!

Goldmann: Ich wollte ja, aber es ging nicht.

Heinrich: Früher hat das in so einer Anordnung immer zum Schönen geführt! Und nun? Erst erzählen Sie mir, Sie wollen eine dorische, etwas Schnörkelloses im Richtungsbau, keine Akanthus-Motive, ja, und wenn Sie dann … Wissen Sie, was Sie gesagt haben? «Frag mich, was ich fühle!»

Goldmann: Ich weiß ja auch nicht, wie das passieren konnte. Wir sind total vom Thema abgekommen. Wir haben plötzlich über meine Mutter gesprochen.

Dagmar Schönfeld: Sag mal, führst du jetzt Selbstgespräche?

Goldmann: Moment. Ich muss gerade nachdenken. Was mache ich denn jetzt?

Heinrich: Ihre Rede über den weiblichen Körper fand ich gelungen. Dass er grundsätzlich im Verhältnis steht zu den Kornfeldern, der Milch und dem Mond. Das ist sehr schön. Aber glauben Sie, sie interessiert sich für den Mond? Ich glaube nicht. Wir müssen das anders machen. – Noch einmal: Sie kommt rein. Sie sitzen da. Sie spricht. Und dann, an einer bestimmten Stelle, sagen Sie dies: «Du hast Recht. Pfeifenberger irrt! Pfeifenberger ist SO EIN ARSCH!«

Goldmann: Aber Pfeifenberger scheint mir der einzige vernünftige Mensch in diesem Irrenhaus.

Heinrich: Sagen Sie: «Ich wünschte, wir kämpften beide Seite an Seite in ein und derselben Schlacht!» – Sagen Sie es.

Goldmann: Jetzt?

Heinrich: Ja.

Dagmar Schönfeld: Wo hast du denn das Mineralwasser hingestellt?

Goldmann: Entschuldigung. Gib mir den Schlüssel. Ich halt das nicht aus.

Heinrich: Nein. Das geht jetzt nicht. Wir sollen das sparsam benutzen. Einen Augenblick bitte.

Geht. Kommt wieder mit einem großen Fisch.

Heinrich: Wenn ein Mann oder eine Frau von einem Dämon gequält wird, soll man das Herz des Fisches verbrennen. Dann werdet ihr von der Plage befreit. – – Den Fisch hieß Asarja den jungen Tobias fangen, um die Nacht bei Sara zu überstehen, die schon sieben Männer im Brautgemach gemordet hatte.

Gibt ihm den Fisch.

Goldmann: Danke.
Heinrich: Was ist denn das?
Goldmann: Das?
Heinrich: Ja.
Goldmann: Ein Diktiergerät, neues Modell, sehr klein, aber sehr gut. Hier, sagen Sie mal was.
Heinrich: Warum?
Goldmann: Warum? Das ist doch der Sinn. Da! Hören Sie?

Man hört: «Sagen Sie mal was.» «Warum?» «Warum? Das ist doch der Sinn …»

Dagmar Schönfeld: Du, ich muss morgen ziemlich früh aufstehen.
Heinrich: Ja. *(Nimmt das Gerät.)* Denken Sie an alles. Ich gehe ab.

Rennt gegen die Tür.

Goldmann: Drücken.
Heinrich: Was?
Goldmann: Die Klinke.
Heinrich: Dies?
Goldmann: Ja. Erst drücken. Dann abgehen.
Heinrich: Danke. *(Ab.)*
Goldmann: Lass uns nochmal von vorn anfangen. Alles einfach nochmal von vorne, ja?

Sie geht. Er arbeitet. Ein schöner Fremder kommt.

Der schöne Fremde: Ich komme jetzt herein und frage einfach mal: Sind Sie homosexuell?

Verwirrung.

Der schöne Fremde: Das ist aber ein toller Fisch. Stehst du auf Hecht?

Schweigen.

Der schöne Fremde: Okay. Dann komm ich vielleicht später nochmal. *(Ab.)*

Dagmar Schönfeld kommt.

Dagmar Schönfeld: Mein Gott, was für ein Tag! Ich sage: «Was haben denn Zigaretten mit Sonnenuntergängen zu tun?» Er schnauzt mich an: «Was soll ich mit der Rosa Periode von Picasso, wenn ich einfach nur einen Pkw mit Schiebedach haben will?» Plötzlich kommt Klaus herein, und weißt du, was in dem Moment Klaus zu Pfeifenberger sagt?

Goldmann: Essen Homosexuelle Hecht? Nein. Das wollte ich gar nicht sagen. Lass mich mal überlegen. Wenn Klaus reinkommt und wir ja wissen, dass er marketingtechnisch gar nichts hält von Pfeifenberger, und er ja auch beim Reinkommen merkt, dass der das mit Picasso überhaupt nicht kapiert, dann würde er wahrscheinlich, also ich würde sagen, ich weiß es nicht, was hat er denn gesagt?

Dagmar Schönfeld: Ich glaube, es ist besser, jeder macht sein Ding, und wir treffen uns dann abends und gehen ins Kino. Heute läuft: I HIRED A CONTRACT KILLER.

Goldmann: Aber entschuldige, das ist doch irgendwie keine Beziehung. Wir würden einfach gerne mal ein paar Inhalte über dein Privatleben erfahren.

Dagmar Schönfeld: Telefon!

Goldmann: Ich geh jetzt nicht dran.

Dagmar Schönfeld: Warum ist denn der AB nicht eingeschaltet?

Goldmann: Ich möchte jetzt über was anderes sprechen. Da war eben so ein Mann.

Dagmar Schönfeld: «Marketing for everybody is marketing for nobody!«

Goldmann: Was?

Dagmar Schönfeld: Klaus zu Pfeifenberger.

Goldmann: Ach so. Interessant. Aber das war doch nicht Klaus?

Dagmar Schönfeld: Ja, was wir brauchen, ist ein Marketing, das die Profitorientierung sozialethisch abfedert. Corporate Identity und Life-Style-Orientierung sind Werkzeuge, mit denen wir uns im Hinblick auf eine Verkaufsförderung ganz schnell vertraut machen müssen. Bestimmt deine Mutter! Ich sage: «Das Rahmenprogramm ‹Erst der Mensch, dann die Maschine›, künstlerisch unterstrichen durch die Mitwirkung von Jürgen Rühlmann» – du kennst ihn aus der Serie «Goethe in der Campagne», Süddeutscher Rundfunk – «zielt genau in diese Richtung …»

Goldmann: *(Hebt den Hörer ab.)* Ich kann jetzt nicht.

Dagmar Schönfeld: … Klaus ist sogar auf die Idee gekommen, Jürgen Rühlmann zuerst aus dem Werk von Karl Marx lesen zu lassen. Ich finde das eine sehr gute Idee. Marx ist den Menschen wieder sympathischer geworden. Ein Bild von Marx als Großbildprojektion würde die Menschen viel erleichterter ein Auto kaufen lassen. Aber das geht in den Kopf der Geschäftsführung nicht hinein, die kriegt ja schon bei Katja Ebstein Existenzängste.

Goldmann beginnt zu packen.

Dagmar Schönfeld: «Lieber Herr Pfeifenberger: Natürlich kann Picassos Rosa Periode nicht unsere Klimaautomatik ersetzen. Niemand will, dass Karl Marx den Airbag verdrängt. Aber darum geht es auch gar nicht. Die Menschen verändern sich …»

Heinrich läuft herein und zieht einen Kreis um Schönfeld. Sie erstarrt.

Heinrich: Ich muss das mal eben stoppen! Sie erinnert mich an die römische Rednerin Hortensia. *(Nimmt den Hörer.)* Wir können jetzt nicht. *(Legt auf.)* Bitte die Sachen wieder auspacken.

Goldmann: Da war eben so ein Mann.

Heinrich stellt sich mit dem Diktiergerät auf den Stuhl, wie Sokrates auf eine Erhöhung.

Heinrich: Es war einmal ein Feldherr auf Lesbos. Er sagte: «Mein Auge sehnt sich nach der Weite. Meine Füße wollen in den Himmel laufen. Und meine Hände Ruhmreiches tätigen.» Seine Frau war darüber traurig, denn diese Körperteile ihres Mannes hinderten sie am Glück. Eines Tages zog der Feldherr in die Schlacht, wurde von seinem Feind gefangen genommen, in tausend Teile zerstückelt und an die Frau zurückgeschickt. Die Frau brach in Tränen aus, machte sich aber sofort daran, ihren Mann Stück für Stück wieder zusammenzusetzen und legte ihn in den Sonnenaufgang, denn sie wusste um die Kraft der auf Lesbos aufgehenden Sonne. Am nächsten Morgen stand der Feldherr wieder bereit. Er zog in die Schlacht, wurde wieder zerstückelt und wieder zurückgeschickt. Und was machte die Frau? Alles wieder von vorne. Verstanden?

Goldmann: Nicht so richtig.

Heinrich: Sie hätte nur die Augen, die Füße und die Hände weglassen müssen. Hat sie aber nicht. Eine tolle Parabel. Hab ich erfunden.

Heinrich wandelt die Beleuchtung um. Zündet Kerzen an. Musik. Trägt den Fisch umher. Deutet an, wie man das Herz herausnimmt. Öffnet Goldmanns obere Hemdknöpfe. Und dann zieht er einen roten oder blauen Himmel über die Szene.

Dagmar Schönfeld: Schöne Deko, Martin! Man kommt doch heute an der Moral nicht mehr vorbei. Die Menschen sind sensibel geworden. Kohlenmonoxid. Schadstoffemissionen. Waffen in Spannungsgebieten. BSE-verseuchte Rinder, Gesundheitsreform. Was wir brauchen: Marketing ja, Profitorientierung ja, aber Sozialethik! Rühlmann und Karl Marx. Hörst du? Nicht Katja Ebstein. Picasso ja, Kafka ja, Sonnenuntergänge nein. Globalisierung ja …

Goldmann: Du, Dagmar, warum hat H. Keffer Hartline 1967 den Nobelpreis gekriegt? Weil er nachwies, dass es in neuronalen Netzen manchmal zu Hemmungen kommt. Ich, ja?!, ich stehe kurz davor, neuronale Netze zu simulieren, in denen es zu überhaupt keinen Hemmungen mehr kommt. Klar? *(Geht.)*

Dagmar Schönfeld: Martin? – Weißt du, wo die Aspirin sind? – – Scheiße.

Im schwächer werdenden Licht sieht man Heinrich die Frau umarmen. Er will mit ihr Goldmann folgen. Sie geht in eine andere Richtung.

FÜNF

Wieder zu Hause im Arbeitsstudio. Goldmann auf dem Stuhl vor der Wand. Heinrich mit dem Fisch am Pult.

Heinrich: Demophon setzte Phyllis, solange er bei ihr war, nur mäßig in Flammen. Nachdem er abgesegelt war, entbrannte sie heftiger.

Goldmann: Nein.

Heinrich: Durch Abwesenheit spannte Odysseus Penelope auf die Folter und auch Phylacide weilte in der Ferne.

Goldmann: Lass mich mit deiner Antike in Ruhe!

Heinrich: Ein ausgeruhter Acker gibt das Anvertraute reichlich zurück.

Goldmann: Nein!

Heinrich: Ausgedörrte Erde saugt gierig das Wasser, das vom Himmel kommt.

Goldmann: Sag mal, kannst du nicht den Fisch endlich mal ins Eisfach legen?!

Heinrich: Wir müssen zu ihr zurück! Während Menelaos ferne war …

Goldmann: Jetzt reicht's!

Es klingelt. Der Mann mit dem Gefrierkühlkoffer kommt.

Der Mann mit dem Gefrierkühlkoffer: Mein Name ist Hoffmann, zwei F Doppel N. Sie müssen irgendwann auch mal was essen. Persönliches Ernährungsprogramm? Das nächste Dinner for two? Hier ist unsere Broschüre! Bitte!

Goldmann starrt in die Broschüre. Der Mann mit dem Gefrierkühlkoffer gibt Heinrich unbemerkt ein Messer.

Der Mann mit dem Gefrierkühlkoffer: Kleines, bleibendes Präsent. *(Zu Goldmann.)* Und hier das Try-Me-Probierpaket! Vegetarisch. Ohne Zeitdruck. Ohne Tütenschleppen. Frei Haus. Einfach anrufen. Faxen. Oder online: www.angelo.de, steht alles drin. *(Gibt ihm das Try-Me-Probierpaket.)* Wenn ich mir mal eben Ihre Nummer notieren könnte!

Goldmann: Äh. Ja. 3722408, nee 407.

Der Mann mit dem Gefrierkühlkoffer: Wie hoch ist Ihre monatliche Telefonrechnung?

Goldmann: Ich kenn Sie doch irgendwoher.

Der Mann mit dem Gefrierkühlkoffer: Videos!?

Goldmann: Nein. Es geht mir gut.

Der Mann mit dem Gefrierkühlkoffer: Vegetarisch und Videos passt eigentlich auch nicht zusammen. Hier. Bücher! Ganz alte. Von den Griechen.

Goldmann: Wiedersehen.

Der Mann mit dem Gefrierkühlkoffer geht. Goldmann zieht den Schlüssel aus der Tasche. Es wird laut. Dann sind wieder Frauen zu sehen und das rote oder grüne Leuchten.

Heinrich: Geben Sie mir den Schlüssel zurück!
Goldmann: Warum!?
Heinrich: Den Schlüssel verwalte ich! Man muss vorsichtig …
Goldmann: Gucken Sie mal, das wollte ich Ihnen schenken. *(Überreicht einen Toaster.) Sie* kriegen das, und ich darf dafür den Schlüssel … Dazu ist er doch da.
Heinrich: Ja, aber man muss sparsam sein damit. Danach muss ich den Schlüssel …
Goldmann: Die! *(Zeigt auf die Wand.)* Wer ist denn die?
Heinrich: Die?
Goldmann: Nein. Eins davor.
Heinrich: Die?
Goldmann: Nee. Aber die ist auch gut.
Heinrich: Susanne. Rot.
Goldmann: Scheiße. Machen Sie mal drei vor. Noch eins. Noch zwei. Weiter. Stopp!

Das Bild einer jungen, schönen Frau in Schlaghose und Plateauschuhen.

Goldmann: Die!
Heinrich: Nein!
Goldmann: Wieso?
Heinrich: Die ist zu jung!
Goldmann: Warum?
Heinrich: Die lebt woanders.
Goldmann: Kann man hinfahren.
Heinrich: Wie finden Sie denn die?

Es erscheint eine ähnliche Frau mit einer Baseballmütze.

Goldmann: Die finde ich auch gut.

Heinrich: Das habe ich mir gedacht. Sie schauen viel zu schnell. Sie gehen ein paar Punkte ab und dann: «Ja, die finde ich auch gut.» Mögen Sie Berlin?

Goldmann: Berlin?

Heinrich: Natalie lebt in Berlin.

Es erscheint Natalie. Beide betrachten Natalie.

Goldmann: *(Sieht in das grüne Leuchten.)* Sie hat mit fünfzehn ihren Vater verloren. Flugzeugabsturz. – Studium der Psychologie und Afrikanistik. Arbeitet abends im Café M. Ihr Ex hat jetzt einen Job in Chicago. Sie haben sich getrennt. Am Umzugstag. Ihr zuliebe ist er noch mit dem Schiff gefahren. Sie hat auch eine Schwester. Julika. Das hat's ja wirklich in sich.

Heinrich: Hier, Ihr Hut. *(Geht ab.)*

Man sieht Goldmann über die schottische Wiese laufen. Zusammen mit Natalie im roten Sommerkleid.

Dunkel.

SECHS

Berlin. Zeitschriften auf dem Boden, fünf aneinander gereihte Körbe für Katzen. Goldmann sitzt in einer abgegrenzten Ecke und arbeitet.

Natalie: Als Kind träumte ich von einem gelähmten Mann. Er hatte weißes Haar, saß in einem Stuhl draußen in der Herbstsonne und erzählte von seinem Leben. Er war sehr schön, und der

Stuhl, auf dem er immer saß, stand genau vor seinem Schloss. Ich heiratete ihn, und wenn ich heute an ihn denke, sehe ich eine große Helligkeit vor mir. Ich glaube, es waren seine Augen. Er berührte mich nur mit seinen hellen Augen und seiner Stimme. Abends dann, wenn ich im Park herumlief, guckte ich immer auf das Schloss und dachte: In diesem Haus wohnt mein Mann, und er liebt mich.

Schweigen.

Natalie: Ich finde, am Wochenende könnten wir streichen. Ich mag diese Tapete nicht mehr. Wenn man sie länger anguckt, ist sie so matt. Das Muster ist so ermüdend, weil es einerseits auffordert, die Linien zu verfolgen, aber andererseits wegen der Mattigkeit immer irgendwo wieder aufhört. Wenn du gerade angefangen hast, den unentschlossenen Linien zu folgen, dann begehen sie plötzlich Selbstmord, und sie sind weg. Das ist eine Tortur.

Schweigen.

Natalie: Nenn mir mal deine sieben größten Schwächen? – In einem Land in Afrika geht der Mann, wenn er sich verliebt hat, zu der Frau seiner Wahl, setzt sich vor sie und zählt als Allererstes seine sieben größten Schwächen auf. In der abgestuften Reihenfolge. Erst die größte, dann die zweitgrößte, die drittgrößte und so fort. Das ist doch schön.

Goldmann: Natalie?

Natalie: Ja.

Goldmann: Ich kann am Wochenende nicht streichen.

Heinrich läuft herein. Schweigen.

Goldmann: Aber ich habe doch gesagt, dass ich mich sehr intensiv auf den Kongress in Dublin vorbereiten muss. Ich gehöre zu einer neuen Generation von Neurologen, und wenn ich jetzt am Ball bleibe, kann ich sehr weit kommen. Ich werde wahrscheinlich der Erste sein, der neuronale Erregungsmuster vom menschlichen Individuum isoliert. Glutamat, also Aminosäure, wird durch den synaptischen Spalt diffundiert. Klar. Aber ich brauch den gar nicht mehr. Die Natriumionen werde ich durch elektronische Simulation als corticales Neuron in die Pyramidenzellen leiten, wie ein Expresszug spar ich mir die Zwischenstopps, und dann wird alles in einem Umkreis von 0,3 Millimetern in einen ziemlich leidenschaftlichen Kontakt treten. Kein Mensch weiß, wie lang noch die Forschungsmittel bereitstehen. Das weiß man bei dieser Regierung nie, ein Stipendium ist auch so etwas wie eine staatliche Mission. Gefordert sind Pflichtbewusstsein und punktuelle Energie. Da kann ich doch diese blöde Wand nicht streichen?

Natalie: Du verstehst überhaupt nichts!

Heinrich: Entschuldigung. Diese Fassade ist ein Gleichnis.

Goldmann: Ich hab dir die ganze Zeit zugehört und lediglich eingewendet, dass es momentan vielleicht nicht so günstig ist!

Natalie: Du guckst immer so sachlich auf alles! Immer so von außen! Ich wollte dir etwas von uns erzählen!

Goldmann: Und was soll das mit dem gelähmten Mann?

Natalie: Du musst doch nicht immer alles so eins zu eins übersetzen!

Heinrich: Der gelähmte Mann ist ein Sehnsuchtsmoment. Ein Mann, der nur für ihr Inneres lebt.

Goldmann: Jahrtausendelang hat der Mann an das Äußere denken müssen. An das Kapital! Und den Job. Und jetzt, wo wir den Höhepunkt dieser Entwicklung erreicht haben, soll er plötzlich nur noch an das Innere denken und seine sieben größten Schwächen zugeben! Habt ihr denn ’n Rad ab! Jahrtausende war der Mann mit der Tierjagd beauftragt. Fische! Löwen! Und Bären! Wenn du einem Bären gegenüberstehst und der merkt, du bist schwach, dann haut der dir eins in die Fresse. Außerdem: Dieses Schloss, ja?!, das muss ja auch erst mal irgendwo herkommen!

Natalie: Eben! Aber du verdienst doch keinen Pfennig mit deiner staatlichen Scheiß-Mission!

Goldmann: Ah ja, aber dieser gelähmte Mann, der nur dasitzt und für dein Inneres lebt, der zockt natürlich die große Kohle ab!

Natalie: Das habe ich gar nicht gesagt!

Goldmann: Du hast gesagt: «Der gelähmte Mann, der nur dasitzt und für dein Inneres lebt, ist ein Sehnsuchtsmoment!»

Natalie: Nein!

Goldmann: Doch!

Heinrich: Das habe ich gesagt.

Goldmann: *(Schlägt zu.)* – Scheiße!

Blut.

Goldmann: Warum musst du auch immer dazwischenquatschen.

Heinrich streicht sich Blut vom Gesicht. Er schaut es an. Läuft weg.

Natalie: Was ist denn los?

Goldmann: Natalie! Ich werde schon seit längerer Zeit verfolgt von einem Mann.

Natalie: Ja?

Goldmann: Ja, so eine Mischung aus Sokrates und Albert Einstein.

Natalie: Aha.

Goldmann: Ja. Im Kopf des Menschen feuern manchmal zwei Millionen Neuronen auf den Neocortex. Alle mit völlig gegenläufigen Sendungen. Bildlich ausgedrückt: Die Menschen könnten den ganzen Tag in eine Richtung laufen und zur selben Zeit in zwei Millionen andere. Ja. So ist das auch in Beziehungen. Das heißt: Nach vorne, in diese Richtung, da habe ich mich für dich geöffnet. Aber hinter mir, was ist denn alles hinter mir?

Natalie: Die Wand. Sag mal, bist du jetzt total bescheuert?

Goldmann: Wie? Ja. Als Guillaume Apollinaire im 1. Weltkrieg von einer Granate am Kopf getroffen wurde, hat er sich bei der Operation über Spiegel ins eigene Gehirn geguckt. Guck mal. Hier: Du, über Inneres sprechen, Tapete, sieben Schwächen zugeben. Schön. Da: Dublin, Pyramidenzellen, Nobelpreis. Auch schön. Ich krieg's aber nicht zusammen!

Natalie: – Komm. Setz dich mal hier hin. Weißt du, manchmal bewundere ich das sehr. Da sind so viele in meinem Alter, die jetzt ihre Sachen machen. Die schreiben, fotografieren, bei Radiosendern arbeiten, einfach machen und weiterkommen, und dann frage ich mich, was ist eigentlich meine Sprache? Wo will ich hin? Einen Tag halte ich mich für eine ganz unnütze Person und am nächsten Tag, da glaube ich dann plötzlich, berufen zu sein, aber ich weiß nicht für was. – Hier. Schau mal: Sophie-Charlottenstraße, modernisierter Altbau, Stuck, neue Fenster, Balkon, 4. OG, 120 m², 1700 warm. Und jetzt kommt's. Weißt du was M-a-b-d ist?

Goldmann: Nein.

Natalie: Marmorbad! *(Küsst ihn.)*

Fünf Katzen laufen durch den Raum.

Goldmann: Nochmal zu den gegenläufigen Sendungen, ja? Wenn du mich küsst und ich weiß, ich will dich auch küssen, dann aber plötzlich spüre: Wenn ich jetzt aus irgendeinem Grunde gar nicht küssen wollte, dann wär wahrscheinlich die Hölle los, und schon wird das eigentliche Wollen durch das mögliche Muss derart irritiert, dass du das natürlich sofort merkst, das Ganze abbrichst und sagst: «Du küsst mich nicht richtig!» – Sag mal, meinst du nicht, dass fünf Katzen irgendwann reichen?

Natalie: Paul-Lincke-Ufer: modernisierter Altbau. Parkett. 116 m². Dachgeschoss!

Goldmann: Und warum? Weil in deinem Kopf, da habe ich ja schon beim Küssen die Scharfschützen aufmarschieren sehen. Und weißt du, was in so einem Moment passiert?

Natalie: Es wäre übrigens wichtig, dass du die versorgst, wenn ich bei Julika bin.

Goldmann: Ja. Mein Bewusstsein der eigenen Entscheidungslosigkeit setzt ein, das ist wie in der Französischen Revolution.

Die Verlorene kommt unbemerkt herein.

Goldmann: Ich will die Tugend unterstützen, bin begeistert, aber plötzlich frage ich mich: Ist die Tugend eine Diktatur? Allerdings schon der Gedanke bringt mich unters Fallbeil, und nun stell dir mal vor, was sich da neuronal alles abspielt beim Küssen!

Die Verlorene: Guten Tag. – Haben Sie das von hier oben gesehen? Da ist eben ein Krankenwagen mit Blaulicht die Straße runtergefahren, alle Autos sind ausgewichen, dann ist der Krankenwagen bei Rot über die Ampel und mitten rein in eine Gehörlosengruppe.

Verwirrung.

Die Verlorene: Die haben gerade einen Ausflug gemacht. – Ich habe hier früher gewohnt. Vor vielen Jahren. Wollte mir nur nochmal das Treppenhaus angucken, und da sah ich die Tür. Ihre Tür. Die steht ganz offen. – Hat sich gar nicht so viel verändert. – Da! Da hat immer der Wolfgang gesessen. In seinem Stuhl. Hat immer aus dem Fenster in den Himmel geguckt. «Hast du mir eine Zeitung mitgebracht? Warum hast du nicht die Heizung angemacht, als du gingst?» – Wussten Sie denn nicht, dass sich an dieser Stelle einer erschossen hat?

Natalie: Martin, wer ist das?

Die Verlorene: Wissen Sie, ob der allein stehende Mann da oben noch wohnt? – Er hat im Treppenhaus immer so schön «Hallo» gesagt. – Ich könnte uns einen Tee kochen, wenn Sie wollen. Ich weiß ja noch, wo die Küche ist.

Goldmann: Entschuldigung. Wir sind gerade in ein Gespräch vertieft. Wir müssen uns um die Katzen kümmern.

Die Verlorene: Da ist Blut an der Tür. – Möchten Sie den Tee mit Milch?

Goldmann: Äh. Ohne Milch. Für mich ohne Milch bitte. Und du?

Die Verlorene geht.

Goldmann: Du, ich kann da gar nichts machen, die hat bestimmt dieser Mann geschickt, hab ich dir doch erzählt, der weiß nicht mal, wie eine Tür aufgeht, kann aber Menschen einfach so …

Telefon.

Der Anrufbeantworter: Hallo. Hier spricht deine Mutter. Nun ist ja bald Ostern, und ich würde mich freuen, wenn du kommst. Du warst ja letztes Jahr Ostern gar nicht da, und irgendwann muss man doch auch einmal Ostern kommen. Ist mein Paket mit dem Rhabarbersaft angekommen? Es ist wichtig, dass du jetzt sehr viel Rhabarbersaft trinkst! Es ging dir schon immer sehr gut, wenn du genügend Rhabarbersaft getrunken hast. Bitte komm Ostern allein! Wenn du mich fragst … Ach, du kennst ja meine Meinung. Läuft denn beruflich alles gut? Sah heute deinen Vater mit seiner Frau. Er sah müde aus. Ich hatte letzte Nacht …
«Wir danken für Ihren Anruf. Das Gerät schaltet jetzt ab.»

Natalie ab. Heinrich, blutverschmiert, mit Currywurst und Toaster zurück.

Goldmann: Entschuldigung. *(Ab.)*
Natalie: *(Im Hereinlaufen.)* Ich glaube, wir müssen mal über dich und deine …

Telefon.

Der Anrufbeantworter: Was ich noch sagen wollte: Ich hatte letzte Nacht so einen schönen Traum. Du und ich in einem Fahrstuhl, wir sind schon über dem größten Wolkenkratzer, aber es geht immer noch weiter nach oben. Und weißt du wohin? In die vierte Dimension!

Natalie: *(In den Hörer.)* Jetzt reicht's! *(Ab.)*

Telefon.

Der Anrufbeantworter: Das heißt: Geistiger Durchbruch für dich und deine Wissenschaft. Aber dafür brauchst du Ruhe. Soll ich dir noch etwas von der Brombeermarmelade schicken? Befolge doch endlich meinen Rat: Liebe dich selbst. Das alte Wort, sich selbst zu lieben. Es wird viel zu wenig …

Heinrich versucht, irgendwelche Knöpfe zu betätigen. Das Fax druckt die siebzehnseitige Bedienungsanleitung aus. Er drückt irgendwo einen neuen Knopf. Ein barockes Streichquartett. Goldmann kommt.

Goldmann: Wo ist sie denn?

Heinrich gibt ihm eine Hälfte der Currywurst. Nimmt sicheren Abstand. Beide essen. Schweigen.

Goldmann: Wo ist denn jetzt Natalie? Wieso eigentlich Musik? *(Schaltet ab.)* Ich werde wahnsinnig. Guck dir mal diese ganzen Katzen an! Da kommt jeden Monat eine dazu. Jeden Monat, in dem ich kein Kind zeugen will, geht sie eine neue Katze kaufen. Die Menstruation setzt ein, und sie geht in ein Tierheim, ich halt das nicht aus. – Brauchst du ein Taschentuch? Ich habe das vorhin nicht so gemeint.

Schweigen.

Goldmann: Guck mal. Kennst du eigentlich meine Lieblingsszene? Die wende ich ganz oft in der Praxis an. Pass auf. Stell dich mal dahin. Du bist jetzt eine schöne Frau, und das ist die Straße. So. Und jetzt spreche ich dich an. Moment.

Er kommt zufällig vorbeiflaniert.

Goldmann: «Ah, Sie haben mir zugelächelt! Sagen Sie nicht nein, Sie haben mir zugelächelt! Ach, es ist wundervoll, das Leben ist schön! Sie sind wie das Leben so schön, Sie sind ebenso schön.» Na, wie findest du das?

Heinrich: – – – Mach nochmal.

Goldmann: Das ist jetzt unsere Versöhnungsszene, ja?

Heinrich: Ja.

Goldmann: Das ist Frédérick Lemaître!

Er kommt zufällig vorbeiflaniert.

Goldmann: «Ah, Sie haben mir zugelächelt! Sagen Sie nicht nein, Sie haben mir zugelächelt! Ach, es ist wundervoll, das Leben ist schön! Sie sind wie das Leben so schön, Sie sind ebenso schön.»

Heinrich: – Das ist gut. Noch ein Stück Wurst? Mit Curry. Bitte. Guck mal, ich hab auch was. Warte. *(Holt ein Buch hervor.)* Hier!

Rühlmann und Susanne laufen herein.

Susanne: Du kannst mich wirklich mal am Arsch lecken!

Rühlmann: Aber warum denn? Nicht jeder muss deine Meinung über Simone de Beauvoir teilen.

Susanne: Es geht nicht um Simone de Beauvoir! Es geht um deinen Widerspruch! Dein Außen-Innen-Problem! Nach außen, ja?!, da gibst du den Superästheten, aber innen drin, da bist du so was von kulturlos!

Rühlmann: Entschuldige, ich habe ein Mal zum Nebentisch geguckt, ich muss ja wohl auch irgendwo mal hingucken.

Susanne: Nein! Du hast die ganze Zeit rübergeglotzt! Deine Garnelen, ja, die haben mich angeguckt, aber du, du hast das ganze Hauptmenü über «Ja» und «Mmh, Mmh» gesagt und zwei Stunden rübergeglotzt.

Rühlmann: Ich bin nun mal ein Augenmensch. Ich gucke gern. Ich eigne mir Verhaltensweisen an. Du bist Analytikerin. Du analysierst. Ich bin Schauspieler. Ich eigne mir berufliche Verhaltensweisen an.

Susanne: Ah ja. Und was eignet man sich für Verhaltensweisen an, wenn man die ganze Zeit auf ihre Titten glotzt?!

Rühlmann: Du, ich habe heute zwölf Stunden gedreht, ich habe jetzt einfach …

Susanne: Du guckst dir jetzt genau meine Titten an! Guck sie dir an und dann erklär mir, was du da beruflich …

Rühlmann: *(Sieht Goldmann.)* – Susanne. Wir sind hier falsch, wir …

Susanne: Warum bist du nicht einfach rübergegangen und hast gesagt: «Entschuldigen Sie, hätten Sie vielleicht Zeit, nach der Lasagne zu ficken?»

Rühlmann: Susanne, wir sind ein Stockwerk zu tief, wir müssen eins höher. Entschuldigung, wir sind einfach durch die Tür gegangen.

Susanne: «Guten Tag. Ich, der Superästhet, würde Sie gern noch vor dem Tiramisu ficken!»

Rühlmann: Komm Susanne, bitte, wir wohnen eins höher. Auf Wiedersehen. *(Zieht sie raus.)*

Schweigen.

Goldmann: Das ist doch keine Wohnungsbesichtigung hier. – – Wann kommt Natalie wieder? – Hallo. – Hey!

Heinrich: Sie fährt eine Woche zu Julika.

Goldmann: Ah ja. Und dann?

Heinrich: Dann kommt sie zurück. Sie liebt.

Goldmann: Hör mal. Sie hat mich eigentlich nie so interessiert. Natalie hast du ausgesucht. Nicht ich. Komm, lass uns in die

Maschine gucken. Jetzt bin ich wieder dran. Ich schreib ihr noch schnell einen Zettel. *(Schreibt.)* «Mach's gut. Ich bin weg.» *(Zerreißt ihn.)* Hol schon mal die Sonnenbrillen. *(Schreibt.)* «Lebe wohl. Ich gehe». *(Zerreißt ihn. Schreibt.)* «Lebe wohl. Ich bin gegangen.» *(Zerreißt ihn.)* – Okay. Wir kommen dann in einer Woche wieder. Ist das gut? – In der Zwischenzeit … Hier, guck mal. Gib mir mal das Brot von der Currywurst. Kannst du schon toasten?

Nimmt den Toaster und toastet.

Goldmann: – – Hat Frédérick Lemaître jeden Morgen so gemacht. – Hier! Probier mal. – Und jetzt würde ich sagen, gehen wir einfach mal. *(Beide ab.)*

Die Verlorene mit einem Tablett.

Die Verlorene: Hallo? Ich habe den Tee gebracht. Einer ist mit Milch. Einer mit Zucker. Und einer ohne alles. – – Hallo?

SIEBEN

Ein Stadtpark. Goldmann vorneweg, Heinrich hinterher, er trägt seine Bücher, das Diktiergerät und den Toaster. Sie setzen sich auf die Bank. Eine Frau etwas entfernt.

Goldmann: Grundsätzlich gesehen sind wir ja eher pleite.

Heinrich greift in seine Tasche.

Heinrich: DEUTSCHE BANK.

Goldmann: – Mein Gott. Dasselbe Prinzip wie mit der Currywurst.

Heinrich: Ja.

Goldmann: Hat dich natürlich kein Mensch gesehen?

Heinrich: Nein.

Goldmann: Du, ich glaube, langsam werden wir ein richtig gutes Team. Siehst du diese Frau dort hinten. Pass auf, das Prinzip Lemaître! – – «Ah, Sie haben mir zugelächelt!» – Sie kommt. – Guten Tag. Wissen Sie, wie das geht? Lieben!

Die Prostituierte: Nein.

Goldmann: Haben Sie niemals einen geliebt. Ich meine richtig.

Die Prostituierte: Nein.

Goldmann: Kein einziges Mal, ihren Vater?

Die Prostituierte: Nein.

Goldmann: Ich meine kurz, meinetwegen kurz?

Die Prostituierte: Nein.

Goldmann: Einen Tag? Zehn Minuten?

Die Prostituierte: Nein.

Goldmann: Sie sagen immer «Nein»?

Die Prostituierte: Nein.

Goldmann: Wie viel?

Die Prostituierte: Hundertfünfzig.

Goldmann: Und dann?

Die Prostituierte: Alles.

Heinrich: Zu teuer.

Goldmann: – Wissen Sie, im Prinzip brauche ich Sie gar nicht. Ich, ja, ich kann neuronale Erregungsmuster, also menschliche Gehirnzellen, die total erregt sind, in einem Reagenzglas isolieren. Ich kann eine molekulare Einheit an einen Sex denken lassen, der von der Intensität des Gedankens her jede Praxis übertrifft. Sogar Französisch. Das heißt: Sex als die Essenz einer reinen Idee.

Sie geht. Schweigen.

Goldmann: Ich geh mal eben Zigaretten holen.

Gibt ihm ein Mobiltelefon und geht. – – Heinrich legt das Telefon auf die Bank. Er nimmt einen kleinen Fisch aus der Tasche und steckt ihn in den Toaster. Eine junge, schöne Frau in Schlaghose und Plateauschuhen setzt sich neben Heinrich. – Dann eine weitere, wenig ältere Frau, gleiche Hose, gleiche Schuhe. Sie trägt eine Baseballmütze und setzt sich dazu.

Die Frau mit der Baseballmütze: Hi, Jenny. Bist du schon lange hier?

Jenny: Grad gekommen. Weißt du noch der Typ, mit dem wir neulich im Blue Moon waren?

Die Frau mit der Baseballmütze: Klar. – Brauchst du noch 'n Toaster?

Jenny: Und?

Die Frau mit der Baseballmütze: Zu jung.

Jenny: Hey, der war mindestens 26!

Die Frau mit der Baseballmütze: Ja, aber ich steh jetzt nur noch auf Männer um die 30. Da passiert einfach mehr. Ich hab dir doch von diesem Typen erzählt, der, der im 90 Grad so geil getanzt hat? – Genau. Den hab ich wieder getroffen.

Jenny: Echt?

Die Frau mit der Baseballmütze: Bestimmt zwanzig Minuten!

Jenny: Nein!

Die Frau mit der Baseballmütze: Doch! Weißt du, wie viel Zeit du dann hast?

Das Mobiltelefon klingelt. Heinrich springt auf.

Jenny: – – Geh doch mal dran.

Die Frau mit der Baseballmütze: Mach du doch. – Vielleicht ist das dein Traumprinz.

Jenny: – Hallo? – – *(Zu ihrer Freundin.)* Eine Frau. – Hallo? Nein. Den kenn ich gar nicht. – – Das lag hier nur so rum. *(Zu ihrer Freundin.)* Die will ihren Sohn sprechen. – Hallo? – – Keine Ahnung, wo der hin ist.

Die Frau mit der Baseballmütze: Frag doch mal, wie alt der ist.

Jenny: Hallo? Wie alt is'n der? – – *(Zeigt ihrer Freundin den nach oben gerichteten Daumen.)*

Die Frau mit der Baseballmütze: Eher 'n dunkler Typ?

Jenny: Eher 'n dunkler Typ? – Wie sieht er aus? – – Schwarze Haare, ja, mittelgroß … Hat er 'ne Freundin? – – Nee, nur so, weil vielleicht seh ich ihn ja. – – Ja, okay …

Die Frau mit der Baseballmütze: Wir finden den!

Jenny: *(Zu ihrer Freundin.)* Ja? Wirklich? – Ja! Keine Sorge. Wir finden den! – Ihnen auch. Tschüs. *(Zu ihrer Freundin.)* Der gehört aber mir.

Die Frau mit der Baseballmütze: Oder mir.

Heinrich setzt sich. Mobiltelefon. Heinrich springt auf.

Jenny: Hallo? – – – – *(Zu ihrer Freundin.)* Nimm du mal.

Die Frau mit der Baseballmütze: – Hallo? – – – Meinen Sie den mit den schwarzen Haaren? – Nein, ich kenn den eigentlich gar nicht. – Is 'n bisschen schwierig zu erklären. *(Zu Jenny.)* Marie! – Hallo? – – Ja. Vielleicht. – – Moment. *(Zu Jenny.)* Ich brauch 'n Kuli. – *(Greift in Jennys hintere Hosentasche.)* Okay. 030. – Berlin. Klar. – – Ja, wir sind auch in Berlin. – – Weiß ich nicht. Ich hab doch gesagt … – 78. Moment. *(Schreibt auf die Parkbank.)* 19.

Jenny: Hey, aber nicht mit meinem …

Die Frau mit der Baseballmütze: … 447.

Jenny: Du, der ist von Chanel!

Die Frau mit der Baseballmütze: Okay. Mach ich. Ciao. *(Zu Jenny.)* Ich glaub, die hatte was mit dem.

Jenny: Also, als ich vorhin gekommen bin, ist – glaub ich – ein Typ da lang gegangen.

Die Frau mit der Baseballmütze: Den finden wir.

Sie gehen mit dem Mobiltelefon. – – Heinrich ist unruhig. Rühlmann kommt. Setzt sich auf die Bank.

Rühlmann: Hör mal: Wir sind wie der April und der November, die jemand zusammen auf den Juli … Hör zu: Zwei Fremde, die sich auf einem schmalen Weg entgegenkamen und deren Regenschirme sich ineinander … Also, ich muss dir etwas sagen: Ich gehe. Wenn man eine Tangente an unser beider Leben legen würde … Es hat keinen Sinn. Adieu. Es ist besser so. Ich gehe. Ich gehe jetzt da durch die Tür, und das war's.

Heinrich läuft in die Richtung, in der die Frauen verschwanden. – – Der schöne Fremde kommt. Er trägt einen Gefrierkühlkoffer. Setzt sich.

Der schöne Fremde: Na, so ein Zufall. Wie geht's denn?
Rühlmann: – – Ach, danke. Und selbst?
Der schöne Fremde: Ist okay.

Schweigen.

Rühlmann: Also, das war wirklich neulich nur so eine Phase. Ich bitte Sie, ich bitte dich … Ich bin Schauspieler, da macht man manchmal Dinge … Es war so überraschend. Ich bin ein Phasenmensch. Nicht heute. Machst du das immer so?
Der schöne Fremde: Ich klingel, die Tür geht auf, und ich mache meinen Job. Dann guck ich, was passiert.
Rühlmann: Oder die anderen gucken, was passiert. Da bestellt man ahnungslos ein vegetarisches Sojagericht und am Ende …
Der schöne Fremde: Die Menschen berühren mich nicht. Aber manchmal muss etwas passieren, dann brauch ich jemanden, einen, den ich noch nie gesehen habe. Ich denke an nichts.
Rühlmann: – –Weißt du, was mir neulich passiert ist? Ich gucke das Spiel Österreich gegen Kamerun auf Euro-Sport und plötzlich … – Ich weiß auch nicht. Ich hab sogar den Fernseher getroffen.
Der schöne Fremde: Ganz schön primitiv.

Er geht. Heinrich zurück. Außer Atem. Setzt sich. – – Dagmar Schönfeld kommt. Setzt sich.

Schönfeld: Was für ein Tag.

Rühlmann: Sich hier zu treffen. Susanne müsste nur zufällig vom Balkon heruntergucken.

Schönfeld: Wieso? Man kann doch einfach mal zufällig zusammen mit einer Frau auf einer Parkbank sitzen.

Rühlmann: Nein. Ich kann schon seit Jahren nicht mehr mit einer Frau zufällig auf einer Parkbank sitzen. Ich muss alles verstecken. Mein ganzes Interesse an der Welt muss ich verstecken.

Schönfeld: Wir können auch woanders hingehen. Ich wollte dich einfach sehen. Wenn ich schon in Berlin bin.

Rühlmann: Wie ist meine Karl-Marx-Lesung angekommen?

Schönfeld: Klasse. Schramm ja, Peter Schramm selber, ist danach an den Tisch gekommen, wahrscheinlich wieder drei Flaschen im Kahn, und hat gesagt, «genau das, diese Noblesse neuer sozialer Verantwortung, hebt das gute Gewissen, auch weiterhin Gas zu geben». Das Ganze soll jetzt in die Kinowerbung. Pfeifenberger war so klein mit Hut. – Weißt du noch, auf der Drehbühne? Nach dem Opening am Potsdamer Platz?

Rühlmann: Ich weiß überhaupt nicht, warum die ihre Vorführwagen immer noch drehen, wenn kein Mensch mehr da ist.

Schönfeld: Warum trennst du dich nicht einfach? – – Du hast Lippenstift an der Hose.

Sie gehen. – – Heinrich ist unruhig. – Die Verlorene kommt. Setzt sich.

Die Verlorene: Guten Tag. – Vor ein paar Tagen habe ich hier auf der Bank gesessen, und da vorne an der Kreuzung ist ein Krankenwagen mit Blaulicht bei Rot über die Ampel und mitten rein in eine Gehörlosengruppe. Die hatten Grün. – Wie schön, der Holunder blüht. – Die ersten Tage des Frühlings sind immer so leicht. Ich denke immer, jetzt kannst du das alte Leben abstreifen und nochmal von vorne anfangen. – Wenn eine Blume so blüht wie diese, hat sie den Winter vergessen. – Was lesen Sie denn da? – – Hallo?

Heinrich: – – – Ich?

Die Verlorene: Ja.

Heinrich: – – Sie sprechen mit mir?

Die Verlorene: Ja. Wenn es Sie stört, gehe ich weg.

Heinrich: – Nein. Nicht weggehen. – Wenn eine Blume blüht wie diese, hat sie den Winter vergessen. Das haben Sie zu mir gesagt?

Die Verlorene: Ja. Sie muss sich an nichts mehr erinnern. Sie ist jetzt frei. – Wie heißen Sie?

Heinrich: Ich?

Die Verlorene: Ja.

Heinrich: – – Heinrich.

Die Verlorene: Angela. *(Gibt ihm die Hand.)* Das sind aber alte Bücher.

Heinrich: – Ja. Sie handeln von der Liebe.

Die Verlorene: Von der Liebe.

Heinrich: Ja. Wer möchte verbieten, Licht vom Lichte zu nehmen, das offen dasteht, und wer möchte im tiefen Meer die unendlichen Wasserfluten sparen?

Die Verlorene: Das ist schön. Wollen wir uns morgen wieder treffen. Morgen um zwei Uhr?

Heinrich: Ja. Möchten Sie Brot? Ich habe es getoastet.

Die Verlorene: Danke. Auf dieser Bank um zwei?

Heinrich: Gut. Um zwei. Hier, noch eins.

Die Verlorene: Danke. Hier, ich habe einen Apfel. Bitte.

Heinrich: *(Holt das Messer aus der Tasche. Teilt ihn.)* Hier. Jeder eine Hälfte.

Die Verlorene: Vielen Dank. Wenn Sie sich ein bisschen verspäten, macht gar nichts. Ich sitze immer sehr gern auf dieser Bank. Bis morgen. Um zwei.

Heinrich: Ja. Bis morgen.

Sie macht ein paar Schritte – dreht sich um, ein Lächeln liegt auf ihrem Gesicht. Sie geht. Goldmann kommt und setzt sich. Er hat Zigaretten geholt. Er raucht. Schweigen.

ACHT

Zu Hause im Arbeitsstudio. Heinrich kommt hereingelaufen und flaniert um einen Stuhl herum.

Heinrich: «Ah. Sie haben mir zugelächelt!» – Falsch. Ich kenn die ja schon. *(Geht zurück und kommt zielstrebig auf den Stuhl zugelaufen.)* «Guten Tag. Was ich schon gestern bemerken wollte: Sie haben eine sehr schöne Nackenlinie. Ihr Schritt ist leicht». Nein. Zu langsam. *(Zurück und wieder vor.)* «Guten Tag! Ihre makellose Wölbung im Dreieck der Leistenbeuge!» *(Küsst die Lehne.)* Nein. Zu schnell. *(Setzt sich.)* «Hallo. Ich freue mich, dass Sie gekommen sind. Ich habe schon lange hier gesessen. Das Leben ist schön, hier ich habe Geld …» Nein. *(Steht auf.)* «Hallo. Ich habe Ihnen heute Morgen noch ein bisschen Brot getoastet, bitte, hat Frédérick Lemaître jeden Morgen so gemacht, und auch den Apfel, den Sie mir gaben … Butter?»

Goldmann kommt. Setzt sich auf den Stuhl.

Goldmann: Schlüssel!
Heinrich: Guten Tag. Melanion trug Atalantes Schenkel auf den Schultern.
Goldmann: Ja, wenn ich aber jedes Mal die Wahl habe zwischen der feierlichen Zeugung eines neuen Menschen oder einem Ausflug ins Tierheim …
Heinrich: Hallo. Andromache saß nie rittlings auf Hektor, weil sie war himmellang.

Goldmann: Das ist gut, das ist sogar sehr gut, aber wenn ich manchmal meinen Schwanz angucke, dann hat der plötzlich zwei Ohren und vier Füße! Was sagst du jetzt?
Heinrich: – Ich würde damit nicht zurechtkommen.
Goldmann: Gib mir den Schlüssel! Sonst kommen wir hier nie weg! Grauenvolle Stadt. Hier laufen ja nur Psychopathen rum.

Schweigen. Goldmann geht. Macht die Stereoanlage an. Ein barockes Streichquartett.

Heinrich: Vielen Dank. – Aber können wir nicht noch bis morgen warten? *(Küsst Goldmann.)* Wie fühlt sich das an?

Schweigen.

Goldmann: Das glaub ich einfach nicht.
Heinrich: Sie hat gesagt: «Wenn eine Blume blüht wie diese, hat sie den Winter vergessen.»
Goldmann: Meinst du die mit diesem komischen runden Gesicht?
Heinrich: Wir haben sehr schön gesprochen.
Goldmann: Was habt ihr? Ihr habt gesprochen?!
Heinrich: Ja. Sie hat mit mir gesprochen, und ich hab mit ihr gesprochen.
Goldmann: Bist du wahnsinnig? Ich kenn diese Frau!
Heinrich: Du kennst sie?
Goldmann: Ja. Die spricht jeden an. Es ist völlig egal, wer du bist und was du gerade machst, die quatscht dich an.
Heinrich: Zuerst hat sie über den Holunder gesprochen.
Goldmann: Das ist der scheißegal. Es geht gar nicht um den Holunder. Die will in dein Leben springen. Hat sie dich nach Geld gefragt? Wenn du mit der sprichst, zieht die morgen bei dir ein. Ihr sprecht um zwei, und schon um drei ist die bei dir eingezogen. Da hast du überhaupt keine Chance. Die will ja nur einen kennen lernen, um dann ihr Netz über alle anderen zu werfen wie eine Spinne. Außerdem ist eine Frau bei dir gar nicht vor-

gesehen, ja? Es geht um mich! Wir müssen hier sofort weg! Schlüssel!

Drückt auf die Fernbedienung. Musik aus. Musik an. Sie tauschen Fernbedienung gegen Schlüssel. Man sieht wieder Frauen und rotes oder grünes Leuchten. Musik aus.

Goldmann: Die! Die ist schon mal ganz gut. Mmh. Weiter. Ja. Die. Manchmal denk ich, ich muss alles ganz anders machen. Moment. – Rot. Schade. Weil wenn ich mich so umgucke, kenn ich eigentlich niemanden. Da! Haare sind am wichtigsten. Haare stimulieren die Pyramidenzellen. Und warum? Weil ich glaube, dass mich eigentlich auch niemand kennt. Und dabei dachte ich immer, ich bin die Hauptfigur. Etwas, das im Mittelpunkt steht. Ein Zentrum. Aber was ist ein Zentrum, das niemand kennt?

Heinrich: Mich hat jemand erkannt! Sie hat mich erkannt!

Goldmann: Du bist nicht die Hauptfigur! Du sollst meine Handlungen stützen. Ist das klar? Ich werde das jetzt übrigens einfach so durchlaufen lassen. Wir gucken uns jetzt alles an. Inventur! Also: Jede Randfigur ist irgendwie vernetzt und teilt sich mit, und einige werden sagen, ja, sie fühlt so und so, weil, aber ich? Was ist mit mir? *(Zeigt auf eine Frau mit Minirock auf der Wand.)* Siehst du dieses kleine Stück Stoff? Schöne Idee, aber warum soll ich dafür so viel Geld ausgeben? In der Autobranche zum Beispiel, da sind Idee und Stoff schon so weit auseinander, dass die gar nicht mehr sagen: Wir werben mit unserer guten Federung. Nein. Wenn ich ein Auto haben will, weiß ich danach mehr über Rachmaninow oder das Köchelverzeichnis als über elektrische Fensterheber. Scheiße! Das Handy! Ich hab das Handy … Die Nutte hat das Handy geklaut!

Natalie kommt. Sie hält eine tote Katze am Schwanz.

Natalie: Sieben Tage ohne irgendwas zu Fressen war einfach zu viel. Guck dir mal genau ihre Augen an. Wie sie dich anstarren.

Wie sie dich in deinem Arbeitsstudio fassungslos anstarren! Hier, wo es nichts mehr gibt, keine Sehnsucht, keine Zukunft, keine Träume, nur du und deine verdammte Karriere, neben der alles andere aus der Welt fällt, und wenn ich schon diese scheinheilige Fresse von deinem Assistenten sehe: *(Zu Heinrich.)* «Ja, was hat sie denn?» Du ich sag dir, was ich habe: Ich kriege keine Luft, ich will endlich einen Mann, ja, einen Mann, der es bemerkt, wenn neben ihm die Liebe krepiert, der mich in den Arm nimmt, wenn ich schreie, der sich für uns entscheidet, wenn er mich festhält, der alles stehen und liegen lässt, wenn er mich …

Goldmann: Entschuldigung, mit wem sprichst du eigentlich gerade?

Natalie: Mit dem da! Mit wem denn sonst, du Arschloch!? Soll ich mich vielleicht mit einer toten Katze unterhalten?! Wenn ich in diese Richtung spreche, spreche ich mit ihm, klar!?, und wenn ich in diese Richtung …

Telefon.

Der Anrufbeantworter: Ich dachte, ich erreiche dich bestimmt im Arbeitsstudio. Wer war denn das Mädchen an deinem Mobiltelefon? *(Natalie legt die Katze ab.)* Wo habe ich denn da angerufen? – Was ich noch sagen wollte: Letzte Nacht sind wir schon wieder mit dem Fahrstuhl …

Natalie wirft den Anrufbeantworter samt Telefonanlage gegen die Wand und geht. – – Heinrich läuft raus. Natalie kommt zurück mit den restlichen vier toten Katzen. Legt die Katzen ab.

Natalie: Versuch's doch mal damit. *(Geht.)*

Goldmann sammelt Telefonteile auf. Schmeißt alles in die Ecke. Holt einen Koffer. Packt. Auch den roten Damenschuh. Heinrich kommt.

Goldmann: – – Ich komm alleine klar. *(Greift in Heinrichs Tasche.)* Fünf Mille nehm ich mir noch. Mach's gut. *(Ab.)*

Heinrich: – Nein. Moment. Wir sind doch noch gar nicht fertig. *(Ab.)*

Rühlmann und Susanne laufen herein.

Susanne: An deiner Stelle würde ich mir ja mal Gedanken machen! Wie willst du dich denn sonst abnabeln?!

Rühlmann: Abnabeln?! Sag mal, hast du eigentlich noch alle Tassen im Schrank!? Meine Mutter lebt 800 Kilometer entfernt glücklich und zufrieden und ruft ab und zu mal an! Soll ich vielleicht die Telefonschnur durchschneiden?!

Susanne: Soll ich dir mal was sagen?! Tiefenpsychologisch gesehen, ja?!, lebst du in einer total verkorksten Sexaffäre mit deiner Mutter!

Rühlmann: Klar. Sigmund Freud!

Susanne: Mein Gott! Mit dir kann man überhaupt nicht reden!

Rühlmann: «Reden»!? Ich stehe gerade am Pranger. Ich warte jeden Augenblick auf meine Hinrichtung, was heißt denn hier «Reden»?! Scheiße, wir sind schon wieder in der falschen Wohnung! – Ich weiß überhaupt nicht, wie das immer passieren kann?

Susanne: Du gehst ja auch immer so selbstverständlich voraus, dass man überhaupt keine Wahl hat!

Rühlmann: Also entweder ich streite, ja?!, oder ich konzentriere mich auf den richtigen Weg! Du kannst dir das ja in Zukunft aussuchen: Entweder du fängst wieder an rumzuzicken, oder wir finden den Weg harmonisch nach Haus. Ist das klar?

Susanne ab. Er folgt. – Goldmann und Heinrich kommen zurück.

Heinrich: Da kann doch immer noch …

Goldmann: Und wie erklär ich das alles meiner Mutter? Zuerst telefoniert sie mit der heiligen Jungfrau. Klar. Und dann war da ein Erdbeben im Studio. Auch klar. Und warum bist du jetzt plötzlich nicht mehr unsichtbar?! Also, ich mach jetzt erst mal Ferien. *(Rennt gegen die Tür.)*

Heinrich: Drücken.

Goldmann: Danke.

Heinrich: Wer nicht liebt, der ist nicht da, der ist gestorben!

Goldmann: Dann bin ich gestorben. Was nützt es denn, wenn die Menschen lieben? Tschüs.

Jenny steht im Raum.

Jenny: Hallo. – Hallo?

Heinrich: – – Ich?

Jenny: Ja. – Ich wollte … Bist du Martin? Heißt du Goldmann?

Goldmann: Das bin ich. Guten Tag.

Jenny: Hi. *(Sie sieht Heinrich an.)*

Goldmann: – – Also der da heißt Heinrich.

Jenny: Ach so.

Goldmann: Ja. Komischer Name.

Jenny: Wieso? Das ist doch ein schöner Name.

Heinrich: Nein. Das geht nicht. Entschuldigung. Sie muss hier raus! *(Nimmt sie am Arm. Geht zur Tür.)*

Goldmann: Hey, Moment mal. Was machst du denn da?

Heinrich: Stehen bleiben!

Goldmann: Du kannst doch nicht einfach meinen Besuch rauswerfen?

Heinrich: Du bleibst da! Ich geh mit ihr Kaffee trinken!

Goldmann: Sag mal, spinnst du?! – Mit meinem Besuch geh ich Kaffee trinken!

Heinrich: Nein! – Bitte.

Goldmann: – Das werden wir ja sehen! *(Drückt ihn hinaus. Schließt ab.)*

Jenny: – – Habt ihr irgendwie Stress? Ich meine, ich wollte nur …

Goldmann: Nein. Eigentlich nicht. Er ist mein Freund, aber er ist auch mein Assistent, und da ist er irgendwie nicht ganz auf der Höhe in letzter Zeit.

Jenny: Kannst du ihn nicht wieder reinholen?
Goldmann: Nee, der muss sowieso noch ein paar Sachen besorgen.

Schweigen.

Jenny: Ich bin Jenny. Hi.
Goldmann: Hi. Ich glaub, ich hab dich irgendwo schon mal gesehen.
Jenny: *(Sieht sich um.)* Bist du Tierarzt oder Astronaut?
Goldmann: Nein, ich bin …
Jenny: Hey, willst du verreisen?
Goldmann: Nein. Na ja, also vielleicht mal kurz wegfahren.
Jenny: Wohin denn?
Goldmann: In den Süden. Last Minute.
Jenny: Cool.
Goldmann: Ja, stimmt.
Jenny: Du könntest vor dem Frühstück schwimmen. Ich würde vor dem Frühstück schwimmen. Im Meer. Du musst dir die Haare im Wind trocknen lassen. Dann bleichen die aus. Und dann kannst du ein Schiff nehmen und einfach weiterfahren.
Goldmann: Klar, ein Schiff.
Jenny: Hey, ich würde nach Afrika weiterfahren. Und du?
Goldmann: Afrika ist gut.
Jenny: Du kannst durch den Sand laufen. Bis zur Oase!
Goldmann: Ja. Bis zur Oase. Sag mal, wie alt bist du denn?
Jenny: Nach Marokko! Ich würde mit einem richtigen Mann so um die 30 nach Marokko fahren. Kannst du Blues?
Goldmann: Probier mal diesen Schuh. *(Gibt ihr den roten Schuh.)*
Jenny: Blues ist wieder total cool.
Goldmann: Wer ist denn der Mann?
Jenny: Vielleicht du. Schöner Schuh. Hast du vielleicht noch ’nen zweiten?

Er starrt auf ihren Fuß.

Jenny: Kannst du nun Blues oder nicht? – Das lernst du.
Goldmann: Wie bitte?
Jenny: Das lernst du. Sagst du ja?
Goldmann: Ja.
Jenny: Gewonnen. Hör mal. Wir nehmen deinen Assistenten mit. Der trägt die Koffer. Und dann stellen wir uns vorne in Fahrtrichtung auf das Schiff. Wir breiten die Arme aus und spüren, wie wir über das Meer fliegen. Guck. So.

Sie breitet die Arme aus. Goldmann steht dahinter.

NEUN

Marokko. Meeresrauschen. Goldmann im Leinenanzug. Jenny im roten Sommerkleid an einem Spielautomaten. Ein Mann auf einem Stuhl starrt in die Seitenbühne und guckt das Zweitligaspiel Köln gegen Karlsruhe auf Euro-Sport. Goldmann küsst Jenny von hinten. Sie trinken Cocktails. Heinrich ebenfalls im Leinenanzug abgewendet unter einer Palme.

Goldmann: Auf Dublin! Trinkt. Vor zwei Wochen, in Dublin, wisst ihr, wie ich da war? – Brillant. Der ganze Verein hat widerstandslos die Simulation meines neuronalen Netzes hingenommen. Dass ich die Sigmoid-Knoten einfach zu Eingabe- und Ausgabe-Knoten verbunden habe, ohne die Transfer-Funktion zu verlieren: Davon werden die noch in zwanzig Jahren sprechen.
Jenny: Willst du auch 'n Tequila?
Heinrich: Danke.
Goldmann: Mein Assistent ist heute etwas melancholisch. Er hat eine Frau getroffen.
Heinrich: Quatsch.

Goldmann: Leider die verkehrte.
Jenny: Wollen wir tanzen?
Heinrich: Jetzt?
Jenny: Jetzt. Heute Nacht. Komm mal her.
Goldmann: Na los, tanz mit ihr.

Mobiltelefon.

Goldmann: Ja. Goldmann. Martin. – – – In Marokko. – Warum? – – – – – Das ist doch nicht Ihr Ernst? – – *(Zu beiden.)* Ich soll mich ausliefern lassen!
Jenny: – Wann?
Goldmann: Wann?! – – *(Zu Jenny.)* Jetzt!
Heinrich: Warum denn?
Goldmann: Warum denn eigentlich!? – – – – – Paul? – – Mira? – Jonathan? – Fünf?! – – Stopp. Moment mal, das sind Katzen!! – Ja! Fragen Sie doch mal beim Einwohnermeldeamt nach, bevor Sie … – – Nee, das hat die extra gemacht, die wollte mich unter Druck … – Tierschutzverein?! – – Also, es gibt ja wohl genug Katzen, außerdem hab ich die gar nicht …

Musik. Jenny legt ihre Arme um Heinrichs Hals, zieht ihn zärtlich an ihren Körper und beginnt die Bewegung ihres Körpers auf ihn zu übertragen. Goldmann telefoniert lautlos weiter. Dann reißt er Jenny von Heinrich weg.

Goldmann: So. Ich glaube, das reicht. *(Zu Heinrich.)* Du hast dich irgendwie verändert. *(Ab.)*

Jenny streicht Heinrich über den Arm und folgt Goldmann. Susanne im Sommerkleid und Rühlmann im Leinenanzug.

Susanne: Es ist ganz egal, wo ich mit dir hinfahre, du bist einfach nicht da.
Rühlmann: Wieso bin ich nicht da? Wenn ich mich nicht täusche,

bin ich genau hier. Guten Tag. Sagen Sie, wer spielt im zentralen Mittelfeld?

Susanne: Du bist immer gleich weit weg und immer gleich nah. Deine Nähe ist deine Ferne, und deine Ferne ist deine Nähe.

Rühlmann: Steht das in PSYCHOLOGIE HEUTE?

Susanne: Nein. Das steht da in dieser ausdruckslosen Visage. Du bist einfach ein Null-zu-Null-Typ. Du bewegst dich in einer einzigen, konturlosen Einheitssoße. Hast du dir mal überlegt, warum du immer in so schlechten Serien landest? Die Masse interessiert sich nicht für Nuancen.

Rühlmann: Willst du nicht auch mal Ferien machen? Das hier ist nicht deine Gemeinschaftspraxis. Das ist der Strand von Marokko.

Susanne: Ich glaube, es gibt nur eine Rolle, die so etwas wie Tiefe und Wahrhaftigkeit in dir wachrufen könnte.

Rühlmann: Du, ich setz mich jetzt hier hin, guck aufs Meer, und du sagst einfach alles, was du schon immer sagen wolltest.

Susanne: Mir ist kalt.

Rühlmann: – – Hier. *(Gibt die Jacke.)* Das sind die gefürchteten Passatwinde. Sie fegen durch die weiten Becken der Sahara, und nichts und niemand kann sie aufhalten.

Susanne: Steht das im Reiseführer?

Rühlmann: Nein. Wieso soll das im Reiseführer stehen?

Sie blicken aufs Meer. Die Touristin spricht Heinrich an.

Die Touristin: Die meisten Träume sind am Anfang schön und haben so zarte und helle Farben wie die Häuser im Süden. Und dann, zwanzig oder dreißig Jahre später, wenn man sie so lange mit sich herumgetragen hat, werden sie plötzlich schwer, hässlich und dunkel, und man möchte die Farbe von früher drüber malen, aber es geht nicht. – Haben Sie Lust, am Hafen einen Wein zu trinken? Man darf sich das Abendrot nicht zerhusten lassen. Die Menschen sind so dumpf, so ohne Feinheit. Es ist schade, dass sie überall hinfahren, wo sie nicht hinpassen.

Der schöne Mann mit dem Gefrierkühlkoffer läuft vorbei.

Die Touristin: Hallo. Angelo. Ich hätte gern noch so einen vegetarischen Hamburger.

Angelo Hoffmann: Selbstverständlich Madame. – Guten Tag Heinrich. Werden denn die Gerechten im Reich ihres Vaters wie die Sonne leuchten? – Jetzt bist du ja schon fünf Monate hier. «Meine Hand ist müde und schwankend, und ich will die Fäden nicht mehr halten.» Hat er das zu dir auch gesagt? *(Gibt ihm einen Hamburger. Ab.)*

Rühlmann: Da! Ein Schmetterling. – Mein Gott, ist der bunt.

Susanne: Nein. Nicht berühren. Man darf sie nicht berühren. Sonst sterben sie.

Jenny: *(Läuft herein, eingehüllt in ein Handtuch.)* Komm! Das Wasser ist total warm. Ich glaube, wenn deine Locken nass sind, siehst du aus wie ein Italiener. – *(Drückt ihre Haare über Heinrich, sodass Wasser über sein Gesicht läuft.)* Kommst du? *(Nimmt ihn mit.)*

Die Touristin sieht ihnen nach. Der Gebildete mit Hut spricht sie an.

Der Gebildete mit Hut: Victor Hugo soll in seiner Hochzeitsnacht auf neun Liebesakte gekommen sein. Arthur Schnitzler, der den «Reigen» schrieb, führte ein Buch darüber. Mit Jeanette Heeger, die er im Herbst kennen lernte, kam er auf einen Jahresabschluss von 208. Als er Marie Glümer traf, ergab die Bilanz Heeger/Glümer in der Addition 563.

Die Touristin: Das interessiert mich nicht. Sie gehen hier einfach vorbei und wollen sich bei mir für kurze Zeit abstellen wie in einem Parkhaus. Ich suche etwas anderes. Ich will jetzt zum Hafen hinuntergehen und den Fischern zusehen. Es ist so schön, wenn sie dasitzen und die Netze überprüfen. Mit ihren alten, braun gebrannten Händen. Manche benutzen über dreißig Jahre dasselbe Netz. Sie kennen jeden Knoten und jede Masche. Und wenn sie mal ein neues Garn einführen müssen, weil ein Knoten schwach geworden ist, dann machen sie ein sehr ernstes Gesicht.

Sie geht. Der Gebildete mit Hut spricht Susanne an.

Der Gebildete mit Hut: Wussten Sie, dass Virginia Woolf ihren Ehering in einen Nusskuchen hineinbackte?
Susanne: Nein.

Der Gebildete mit Hut geht.

Susanne: Hast du gesehen, wie der junge Mann eben das Mädchen mit dem Badehandtuch angeguckt hat? – – Jürgen?
Rühlmann: Ja?
Susanne: – Ich geh dann mal Sonnencreme kaufen. Schutzfaktor zehn?
Rühlmann: Ja. *(Sie geht.)* – – Hör zu: Bisher habe ich immer gedacht, dass alles möglich ist. Dass man um die gefährlichen Stellen herumtanzen kann. Zusammen. Nebeneinander. Sodass jeder seinen Kopf behält. Aber das Leben ist nicht so. Man muss sich entscheiden. Für das eine oder andere. Leb wohl. Ich gehe. – Schutzfaktor zehn ist viel zu wenig.

Er starrt auf das Meer.

ZEHN

Am Anfang der Wüste. Jenny ist vorgelaufen. Heinrich liegt im Sand. Der Wind weht. Abendlicht.

Jenny: Komm! Noch ein Stück. – Das ist wie Gold. Lass uns noch ein Stück über das Gold weiterlaufen. – Das ist ja so groß. Vielleicht könnten wir so das ganze Leben in diese Richtung weiterlaufen.

Heinrich: Warte mal! Wenn man sich so hinlegt. Ganz flach. Die Arme so ausgebreitet. Siehst du das?

Jenny: Ganz nah.

Heinrich: Ja.

Jenny: Wenn ich jetzt so nach oben greife … Da! Schenk ich dir.

Heinrich: Danke. Er wiegt gar nicht so viel.

Jenny: Dann nehmen wir ihn mit.

Heinrich: Wohin?

Jenny: Da entlang! Wenn man sich so hinstellt, dann ist das, als würden sie dich rufen. – Kennst du das? Wolltest du schon mal irgendwo hinunterspringen?

Heinrich: Lass uns umdrehen. Vielleicht werden wir überfallen? – Von einer Klapperschlange!

Jenny: Quatsch! Von einem Mann auf einem Kamel.

Heinrich: Gebleichtes Haar, Tuch bis hier und dunkle Augen.

Jenny: Nein, leuchtende Augen.

Heinrich: Ja, aber eher ins Dunkle gehend.

Jenny: Vielleicht schwarze Funken.

Heinrich: Gut. Gebleichtes Haar, Tuch bis hier und ein schwarzes Funkeln in den Augen …

Jenny: Ein tiefes, dunkles Strahlen!

Heinrich: Ja, jetzt ist aber gut. Es war einfach schwärzer als alles, was man kannte, und es leuchtete auf nie gesehene und unerlaubte Weise. So stand er da.

Jenny: – Hallo. Wer sind denn Sie?

Heinrich: Guten Tag. Ich bin Laurence von Arabien. Was halten Sie von einer gemeinsamen Kontoführung? – Ja, lachen Sie nicht. *(Zieht Geld aus der Tasche.)* Sie kommen mit.

Jenny: In welche Richtung reiten wir?

Heinrich: Da entlang.

Jenny: Okay.

Sie stellen sich dem Licht und der Weite entgegen.

Heinrich: Maria, Ihr seid schwanger.

Jenny: So schnell?

Heinrich: Ja.

Jenny: Sag mal, hast du schon mal ’ne Therapie gemacht?

Heinrich: Mein Name ist Laurence von Arabien. Ich halte nichts von Therapien. Wir müssen jetzt nach Ägypten flüchten. Es droht Gefahr.

Jenny: In welche Richtung reiten wir?

Heinrich: Da entlang.

Jenny: *(Lacht.)* Ich glaube, wir bringen jetzt alles durcheinander.

Sie werfen das Geld in die Luft und laufen in Richtung Horizont.

ELF

Eine leer stehende Altbauwohnung. Die Verlorene kommt vorsichtig von links. Sie trägt eine große Tüte und betrachtet die hohen Decken. Stille.

Die Verlorene: Hallo?

Angelo Hoffmann kommt von rechts hinten.

Angelo Hoffmann: – – Guten Tag. Sie sind ein bisschen früh. Ich war gerade noch in der Küche, um zu gucken, ob die Heizkörper richtig entlüftet wurden.

Die Verlorene: – Die Tür stand offen und da dachte ich, die anderen wären schon da.

Angelo Hoffmann: Na, dann kann ich Ihnen ja schon ein bisschen was erklären. Die Wohnung hat, wie Sie ja gelesen haben, 220 m^2, wir stehen gerade auf der Südseite. Dieser Raum schließt gleich an die Terrasse an und ist hier unterteilt, um die

Weitläufigkeit etwas zu gliedern. Geh'n wir mal hinüber. – – So. Auch hier Stuck. Parkett abgezogen. Und wenn Sie mal den Blick nach links wenden wollen: Das ist das Schloss. Sie können genau draufgucken.

Die Verlorene: – Wie schön.

Angelo Hoffmann: Ja. Sagen Sie, wollen Sie hier ganz alleine wohnen?

Die Verlorene: Es kommt gleich noch ein Bekannter, mit dem ich zusammen mal schauen wollte.

Es klingelt.

Angelo Hoffmann: Kommen Sie herein. Es ist offen.

Dagmar Schönfeld kommt.

Dagmar Schönfeld: Guten Tag, Schönfeld. Ich komme wegen der Wohnung.

Angelo Hoffmann: Hoffmann, Guten Tag. – Ja. Dann. Also, wir stehen gerade auf der Südseite. Dieser Raum schließt gleich an die Terrasse an und ist hier unterteilt, um die Weitläufigkeit etwas zu gliedern. Gehn wir mal hinüber.

Die Verlorene geht nach links hinüber.

Dagmar Schönfeld: Wunderbar. Also ich könnte auf Anhieb sagen nach dem ersten Raum: Wir nehmen die Wohnung. Ich koordiniere ab nächsten Monat das Berlin-Marketing für einen sehr großen Automobilhersteller und mein Mann, also wir heiraten in ungefähr fünf Wochen, er kommt gleich … Sagen Sie, im Bad, ist da Fußbodenheizung?

Angelo Hoffmann: Ich zeige es Ihnen.

Sie gehen nach rechts hinten ab. Die Frau mit der Baseballmütze tritt in die Wohnung.

Die Frau mit der Baseballmütze: Wow! – Hey, Jenny, das verzeih ich dir nie.

Die Verlorene: – Guten Tag.

Die Frau mit der Baseballmütze: Hallo.

Die Verlorene: – – Eine sehr schöne Wohnung. Wollen Sie hier ganz alleine wohnen?

Die Frau mit der Baseballmütze: Ich? Nee, aber meine Freundin, die hat einen Typen kennen gelernt. – *(Sieht sich um.)* O Mann, ich fass es nicht. – – Die haben sich kennen gelernt, wie, das ist eine echt lange Geschichte und ehrlich gesagt, wir haben auch gewettet, ob sie ihn kriegt, aber dann sind die am nächsten Tag gleich nach Marokko. Er sagt ihr am dritten Tag: «Wir ziehen zusammen.» Sie: «Warum nicht?» Aber heute Morgen sagt sie mir, ich soll unbedingt hierher kommen, weil sein Freund, der auch mit in Marokko war, der ist noch viel süßer und wahrscheinlich sogar ein Genie: Im Flugzeug sagte ihr nämlich der andere: «Guck mal, das da unten ist Casablanca – Spiel's noch einmal, Sam». Dann sagte er, also der Freund: «Entschuldigung Martin, das ist Málaga.» Er, also der andere, völlig angestachelt, lässt die Stewardess kommen, und weißt du, was der Freund macht? Er schreibt ihr die genaue Flughöhe auf, die Außentemperatur, und dass es Probleme mit irgendeinem Hilfsaggregat gibt. Die Stewardess läuft nach vorne, kommt zurück, und dann werden sie und der Freund den ganzen Flug über ins Cockpit gebeten. Der andere sitzt in der Economy Class, und der Freund sitzt mit ihr im Cockpit und gibt Anweisungen, ist das nicht wahnsinnig? Na ja, sie hat jetzt plötzlich Träume, sie hat das ganze Badezimmer voller Sand gestreut, die redet auch ganz anders, traut es sich aber ihm, also dem anderen, nicht zu sagen, weil das mit dem Zusammenziehen schon beschlossene Sache war, und jetzt will sie mich mit ihm bekannt machen, weil sie sagt, dass das eher mein Typ wäre.

Dagmar Schönfeld und Angelo Hoffmann treten von rechts hinten in den Raum.

Dagmar Schönfeld: Sagen Sie, und die Zimmer auf der Nordseite?
Angelo Hoffmann: Dort entlang.

Sie gehen rechts vorne ab.

Die Verlorene: Ich mag Sie. Sie haben eine so schöne Klarheit in der Stimme.

Rühlmann und Susanne treten links ein. Die Verlorene und die Frau mit der Baseballmütze gehen hinüber.

Susanne: … dann ist das infam und greift mich doppelt an. Erstens unterläufst du damit schon wieder die Diskussion und zweitens … Weißt du, ich habe jetzt seit fünfzehn Jahren den Führerschein, und da ist noch nie was passiert.

Schweigen.

Susanne: Warum sagst du denn nichts? – Sind dir die Streitpunkte wieder zu konventionell? Ich kann doch auch nichts dafür, dass du uns immer in diese Standardscheiße drängst.
Rühlmann: Würdest du mal bitte gucken, ob dir die Räumlichkeiten bequemen?
Susanne: Du bist in den letzten Tagen so merkwürdig siegessicher.

Angelo Hoffmann kommt.

Angelo Hoffmann: Guten Tag. – Ach – Ja. Hallo.
Rühlmann: – Was machst du denn hier? Neuer Job?
Angelo Hoffmann: – Wir befinden uns gerade auf der Südseite, dieser Raum schließt gleich an die Terrasse an und ist hier … Wenn Sie mal rüberkommen wollen?

Sie gehen hinüber.

Rühlmann: Guten Tag, die Damen. Hier kann man ja Stierkämpfe veranstalten.

Die Frau mit der Baseballmütze: Finde ich auch.

Die Verlorene: Von hier aus kann man das Schloss sehen. – Ich glaube, es fängt gleich an zu regnen. So dunkle Wolken.

Susanne: *(Zu Rühlmann.)* Woher kennst du denn den?

Angelo Hoffmann: Sie kommen klar?

Die Frau mit der Baseballmütze: Ja, ich warte nur noch auf meine Freundin.

Angelo Hoffmann: *(Zu Rühlmann und Susanne.)* Einen Augenblick bitte.

Geht nach rechts vorne ab. Rühlmann spricht die Verlorene an.

Rühlmann: Und was machen Sie so im wirklichen Leben?

Susanne: Warum sprichst du mit der?

Rühlmann: Ich muss mir Mut anreden.

Die Verlorene: Möchten Sie Tee? Ich könnte uns einen Tee kochen.

Rühlmann: *(Zu Susanne.) Wo* ist eigentlich das Schlafzimmer? – Ich glaube, da lang.

Rühlmann und Susanne gehen nach rechts hinten ab. Die Verlorene holt einen Teekessel aus der Tüte hervor und folgt ihnen. Die Frau mit der Baseballmütze geht ab nach vorne rechts in die Räume der Nordseite. Goldmann, Jenny und, mit etwas Abstand, Heinrich treten ein. Alle mit Einkaufstüten.

Jenny: Du nervst mich. Lass mich doch erst mal gucken.

Schweigen.

Jenny: Hey, ich bin zwanzig! Da gibt's in Paris eine wirklich super Economie-Schule, und du musst doch auch erst mal gucken, ob wir so das richtige … Vielleicht haben wir auch einfach einen Generationskonflikt.

Goldmann: Nimm nie wieder dieses Wort in den Mund! Ich glaube, du spinnst! Wir haben doch keinen Generationskonflikt! Außerdem, ich zieh doch mit dir nicht in so 'n Loft, wie du immer wolltest, und plötzlich willst du nach Paris auf die Economie-Schule?! *(Zu Heinrich.)* Was mache ich denn jetzt?

Jenny flüstert Heinrich ins Ohr. Sie gehen etwas von Goldmann weg. Draußen beginnt es zu regnen. Ein Fenster schlägt vom Wind auf.

Heinrich: Lauf weg. Dreh dich um und lauf ganz schnell weg.
Jenny: Und was ist mit dir?
Heinrich: Lauf ganz schnell weg, dann ist es vorbei. Wir schaffen das schon.
Goldmann: Was macht ihr denn da? *(Zieht Jenny in die Mitte.)*

Die Frau mit der Baseballmütze kommt.

Jenny: Martin. Marokko war echt nett, aber … Ich kann das nicht.

Sie sieht Heinrich an.

Heinrich: Lauf! Keine große Szene jetzt.
Goldmann: – – Daran bist du doch schuld!

Geht auf Heinrich zu. Die Verlorene kommt mit dem Teetablett. Goldmann drückt Heinrich Richtung Wand.

Goldmann: Hast du sie gebumst, oder was?!
Jenny: Lass ihn bitte los!

Goldmann schlägt ihn gegen die Wand.

Goldmann: Freund, ja?
Heinrich: Lass uns nochmal anfangen.

Goldmann schlägt ihn gegen die Wand.

Goldmann: Hast du sie gebumst, habe ich gefragt!
Jenny: Aufhören!
Heinrich: Läufst du jetzt endlich weg?!

Goldmann schlägt ihn mit dem Kopf gegen die Wand.

Goldmann: Was habe ich gefragt!?
Heinrich: Martin, nochmal ganz von …

Goldmann schlägt ihn gegen die Wand.

Jenny: Tu doch mal was!?
Die Frau mit der Baseballmütze: Was soll ich denn tun?!
Goldmann: Und? – Na komm! *(Schlägt ihm in den Bauch.)* Na komm, los!

Schlägt ihm in den Bauch. Zweimal. Dreimal. – – Heinrich zieht das Messer.

Jenny: – – Scheiße, lass uns abhauen!

Jenny und die Frau mit der Baseballmütze rennen raus. Dagmar Schönfeld kommt von vorne rechts.

Dagmar Schönfeld: – Martin?!
Goldmann: – Geht's dir gut?
Dagmar Schönfeld: Und dir?
Goldmann: Ach ja. Kann nicht klagen. Muss aber mal eben weg.

Rennt raus. Heinrich lässt das Messer fallen und bricht zusammen. Die Verlorene eilt auf ihn zu. Dagmar Schönfeld schaut hinaus. Dann läuft sie nach rechts. Angelo Hoffmann kommt ihr entgegen.

Angelo Hoffmann: Hier waren doch noch eben mehr?
Dagmar Schönfeld: Ich glaub, dem hat die Wohnung nicht gefallen.

Sie gehen vorne rechts ab.

Die Verlorene: Hier ist ein Taschentuch. – Möchtest du einen Tee?
Heinrich: – – Rühr mich nicht an! *(Springt auf.)*
Die Verlorene: – – Heinrich?
Heinrich: Ich kenn dich nicht! Hau ab! Du Spinne! Hau ab! Hau endlich ab!

Er rennt raus. Angelo Hoffmann kommt.

Angelo Hoffmann: Hören Sie mal. Ich muss diese Wohnung bis heute Abend vermietet haben, aber ich glaube, Sie wollen sie gar nicht mieten, und so wie Sie hier jetzt rumstehen, seien Sie mir nicht böse, verliert die Wohnung einfach im Gesamteindruck.
Die Verlorene: – – Können Sie das mal halten?

Er nimmt das Tablett und geleitet sie zur Tür. Läuft nach vorne rechts ab. Die Verlorene kommt zurück und hebt das Messer auf. Dann geht sie weg. – Rühlmann und Susanne kommen von hinten rechts.

Rühlmann: Wie findest du die Küche?
Susanne: Die Küche ist gut.
Rühlmann: Ja, das finde ich auch.

Angelo Hoffmann mit Teetablett und Dagmar Schönfeld kommen von vorne rechts.

Dagmar Schönfeld: *(Zu Angelo Hoffmann.)* Also halten wir fest: Einzugsbereit wäre die Wohnung zum 1. 7. … Na, da bist du ja. *(Zu Angelo Hoffmann.)* Das ist er.

Rühlmann: Hallo Dagmar. Wenn ich mal eben kurz vorstellen darf: Das ist Susanne, ich hab dir ja schon viel erzählt. Und das ist Dagmar. Ich weiß, erzählt habe ich nichts, aber geahnt hast du es ja vielleicht schon immer. So. Und jetzt könnt ihr euch das aussuchen: Entweder wohnen wir hier jetzt alle drei zusammen. Oder wir sagen uns da an dieser Tür alle für immer auf Wiedersehen. Also noch mal: Susanne, du kannst deine Gemeinschaftspraxis auf der Nordseite eröffnen. Dagmar kommt immer erst sehr spät aus dem Büro und ist im Übrigen auch ein sehr redefreudiger Mensch. Ich selber werde viel auf Reisen sein, und wenn ich hier bin, läuft alles bestens und nach Plan. *(Zu Dagmar.)* Wenn du Probleme hast, gehst du einfach, bevor es chronisch wird, zu ihr in die Gemeinschaftspraxis. *(Zu Susanne.)* Und wenn du mich aus diesem oder jenem Grund gerade mal wieder nicht ertragen kannst, ganz einfach, dann geh ich rüber zu ihr. Ist der ohne Zucker? *(Nimmt eine Tasse vom Tablett. Trinkt.)*

Susanne: – – – Ist das jetzt ein Witz?

Natalie schiebt einen weißhaarigen Mann in einem Rollstuhl in die Wohnung.

Natalie: Siehst du das große Fenster? Dort werde ich dich im Sommer hinschieben. Du kannst von dort auf das Schloss sehen. *(Schiebt ihn vor das Fenster.)* Schau mal. Da. Der schöne Garten vor dem Schloss. Dort werde ich im Sommer unter den Bäumen stehen und dir zuwinken.

ZWÖLF

Die Parkbank. Die Verlorene. In ihrem Schoß liegt das Messer. Ihr Haar ist geöffnet. Sie singt leise.

Die Verlorene: Der Mond ist aufgegangen – Die goldnen Sternlein prangen – am Himmel hell und klar – Der Wald steht schwarz und schweiget – und aus den Wiesen steiget – der weiße Nebel wunderbar … *(Nimmt noch einmal das Messer.)* So legt euch denn ihr Brüder … Wie ist die Welt so stille – und in der Dämmerung Hülle – so traulich und so hold … *(Hält sich fest an der Bank)* … In Gottes Namen nieder … kalt ist der Abendhauch …

Ihr Kopf fällt leicht zur Seite. Stille.

ENDE

REPUBLIK VINETA

Ein Stück in vier Akten

Personen

Hans Montag
Johann Behrens
Fritz Feldmann-See
Lutz Born
Klaus Hagemann
Sebastian Färber
Robert Leonhard
Nina Seiler
Ursula Feldmann-See
Rosa und Rosana Seligmann, kommend aus Amerika

Zeit

Das Stück spielt heute.
Zwischen dem 1. Akt und dem 4. Akt liegen etwa 5 Wochen.

Dem Schauspieler Ulrich Matthes gewidmet

1. AKT

Ein großer Raum. Halb links eine Konferenztafel mit sechs Stühlen. Eine riesige Pinnwand mit Plänen, Skizzen, Seekarten, Zahlen. Dahinter weht leicht ein Vorhang, und es ist, als höre man draußen das Rauschen eines Waldes oder die Wellen eines Meeres. In der Mitte hinten eine offen stehende, große, renovierungsbedürftige Flügeltür. Daneben ein baufälliger Kamin mit Sessel. Irgendwo im Raum ein Kaffeeautomat. Hinten rechts eine große, schon etwas poröse Marmortreppe, die auf die Galerie führt und zu den oberen Zimmern. Vorne links an der Seite ein offener Eingang. Von oben herab hängt ein alter Kronleuchter. Jetzt von links herein Sebastian Färber mit Mantel und Koffern. Er schaut sich um. Er geht auf die Marmortreppe zu. Schaut hinauf. Wartet. Geht zur Flügeltür. Steht insgesamt etwas indisponiert im Raum und sieht plötzlich Nina Seiler, die oben von der Galerie kommend mit einem Stuhl – darauf große, zusammengerollte, an ihrem Körper abgestützte Papierbögen und eine Tüte Milch – zur Treppe läuft. Ihr folgend: Hans Montag.

Montag: Wissen Sie, es ist so schwer auszudrücken, aber durch Sie, da bekomme ich diese Bilder. Also, das sind so Erinnerungen, die ich eigentlich gar nicht haben kann, unmöglich haben kann. Hab ich aber! Es ist vielleicht ein Zauber, ich versuche es auszudrücken!

Nina: *(bleibt stehen)* Lieber Hans Montag. Ich bin etwas in Eile, wenn Sie's einfach in einem Satz sagen könnten.

Montag: Gut, hier ist der Satz: Ich spreche gerade mit einer Frau, die kurze Zeit später meine Mutter wird!

Nina läuft weiter die Treppe herunter.

Montag: Erschrecken Sie nicht! Ich sagte doch: Es ist ein Zauber!

Wenn ich Sie da jetzt zum Beispiel so langlaufen sehe, dann habe ich das Gefühl, ich wäre mein eigener Vater auf einem Schwarzweißfoto und Sie …

Nina: Herr Montag, bitte! Ich trage einfach nur einen Stuhl die Treppe hinunter. Ich weiß nicht, was das mit Ihrer Mutter zu tun haben soll. Das ist vielleicht ein Job hier! Sagen Sie mir lieber, was eine «FA» ist? Hagemann wirft mit Begriffen um sich, die versteht doch kein Mensch! Hier, die Milch!

Montag: Sie sind eine zeitlose Frau. In Ihnen vereinigen sich Vergangenheit, Zukunft und Gegenwart. Schließe ich die Augen, sehe ich Sie aus der Haustür meiner Kindheit gehn. Öffne ich sie: Stehen Sie da in heutiger Farbe. Nur das wollte ich sagen. Eine FA ist eine Fehleranalyse. Danke. *(Geht oben auf der Galerie ab)*

Nina läuft die Treppe herunter. Färber geht schnurstracks diagonal durch den Raum, damit sie denkt, er sei nicht Zeuge dieser Szene geworden, sondern just zur Tür herein und augenblicklich angekommen. Sie stoßen fast zusammen.

Färber: Oh. Entschuldigung. – Guten Tag. Ich bin gerade angekommen. Ich dachte, ich müsste vielleicht diese Treppe hinauf?

Nina: Guten Tag. – Sind Sie …

Färber: Ja, bin ich.

Nina: Nina Seiler.

Färber: Guten Tag. *(Stellt seine Koffer ab. Will ihr die Hand geben, was nicht geht, sonst müsste sie alles fallen lassen)*

Nina: Guten Tag. Das wär jetzt ein bisschen kompliziert. Ich wollte gerade einen Stuhl da hinstellen. Der ist für Sie gedacht. *(Geht weiter)*

Färber *(geht hinterher)* Darf ich Ihnen etwas abnehmen?

Nina: Geht schon. *(An der Konferenztafel)* Möchten Sie hier sitzen? Er wollte nämlich, dass Sie an seiner Seite sitzen. *(Platziert den Stuhl. Nimmt die Papierrollen)*

Färber: Ja. Gut. Danke. – Guten Tag. *(Gibt ihr die Hand)*

Nina: Guten Tag. Ich rufe jetzt Herrn Leonhard und sage ihm, dass Sie schon da sind. Bis später.

Färber: Ja. Bis später.

Nina ab. Färber schaut die Konferenztafel hinunter. Er schaut auf die Pinnwand. Er geht wieder zur Marmortreppe. Nimmt aus seinem Mantel einen Zollstock und misst die Höhe der ersten Treppenstufe und der zweiten. Nimmt wieder seine Koffer. Er geht durch den Raum. Robert Leonhard kommt durch die Flügeltür, im Laufen eine Akte lesend.

Leonhard: Entschuldigen Sie mich, komme gerade aus einer Besprechung. Ich hoffe, Sie hatten trotz dieses Unwetters eine gute Reise. Es dauert ja alles ein bisschen länger zu uns hier hinaus, aber von Gotha ist es ja dann nur noch ein halbes Stündchen mit dem Taxi. Wann haben Sie von Ihrer Berufung erfahren?

Färber: Gestern.

Leonhard: Habe viel von Ihnen gehört. Leonhard.

Färber: Färber. *(Stellt seine Koffer ab)*

Sie geben sich die Hand.

Leonhard: Bedeutender Ort hier. Sehen Sie dort den Kaminsessel? In dem hat Napoleon gesessen. 1812. Zwischenstation. Er arbeitete hier am Konzept für die Russlandinvasion.

Färber: In diesem Sessel?

Leonhard: Ja. Angriff über Smolensk. Ein paar Skizzen. Liegen oben. Es gibt sogar Pistolen. Original von Napoleon! Na gut. Zu Ihrem Zimmer, Nummer 12, geht es hier hinauf. Frühstück ist um acht im Speisesaal. Lunch und Dinner bestellen wir über einen Menüservice. Hier Ihre Schlüssel. Wie heißt es so schön: Handtücher, die Sie nicht mehr benutzen, lassen Sie einfach auf den Boden fallen.

Färber: Was ist das für eine menschliche Treppe!

Leonhard: Ja, eine sehr schöne Treppe, nicht?

Sie stehen vor der Marmortreppe.

Leonhard: Na, da kann ich ja endlich mal einen Experten fragen: Ist das eigentlich Barock?

Färber: Klassizismus.

Leonhard: Also doch.

Färber: Als solche Treppen gebaut wurden, hielt man sich noch an das Schrittmaß. Ich persönlich bemesse das menschliche Schrittmaß auf 60 bis 65 Zentimeter, das sich bei ansteigendem Weg verkürzt auf die Hälfte, also circa 30 Zentimeter. Sie müssen sich das jetzt so vorstellen: Ein schöner menschlicher Treppenschritt bedarf davon noch einmal die Hälfte, also eine Stufenhöhe von höchstens 15 Zentimetern. Moment. Ich mach Ihnen eine Skizze! *(Zieht einen Stift)*

Leonhard: Oh, nicht nötig. Schon verstanden. 15 Zentimeter. *(Macht Notizen in seine Akte)*

Färber: Also 10 Zentimeter wären ideal! Wenn ich aber heute neue Gebäude betrete, dann stehe ich keinen Treppen mehr gegenüber, sondern, ich würde sagen: Leitern! Weil, die Schrittlänge, die geht ja praktisch gegen null, also senkrecht. Natürlich kommen Sie mit so einer Konstruktion im Prinzip früher nach oben. Aber wie?!

Leonhard: Herr Färber, würden Sie Ihre Arbeit eigentlich als revolutionär bezeichnen? Ich sage revolutionär, weil, ich habe irgendwo gelesen: Färber, also Sie, stehen für die «Gegenmoderne».

Färber: Ich weiß nicht, wer das geschrieben hat, aber ich würde ja nicht so lange über eine Treppenstufe reden, wenn ich damit nicht generell meine: Die Gegenmoderne ist der Kampf gegen das rein zweckhafte Denken. Sie ist ihrem Wesen nach eine Revolution der Neuen Rückbesinnung.

Leonhard macht Notizen. Nina mit großen weißen Papierbögen und Klebeband.

Leonhard: Ja, das ist Nina Seiler, ich würde sagen, die Seele des Hauses. Sie haben sie ja schon kennen gelernt.

Färber: Ja. – Hallo.

Nina: Hallo. Wir haben uns jetzt schon ungefähr siebenmal begrüßt.

Sie schauen sich an.

Leonhard: Aha. Also sie wehrt sich gegen etwas, das um sich greift, und will irgendwohin wieder zurück, wo es einmal besser war?

Nina klebt die Bögen an die Pinnwand.

Färber: Entschuldigung. Wer will jetzt genau wieder zurück?

Leonhard: Na, die Neue Rückbesinnung, dachte ich.

Färber: Genau! Da haben Sie Recht. *(Geht mit Koffern die Treppe hoch)* Schauen Sie! Bei den Treppen fangen wir an! Es geht doch darum, dass die Menschen auch während des Steigens wieder an etwas anderes denken als an das: Wie lange noch? Die Philosophen haben, während sie in Rom ihre Hügel bestiegen, ganze Weltentwürfe durchdacht. Steigen Sie mal heute eine x-beliebige Treppe hoch, und versuchen Sie zu denken: Wie sind die Sterne entstanden? Der Himmel und die Erde? Warum tauchten Pflanzen und Tiere auf, und wie war das, als sich die Menschen auszubreiten begannen? – Soll ich die Bögen halten, und Sie kleben?

Nina: Danke. Ich glaube, es geht schon.

Leonhard: Herr Färber, gut, dass Sie bei uns sind. Ich könnte mich stundenlang mit Ihnen über diese Treppe unterhalten, aber ich muss das Plenum vorbereiten. Nina, erinnern Sie mich, dass um kurz nach drei die Lloyd-Werke anrufen, die haben Nachrichten für uns.

Nina: Okay, mach ich, Herr Leonhard. Hier ist ein Brief aus Amerika. Von einer Rosa Seligmann, Kalifornien, an Villa Seligmann, zu Händen Robert Leonhard. Verstehen Sie das? Wieso denn Villa Seligmann?

Leonhard: Gib her.

Nina: *(zu Färber)* Bis später. *(Geht)*

Leonhard: *(schaut auf den Brief)* – So. Ich werde Sie um drei mit dem Team bekannt machen. Geht das mit den Koffern?

Färber: *(misst)* Großartig. Überall 10 Zentimeter eingehalten!

Leonhard: Nach der letzten Stufe bitte nach rechts. Nummer 12. Also hier um drei. Willkommen, Herr Färber.

Färber: Danke. *(Er geht auf der Galerie ab)*

Leonhard will den Brief öffnen. Auf der Galerie, gegenüber der Treppe, geht die Tür auf, und Johann Behrens im Anzug läuft feierlich die Treppe hinunter.

Behrens: *(im Hinunterlaufen)* Herr Dr. Leonhard, ganz im Vertrauen, ich habe mir das überlegt: In Weinheim werde ich in zwei Jahren alles erreicht haben, und dann müssen neue Herausforderungen her. *(Bleibt stehen)* Lassen Sie es mich so sagen: Einer meiner Grundsätze war immer, das Leben nach vorne hin ereignisoffen zu gestalten. *(Läuft weiter)* Das heißt: Wenn Vineta steht, werde ich vor Ort sein, wenn man denn will. *(Kommt unten an)* Kurz: Ich kandidiere!

Leonhard: Herr Behrens, es ist ja noch ein bisschen hin, aber was wir brauchen, ist ein Kandidat, der von der ersten Stunde an für diese Idee gelebt hat.

Behrens: *(feierlich)* Herr Dr. Leonhard, schon als ich den ersten Bebauungsplan dort an der Pinnwand hängen sah: …

Leonhard: Ich muss Ihnen allerdings gleich sagen: Die Delta AG entscheidet. Man hat Sie für die Planungsgruppe ausgesucht, aber wen die dann am Ende vor Ort …

Behrens: Das weiß man nie. Aber die werden ja nicht Sie für den Kopf der Planungsgruppe ausgesucht haben, ohne Sie dann am Ende zu fragen, ob Sie denn vielleicht eine besondere Empfehlung …

Leonhard: Schon klar.

Behrens: Zigarre?

Leonhard: Nein danke.

Behrens: Weinheim hat genau die Größe von Vineta! 50 Komma 8 Quadratkilometer! Ich meine, das kann doch kein Zufall sein? Hat mein Stellvertreter, Herr Klose vom Gemeinderat, angerufen?

Leonhard: Soeben ist übrigens Färber eingetroffen.

Behrens: Wer ist bitte eingetroffen?

Leonhard: Ich sagte, Färber ist eingetroffen, der Berliner Architekt. Herr Behrens, das Projekt wird noch einmal kurzfristig eine andere Richtung nehmen. Färber steht für eine neue Tendenz. Eine Art Neue Rückbesinnung gegen das rein Zweckhafte, die mir, auch der Delta AG, geradezu einleuchtend erscheint für das, was wir am Ende verkaufen wollen. Es könnte also sein, dass sich hier der eine oder andere in Zukunft etwas zurücknehmen muss. Ist das klar?

Behrens: – Ah ja, Sie sind der Kopf, klarer Fall, aber ich habe auch neue Ideen, Herr Dr. Leonhard. *(Erneut feierlich)* Ich habe zum Beispiel einmal nachgedacht über einen Tunnel. Stellen Sie sich vor: Wir bauen den größten europäischen Tunnel! Er verbindet Vineta mit dem Festland, wie Frankreich mit Großbritannien! Wir befördern die Menschen nicht nur im Luftraum. Wir befördern sie nicht nur auf dem Seeweg. Sondern, Herr Dr. Leonhard, unterirdisch, vor allem: Unterirdisch! Schauen Sie: Drei Ebenen der simultanen Beförderung: Erste Ebene: Luft. Zweite Ebene: Wasser. Dritte Ebene: …

Leonhard: Herr Behrens, ich spreche hier von der Gegenmoderne, und Sie kommen mir mit simultaner Beförderung. Auf Vineta steht noch nicht einmal ein einziges Verkehrsschild!

Montag mit sieben großen Sonnenblumen hereinlaufend. Er ist nass.

Montag: Signorina Seiler? *(Sieht die anderen)* Mahlzeit. Also, ich dachte, Plenum wär erst um drei? – Es regnet. *(Zieht eng beschriebene Papierblätter aus der Tasche)* Es müsste ausnahmsweise ein Fax in mein Referat gesendet werden. Sehr eilig. Ist sie eher in diese Richtung oder von da nach dort? – Das Ministerium lässt ja bundesweit umstrukturieren: Moderne Kundenbereiche. Man sagt nicht mehr «Der Arbeitssuchende», sondern «Der Kunde». Gut. Finde ich ja sehr richtig. Nur muss ich aufpassen, dass meine Abteilung nicht im modernen Kundenbereich untergeht. Man baut ja nicht jahrelang Strukturen auf, um sie dann einfach so … Werde ich Krüger faxen. Und das hätte auch hier für uns ganz konkrete Folgen: Mein System ist der Zugriff auf eine Kartei-Kapazität von A bis Z. Wenn ich die aber jetzt von A bis F oder von F bis O …

Leonhard: Herr Montag, wieso laufen Sie hier mit Sonnenblumen herum?

Montag: Die sind vom Feld. Der Sturm hat sie abgeknickt. Ich bewundere Blumen. Außerdem, jetzt, wo doch das Begrünungskonzept abgeschlossen ist, dachte ich, für jeden eine, symbolisch, sozusagen.

Leonhard: Herr Montag, wie könnte man besser eine solche Etappe markieren? Verteilen Sie die im Plenum.

Montag: Ich dachte, das steigert das Vineta-Gefühl?

Leonhard: Steigert es, Herr Montag.

Behrens: Könnte ich mal eben eine telefonische Freischaltung bekommen? Ich muss Klose Anweisungen geben, wenigstens einmal die Woche müsste ich Klose …

Leonhard: Herr Behrens, wir sprechen gerade über das Vineta-Gefühl.

Montag: Es werden jetzt in den südexponierten Standorten Baumreihen vor die Siedlungen gezogen, als luftreinigende und sauerstoffanreichernde Membran vor der Stadt. Ich habe die ganze Fachliteratur darüber gelesen.

Leonhard: Sehr gut, Herr Montag. Sie müssten jetzt bitte anfangen, mir eine Liste derer zu machen, die das Konzept vor Ort umsetzen. Wie heißen solche Leute noch genau?

Montag: Diplomagraringenieure, Herr Leonhard.

Leonhard: Gut. Übermorgen habe ich zwanzig Diplomagraringenieure. *(Schaut auf den Brief. Öffnet ihn)*

Behrens: Herr Dr. Leonhard, ich habe da einen Vorschlag zu machen. Das Begrünungskonzept ist abgeschlossen, aber wir haben noch gar nicht überlegt, welche Tiere einmal auf Vineta leben sollen. Bisher wissen wir nur etwas von Eidechsen im Norden und Zugvögeln im Sommer. Ich könnte mir zum Beispiel einen größeren Rehbestand vorstellen, überhaupt Säugetiere: Beuteltiere, Nagetiere. Konrad Lorenz hat einmal gesagt: «Das Paradies ist nur denkbar in einer Zukunft von Natur und Mensch.» Kurz: Was halten Sie von der Ausarbeitung eines Konzeptes für, meine Partei nennt das bundesweit: «Ökologie und Demokratie»? Also: Natur trotz Globalisierung!

Leonhard: Wie bitte?

Behrens: Äh. Natur trotz Globalisierung?

Leonhard: Ah ja. Arbeiten Sie dieses Konzept aus. Herr Montag, faxen geht im Moment nicht. Die Leitung ist total überlastet. Wir sind über die Lloyd-Werke derzeit mit all unseren Schiffen verbunden. Sie können sich ja vorstellen, dass ich mir bei dem Wetter so meine Gedanken mache.

Montag: Herr Leonhard, es regnet in mein Bett. Es tropft durch die Decke genau in mein Bett.

Leonhard: Vermutlich hat das Dach bei dem Sturm Schaden genommen. Sagen Sie der Seiler, sie soll einen Eimer hinstellen. Ich lasse die Handwerker kommen.

Behrens: *(versucht zu lachen)* Im Prinzip grotesk. Wir arbeiten hier an einem Jahrtausendprojekt. Die Fachpresse verfolgt uns demnächst auf Schritt und Tritt, aber hier müssen wir einen Eimer unterstellen, weil es …

Leonhard: Herr Behrens, solch ein Projektplanungsstab wie wir, ja?, der braucht einen abgeschiedenen Ort, wo man denken kann. Denken, Herr Behrens! So was können Sie nicht in irgendeinem Maritim-Hotel machen.

Behrens: Natürlich, Herr Dr. Leonhard, das war ja auch keine Kritik, die Delta AG hat sich schließlich dabei etwas gedacht. – Ich bin heute Morgen mit Born durch die Sonnenblumenfelder gejoggt. Herrliche Gegend. Bergland mitten im Osten. Inspirierend! Hier könnte man sogar eine Kurstätte aufmachen.

Montag: Da auf meine Stirn hat es getropft. Ich glaube, sogar mehrere Stunden.

Behrens: Ja, das ist ja eine bekannte Methode. Die Chinesen und die Kommunisten haben ihre Gefangenen mit Tropfen bearbeitet. Am Anfang haben die Gefangenen gedacht: «Ach, so'n Tropfen.» Aber wenn der dir 3000-mal auf die gleiche Stelle tropft, dann ist da ein Loch drin.

Montag: Stellen Sie sich vor, ich hätte das nicht gemerkt? Ich denke die ganze Nacht an Vineta, ich gehe vor meinem geistigen Auge noch einmal von A bis Z die Bewerberprofile entlang, und plötzlich ist mein Kopf voller Regenwasser …

Behrens: Als Repräsentant einer Stadt, Herr Dr. Leonhard, muss man die verschiedensten Bereiche abdecken. Vor ein paar Monaten musste ich mit einem Buddhisten auf einer Informationsveranstaltung über Tibet und Mao sprechen, auch in meiner Funktion als Ehrenvorsitzender der Historischen Bibliothek. Und am selben Abend, da habe ich eine Ausstellung eröffnet über die Foltermethoden der Kommunisten. Ich habe auch im Katalog das Vorwort geschrieben. Als aufgeklärter Mensch muss man das.

Leonhard: Herr Behrens, wenn ich heute in Paris bin, dann gehe ich nicht in den Louvre, sondern in das Museum, wo die Guillotinen stehen. Ich werde da einfach nostalgisch. Ich spüre dort die größeren Ideen. So. Ich lasse die Handwerker rufen. *(Geht)*

Behrens: *(schaut ihm nach)* Vorbildlicher Projektleiter, finden Sie nicht? Ich glaube zwar nicht, dass das ein Sozialdemokrat ist …

Montag: – Ich finde, er ist wie ein König. Wer ihm das Gefühl gibt, gern in seinem Reich zu leben, dem geht es gut.

Behrens: Gestern war das Zentraltelefon schon wieder den ganzen Tag abgeschlossen. Dem Hagemann hat er jetzt das dritte Mobiltelefon auch noch weggenommen. Das war sein letztes. Ich weiß ja nicht, was der für Frequenzen hatte, aber ich lebe hier sowieso im totalen Funkloch. Meins ist im Schuhschrank versteckt. Ich versuche seit Tagen, nach Weinheim zu telefonieren, bei offenem Fenster, oben auf dem Dachboden, aber ich habe überhaupt keinen Empfang.

Montag: Vielleicht liegt das an den tief hängenden Wolken? Als ich vorhin bei den Blumen war, da konnte ich die Wolken berühren. So. *(Zeigt es)* Einfach so, Herr Behrens.

Behrens: Sie sind ein Träumer, Herr Montag.

Montag: In meiner Position, da sehen Sie jeden Tag diese Menschen vorbeigehen. Sie sehen, wie die mit den Jahren ganz schwer und müde werden. Da will ich ihnen dann manchmal gern zeigen, dass es Dinge gibt, die auch ganz leicht sind und schön. Wenn ich zum Beispiel einfach das Fenster aufreißen und so machen könnte. *(Greift in die Luft)* Bitte. Eine Wolke.

Behrens: Ein Arbeitsloser mit einer Wolke! Herr Montag, ich möchte Ihnen im Vertrauen etwas mitteilen, was vielleicht erst in Tagen im Team bekannt gegeben wird: Ich kandidiere!

Montag: Glückwunsch. Was sagt die Familie?

Behrens: Die weiß es noch gar nicht. Meine Frau sagt, ich soll sowieso lieber nach Hause kommen. Herr Montag, Sie könnten ja einfach mal in Gegenwart von Leonhard beiläufig erwähnen, dass Sie mich an seiner Stelle auf jeden Fall bei der Delta AG …

Montag: Mach ich. Wissen Sie, Sie könnten doch zu ihr sagen: Hör zu, Kleines. Es ist eine Mission. Aber wenn ich wiederkomme, fahren wir irgendwohin und mieten ein Haus am Strand. Die Möwen werden über uns kreisen, und ich werde dir Fische fangen und sie mit Butter anbraten. *(Träumt)*

Behrens: Zigarre?

Montag: Kennst du die Niagara-Fälle?

Behrens: Herr Montag?

Montag: Wir fahren auf dem Highway Sixty-Six! Bob Dylan im Radio. Du hältst die Beine aus dem Fenster. In den Fahrtwind. *(Montag ist auf dem Highway)*

Behrens: Hallo??

Montag: – Wie? Ja?

Behrens: Zigarre?

Montag: Oh, danke. Ich rauche heute nicht.

Behrens: Ja, das haben Sie richtig gesagt: Es ist eine Sondermission. Wenn ich wiederkomme, Schatzi, bin ich Geschichte! – Sie auch, mein Lieber. Binden Sie sich mal die Krawatte richtig.

Montag: Wenn Sie mal eben die Blumen halten würden?

Behrens: Kommen Sie her, bei mir ist das ein Griff. So! Außerdem gibt's ja auch satte Prämien von der Delta AG.

Montag: Danke. Ich zieh uns einen Kaffee. *(Gibt ihm die Blumen)*

Behrens: Haben Sie es schon gehört? Die haben noch einen Architekten geholt. Leonhard sagte, da wird sich was ändern, weil, der steht für was Neues.

Montag: Was für Neues?

Behrens: Keine Ahnung. Irgendwas Neues.

Montag: *(am Kaffeeautomat)* Ist das Ihre Tasse?

Behrens: Die blaue, bitte. Herr Montag, mal so von Mann zu Mann en passant. Ich habe heute Nacht die Seiler aus dem Zimmer von Lutz Born gehen sehen!

Es ist plötzlich heftiger Durchzug im Raum. Fritz Feldmann-See in Uniform in der Flügeltür. Montag läuft seinen fliegenden Faxblättern hinterher.

Feldmann-See: Ich sage Ihnen: Der Sturm ist morgen bei der Flotte, wenn er nicht schon längst da ist. Ich habe vor einer halben Stunde den Bericht angefordert, und ich müsste mich schon sehr täuschen, wenn der jetzt plötzlich … nee: der geht quer über Europa! Man kriegt ja einen Blick dafür, ob so einer an der nächsten Küste hängen bleibt oder ob der weiterwill. Es gibt welche, meine Herren, die haben Augen, klare Augen, denn im Zentrum dieser schrecklichen Kraft herrscht Windstille. Eine kreisrunde Windstille. Das ist das Auge, das guckt dich ganz ruhig an, wenn sie dir den Kahn unterm Arsch wegblasen! Das zwinkert dir sogar zu, wenn sie dich fertig machen! Da kannst du nicht mal mehr bis drei zählen! Auf dem Land, ja, aber doch nicht auf See! Auf See kannst du gar nicht so schnell gucken, wie sie dir das Deck polieren!

Behrens: Mein Gott, schließen Sie doch das Fenster! Sollen wir hier alle wegfliegen!?

Feldmann-See tritt hinter die Flügeltür. Der Durchzug endet.

Behrens: Was ist das für ein Mensch!? Wie aus einem anderen Jahrhundert. Manchmal glaube ich, der denkt, der ist hier auf'm Schiff.

Montag: *(sortiert seine Blätter)* Das sind sehr wichtige Hinweise! Wenn Krüger umstellt auf Kundenbereich ohne diese Hinweise, dann versinkt meine Struktur! Am Ende soll ich dann wohl nur noch eine Kapazität haben von M bis O? Stellen Sie sich das vor: von M bis O! Dann heißen alle, die wir für Vineta einstellen, Meier oder Otto!

Behrens: 'tschuldigung. Man muss den Kaffeeautomat erst mal anschalten.

Montag: Was?

Behrens: Kaffee! Wir wollen Kaffee trinken!

Montag: Stimmt. Kaffee. Ich drücke diesen Knopf. *(Drückt)*

Behrens: Habe ich Ihnen eigentlich mein derzeitiges Verkehrsprojekt erläutert? Weinheim ist geteilt, durch den Bieberberg in Weinheim-Süd und Weinheim-Nord geteilt. Viele aber, die in Weinheim-Süd wohnen, arbeiten in Weinheim-Nord und umgekehrt, und man muss immer durch die Nachbarstadt Neuhausen, die westlich des Bieberbergs liegt. Was habe ich gemacht? Ich habe dem Rat einen Tunnel empfohlen. Wenn man Großbritannien mit Frankreich durch einen Tunnel verbinden kann, dann wird es doch wohl ein Leichtes sein, Weinheim-Nord mit Weinheim-Süd auch durch einen Tunnel zu verbinden! In der Presse wird schon seit einiger Zeit vom Johann-Behrens-Tunnel gesprochen, aber in der eigenen Fraktion sitzen mir plötzlich drei Gruppen von Gegnern im Nacken: Die erste Gruppe sagt: «Sie lassen den Bieberberg mal schön so, wie er ist! Wir fahren weiterhin über Neuhausen!»

Montag: Wenn ich Sie mal kurz unterbrechen darf. Wieso kommt da jetzt eigentlich kein Kaffee raus?

Klaus Hagemann und Lutz Born kommen mit Tempo herein.

Hagemann: *(zu Born, dabei auf und ab laufend)* Sie müssen Ihre Kollegen vor Ort einfach auf genaue Rückmeldungen festlegen. Mich interessiert ja gar nicht, wie die welchen Stein auf den anderen legen, aber wenn ich hier nicht jeden Tag über die wenigstens voraussichtliche Zeitdauer einer Korrekturmaßnahme informiert werde, ja: Warum mache ich denn das alles? In einem Projektstrukturplan steht, wann wo was fertig gestellt sein muss. Man kann den ändern. Klar. Aber man bräuchte einfach mal irgendeine terminorientierte Aussage über die Korrekturmaßnahme! Tag die Herren.

Behrens: Tag. Wissen Sie, was ich glaube, Herr Montag? Da fallen gerade ungemahlene Kaffeebohnen in Ihre Tasse.

Born: Hagemann, Sie haben Recht, aber ich bin nun mal nicht Bauleiter vor Ort, sondern geb Anweisungen von hier. Wenn ich da draußen wär, dann könnten Sie Ihren Plan auf die Minute ausrechnen, aber ich kann nicht alles selber machen. Feldmann-See ist übrigens in Sorge wegen dem Wind. Eventuell müssen die Schiffe einen anderen Kurs … Können Sie mal einen Moment stehen bleiben?

Hagemann: Ich hab Ihnen schon hundertmal gesagt, dass ich diese Rumsteherei ablehne. Bewegungen erzeugen Tempo. Tempo fordert prägnante Setzungen. Sein ist Tun. Tun ist Tempo. Formulieren Sie Ihr Ziel in einer Minute, und Sie erreichen es! Schluss mit diesem stundenlangen Es-wäre-so-schön-wenn! Das Gleiche gilt für Korrekturmaßnahmen. Wie habe ich General Motors beraten? *(Malt drei Kreise auf die Pinnwand: FA, ZD, KM – und zieht durch sie hindurch einen Pfeil nach rechts)* Fehleranalyse. Zieldefinition. Korrekturmaßnahme. Zack. Zack. Zack. *(Zu Montag)* Sie müssen auf Mokka drücken!

Born: Okay, die Entwässerung dauert, schätze ich, zehn Tage länger. Es hat keinen Sinn, vorher zu planieren. Die Situation ist die: Wenn die Schiffe eintreffen, können die Baumaschinen noch nicht entladen werden, die stehn dann im Weg rum.

Hagemann: Scheiße! Die Schiffe sollen da zehn Tage sinnlos herumankern?! In der Zeit können die schon die nächste Ladung holen!

Born: Geht nicht anders.

Hagemann: *(nimmt eine Pille)* Ich darf gar nicht daran denken. Schiffe, die zehn Tage bewegungslos herumliegen, das ist grundsätzlich so was von absurd! Schauen Sie, kleiner Exkurs: *(An der Pinnwand)* Wenn Sie zwei Punkte haben, A und B, dann wird der Sinn immer mehr die Bewegung dazwischen sein. Hier in A abzufahren, um dort in B anzukommen, das interessiert bald niemanden mehr! Allenfalls um von dort sofort wieder nach hier zu fahren oder gleich nach C oder D! Die neue Gesellschaft wird eine mobile Gesellschaft zwischen allen Punkten sein! Klar? Das geht aber nicht, wenn wir zum Beispiel Schiffe haben, die sich überhaupt nicht von der Stelle rühren!

Behrens: Interessant, Herr Hagemann, aber werden wir dann noch Städte brauchen? Ich frage Sie: Warum sollte ich in A, B oder C einen Lebensraum gestalten und verwalten, wenn die Menschen plötzlich dazwischen sind?

Montag: Sagen Sie mir doch lieber, wie dieser blöde Kaffeeautomat funktioniert.

Hagemann: Da haben Sie Recht, Behrens. Macht ja auch bald keiner mehr. Sie müssen jetzt einfach mal umdenken und überlegen, wie Sie den Lebensraum eben genau dazwischen gestalten: Zwischen A, B oder C, da, wo ich jetzt das Ausrufezeichen hinsetze, da wird die Zukunft liegen!

Behrens: Herr Hagemann, ich halte das für eine Globalisierungsfalle.

Born: Wenn Sie nichts dagegen haben, würd ich mal gern ein paar Worte zur Entwässerung sagen.

Hagemann: Ja, wenn ich morgens auf Flughäfen lande und den letzten Schluck Tomatensaft trinke, sehe ich ab und an in einer dieser riesigen Garagen ein abgestelltes Flugzeug stehen. Wenn ich aber abends wieder abfliege, und das Flugzeug steht da immer noch, dann kriege ich Beklemmungen, Schweißausbrüche! Dann denke ich, bevor sie dich irgendwann in ein Altersheim stecken, bringst du dich lieber selber um!

Feldmann-See mit vom Wind zerzaustem Haar.

Feldmann-See: Wo ist denn jetzt die Seiler hin?
Hagemann: Sagen Sie mal, wie viel Knoten fahren eigentlich Ihre Schiffe, Feldmann-See?
Feldmann-See: Sagen Sie nicht immer so überbetont FELDMANN. Sie können SEE genauso betonen wie Feldmann.
Hagemann: *(zu Born)* Habe ich Feldmann überbetont?
Feldmann-See: Sie werden sich noch wundern. Hier. Hab ich Ihnen mitgebracht. Das ist ein Meilenzähler, der zählt englische Meilen, den können Sie sich ans Bein binden. Und das, das ist ein Radiergummi. Der radiert sogar Filzstifte. Gucken Sie mal. *(Radiert an der Pinnwand)* Jetzt ist das A weg. *(Radiert auch das B weg)* Und da Ihnen das A oder das B wahrscheinlich scheißegal sind, und Sie es eher, wie ich Sie kenne, hier mit dem Zeichen dazwischen haben, radier ich Ihnen auch noch mal eben das Ausrufezeichen weg. *(Radiert es weg)* Damit kann man wirklich alles wegradieren, wenn man merkt, dass man das Leben und die Wahrheit nicht auf eine Pinnwand kriegt. Herr Hagemann, und wenn Sie noch einmal Ihren Schwachsinn auf meine Seekarten kritzeln, hau ich Ihnen eins in die Fresse. Schöne Blumen, Herr Behrens.
Montag: Herr Behrens, das ist jetzt definitiv Kamillentee!

Leonhard und Färber oben auf der Treppe.

Leonhard: Ich begrüße Sie zum Drei-Uhr-Plenum.

Sie gehen beide die Treppe hinunter. Alle anderen folgen an die Konferenztafel. Man nimmt die Plätze ein.

Leonhard: Ich möchte Ihnen zunächst Herrn Färber vorstellen. Sebastian Färber von Scheffel & Partner, einem der größten Architekturbüros in Berlin.

Färber: Guten Tag.

Leonhard: Klaus Hagemann von Kaufmann Consulting Art, Projektmanagement Düsseldorf.

Hagemann: Guten Tag.

Leonhard: Hans Montag, Leiter der Zentralstelle Internationale Arbeitsvermittlung, Nürnberg.

Montag: Guten Tag.

Leonhard: Fritz Feldmann-See, Leitender Kapitän der Reederei Lloyd Frachtverkehr, Hamburg.

Feldmann-See: Ich grüße Sie.

Leonhard: Johann Behrens, Bürgermeister der Stadt Weinheim.

Behrens: Hocherfreut. Herr Dr. Leonhard, ein neuer Vorschlag, ich würde fast sagen: Eine Vision! Zur Eröffnung des Themenparks spielen die Beatles!

Leonhard: Gleich, Herr Behrens. Das ist Lutz Born, Ingenieur der Benn-Bau-Gruppe Berlin. *(Born schweigt.)* Herr Behrens wird jetzt Sonnenblumen verteilen, als kleines Zeichen, von Herrn Montag gedacht, zum Abschluss des Begrünungskonzeptes und der Biotopvernetzung. Zum aktuellen Projektstand: *(Zeigt auf einen großen Plan an der Pinnwand)* Das offizielle Bauleitplanverfahren ist am Mittwoch von allen aus- und inländischen Behörden genehmigt worden und läuft jetzt intern als Projektstrukturplan unter der Federführung von Herrn Hagemann. Zum Themenpark wird uns aus immer weiteren Städten weltweit Unterstützung zugesagt. Abgeschlossen sind vor Ort die Vermessungsarbeiten, die Entwässerungen laufen, die Schiffe sind unterwegs, wir stehen kurz vor der Fundamentlegung. Alles in allem: Sehr schön. Probleme habe ich nur, und ich sage es ungern, mit dem kompletten urbanen Bebauungskonzept.

Meine Herren: Es gefällt mir einfach nicht mehr. *(Zu Behrens)* Meine geben Sie bitte Herrn Färber.

Born steht bleich auf. Hagemann will etwas sagen.

Leonhard: Herr Born, verteilen Sie die Musikinstrumente! *(Zu Färber)* Es wird Sie vielleicht etwas wundern, aber ich möchte, dass meine Mitarbeiter lernen zusammenzuspielen und nicht gegeneinander.

Born gibt Hagemann und Behrens eine Flöte, Montag eine Trommel und Feldmann-See ein Zupfinstrument. Er selbst nimmt auch eine Flöte.

Leonhard: Also: Eins, zwei, drei …

Sie spielen eine erkennbare Melodie.

Hagemann und Born mit unterdrückter Wut und daher großen Konzentrationsschwächen. Montag hingegen mit zunehmender Freude und einem Harmoniebemühen. Behrens flötet sich in den Vordergrund, Feldmann-See zupft am Instrument ganz für sich. Dann: Nina stürzt herein mit einem Schreiben.

Nina: Entschuldigung!
Leonhard: Frau Seiler, wir sind mitten im Plenum!
Nina: Lloyd hat soeben gemeldet: Katastrophale Witterungsbedingungen! Sechs Frachter haben gewendet, aber die Star-Cross meldet Risse in der Bugschürze!
Feldmann-See: *(springt auf)* Da! Da ist er! *(Geht auf Hagemann los)* Der Hetzer! Sie Mörder!
Hagemann: Kommen Sie mir einen Schritt näher! Ich geh vors Arbeitsgericht! Ob die Schiffe rausgehen oder nicht, das ist Ihre Sache! *(Zu Leonhard)* Er hätte sich ja weigern können.

Feldmann-See rennt raus.

Montag: Was heißt denn das: Risse in der Bugschürze?

Born: Was haben die denn noch gesagt!? Schaffen die das zurück?!

Behrens: Meine Herren! Zunächst möchte ich erst einmal klären: Was haben wir denn geladen, ich meine, auf dem mit der Bugschürze?

Born: Mensch! 60 Planierraupen! 2500 Betonpumpen! Baustoffe für die Siedlungsgebiete im Werte von was weiß ich! Schauen Sie auf die Pinnwand!

Hagemann: Kurzer Zwischeneinwurf: Wie viele Schiffe besitzt die Reederei Lloyd?! Ich sage das deshalb, weil die Problemdefinition, PD, die ist doch wohl allen klar! Wichtig ist jetzt die Lösungsauswahl, LA!

Heftiger Durchzug. Feldmann-See in der Flügeltür.

Feldmann-See: Schweigen Sie! Hagemann! Risse in der Bugschürze! Ich habe Sie gewarnt! Warum konnten wir nicht warten?! Bei dem Wetter! Stärke 11 auf der Beaufort-Skala! Ich muss Ihnen ja nicht erklären, Hagemann, was das heißt: Risse in der Bugschürze! Das heißt: Wie lange hält jetzt die Laderampe?!

Hagemann: Er versteht noch nicht, wer hier wo Fehler macht! Es gibt Sturmwarnungen, Schiffe mit schlechten Bugschürzen, man kann auch Schiffe überladen …

Behrens: Meine Herren! Gegenseitige Schuldzuweisungen bringen gar nichts. Es ist, wie es ist, und ich frage deshalb: Auf welchem Schiff ist denn jetzt Lenin?

Nina: – Lenin ist auf der Star-Cross. *(Schaut Leonhard an)*

Leonhard: Entschuldigen Sie mich. *(Ab)*

Montag: Wir reden hier über Lenin und Planierraupen, aber da draußen, da sind auch richtige Menschen an Bord. Techniker. Monteure. Baugeräteführer. Die habe ich alle von hier geordert. *(Setzt sich)*

Telefon. Nina läuft hinter die Flügeltür. Kommt mit einem Hörer.

Nina: (zu *Feldmann-See)* Für Sie. Lloyd hat angerufen und über Funk weitergeschaltet, UKW 16!

Feldmann-See: *(in den Hörer)* Hello! *(Hört)* – Star-Cross!? This is Captain Feldmann-See! Received Mayday! I repeat Mayday! *(Hört)* – – Distress position: 54 degrees 47 minutes North. 014 degrees 22 minutes East. *(Zu sich)* Mittendrin! *(In den Hörer)* I repeat: Danger of flooding! Close the bulkheads! Over. *(Zu den anderen)* Gefahr des Wassereinbruchs! Schotten schließen! *(In den Hörer)* Do you have a loss of stabilility?! Over! *(Zu den anderen)* Ich frage: Gibt es Stabilitätsverlust? *(Hört)* – – Keine Antwort! Kippen sie backbord?! Kippen sie steuerbord?! Ich hol die da raus! *(Zu Montag)* Werde über Lloyd Rettungshubschrauber aussenden. Wenn die Star-Cross sinkt, sinkt sie erst in drei Stunden. Halte Sie auf dem Laufenden! *(Ab)*

Behrens: Also, ich war immer dagegen, das Ganze auf dem Seeweg zu befördern.

Born: Soll'n wir vielleicht Planierraupen und Facharbeiter aus der Luft abwerfen?!

Hagemann: Behrens! Erst planieren, dann Flughafen! Wir können doch nicht auf der Wiese landen! *(Zu Born)* Habe ich richtig gehört: Das urbane Bebauungskonzept gefällt ihm nicht mehr?!

Behrens: Herr Färber, ich war deshalb gegen den Seeweg, weil, wenn jetzt der Lenin sinkt, dann stehen wir international so was von blöd da, den hat uns der russische Botschafter für den Themenpark …

Born: Mir ist doch der russische Botschafter scheißegal! Mach doch einer mal das Fenster zu! Es zieht!

Behrens: Herr Färber, ich möchte Ihnen diese Blume überreichen. Wenn Sie die eine oder andere Frage haben, ich bin Bürgermeister der Stadt Weinheim, und wir alle überlegen, ob ich in Vineta als Stadtdirektor …

Leonhard kommt.

Leonhard *(verliert die Beherrschung)* Herr Behrens, es ist, glaube ich, nicht die Zeit, Ihre Kandidatur bekannt zu geben!

Schweigen.

Leonhard: Es tut mir Leid, Herr Färber, jetzt sind Sie gleich mitten in eine Krise geraten.

Färber: Ja. Aber wir müssen nur alle unseren Glauben zusammennehmen und sagen: So etwas kann jetzt gar nicht passieren. Das Schiff wird nicht sinken!

Der heftige Durchzug endet. Schweigen.

Born: Hagemann, ich glaube, wir sollten nochmal über Ihren Strukturplan sprechen. Wenn das Ding jetzt platzt: Sechs Wochen? Zehn Wochen? Ich muss praktisch mit der ganzen Betonoberfläche warten.

Färber: Entschuldigung. Wurden denn vorher Bodenproben entnommen?

Born: Was?

Hagemann: *(an der Pinnwand, um Souveränität bemüht)* Die gesamte PZ beträgt zwei Monate. Die PZ besagt, dass eine zeitliche Verlängerung um diesen Wert keine Verlängerung der GPD, Gesamtprojektdauer, zur Folge hat. Das heißt: Wenn Star-Cross sinkt, okay, teuer, aber immerhin noch in der PZ.

Nina *(zu Färber)* Pufferzeit.

Leonhard: Herr Hagemann, sagen Sie doch einfach uns zuliebe Pufferzeit statt PZ, ja? Geht das? Habe ich Sie also richtig verstanden? «Wenn die Star-Cross sinkt, okay, teuer, aber immerhin noch in der Pufferzeit»?

Hagemann: *(nimmt eine Pille ein)* Richtig, Herr Leonhard. Und sagte Born nicht, 10 Tage Verzögerung wegen der Entwässerung? Na, da macht das Ganze doch wieder Sinn, Herr Leonhard. Es ist besser, wenn Schiffe aus einem Sturmtief zurückgezogen werden, als wenn sie sinnlos auf der Stelle stehen und auf

Borns Entwässerung warten. Montag, es wäre gut, wenn wir heute noch im Recruiting weiterkämen. Potenzialerfassung. Anforderungsprofile. Auswahlentscheidungen. *(Schreibt quer über die Seekarten: PE } AP } AE)*

Geht flott ab.

Leonhard: Herr Hagemann, Moment! Es ist Ihnen doch klar, dass ich im Namen der Delta AG einen Untersuchungsausschuss einberufe, wenn die Star-Cross sinkt.

Hagemann hält sich an der Tür fest.

Leonhard: Schauen Sie, es ist einfach sonderbar, dass Feldmann-See so eindringlich von schlechten Witterungsbedingungen sprach, die Schiffe aber trotzdem rausgingen. *(Nimmt ihm beiläufig die Pillenpackung weg)*

Hagemann: – Aber Sie haben doch selber das Okay an Lloyd faxen lassen?

Leonhard: Nachdem Sie mir eine Hausmitteilung mit dem Einverständnis vom Käpten übergaben. Sehen Sie, Herr Hagemann, das müssen wir eben einfach klären. Und dann noch etwas: Ich möchte, dass Sie ab sofort Ihre PZ-AX-YZ-Technik einstellen und stattdessen Visionen entwickeln, sonst schmeiß ich Sie nämlich raus. Und zwar noch bevor die Star-Cross den Meeresboden erreicht. Klar?

Hagemann ab.

Montag: – Sagten Sie vorhin, zwanzig Diplomagraringenieure, Herr Leonhard?

Leonhard: Richtig, Herr Montag.

Montag: *(in der Tür. An alle, aber vermutlich speziell an Nina gerichtet)* Es gibt eine alte Fotografie, auf der mein Vater aus einem sturmbewegten Meer steigt. Eine Frau auf seinen Armen.

Ihr Haar blond, die Lippen zittern, der Kopf auf seinen Schultern. Dies als gutes Omen für uns alle. Stellen Sie einen Eimer in mein Zimmer. Es tropft. *(Ab)*

Telefon. Nina läuft hinter die Flügeltür. Kommt mit dem Hörer.

Nina: Das Amt für offene Vermögensfragen?

Leonhard: Ich kann jetzt nicht! *(Nina mit Hörer ab)*

Behrens: Wir müssen in dieser Phase alle einen kühlen Kopf behalten. Herr Dr. Leonhard, ich glaube, dass es vielleicht wirklich möglich wäre, an Ringo Starr von den Beatles heranzukommen, stellen Sie sich vor, wenn die dann wieder vereinigt im Themenpark … zu zweit …

Leonhard: Herr Behrens, würden Sie jetzt einfach mal abgehen. – Raus! Sie auch, Herr Born. Raus hier! Weg! Weg!

Behrens, Born ab.

Leonhard: Herr Färber, bleiben Sie. Wir treffen uns um Viertel nach vier in meinem Büro. Dann zeige ich Ihnen die bisherigen Bebauungspläne. *(Ruft)* Nina? Entschuldigen Sie mich. Es könnte sein, dass wir schon Neuigkeiten haben. *(Ab)*

Färber steht etwas verloren im Raum. Nina kommt zurück.

Färber: – Hallo.

Nina: Hallo. – Ziemlich hektisch hier, was? – Ich fand das so schön, wie Sie vorhin sagten: «Wir müssen nur alle unseren Glauben zusammennehmen.»

Färber: Ja. *(Krümmt sich)*

Nina: – Herr Färber, was ist denn!?

Färber: Geht gleich wieder. – Danke. Geht wieder. Darf ich Sie etwas ganz direkt fragen?

Nina: Ja. Klar.

Färber: – Was passiert hier eigentlich?

Nina: Also, sechs Schiffe sind gestern Abend gestartet: die Harrison, die Princess Victoria, Breaker of the Waves eins und zwei, die Lukretia, die Camperdown und die Star-Cross. Umgekehrt sind die Harrison, die Victoria und die …

Färber: Entschuldigung, aber wo wollen denn diese Schiffe alle hin?

Nina: *(vorsichtig)* – Na, nach Vineta. Das finde ich ja seltsam, Sie wissen gar nicht …

Färber: Ich bin sehr kurzfristig berufen worden. Man sagte nur: Planungsstab, dringendes Projekt. Ich konnte die Koffer kaum packen. Es wäre schön, wenn Sie …

Nina: Die Insel, auf der die Stadt gebaut werden soll, heißt Vineta. Das ist der Arbeitstitel.

Färber: Aha.

Nina: Die Benn-Bau-Gruppe, also die, wo Born ist, das ist doch eine Tochtergesellschaft von der Delta AG, und die haben mit den Lloyd-Werken fusioniert, die wiederum von Kaufmann Consulting Art beraten werden. Und die, also Hagemanns Firma, die haben irgendwie … Also wie die jetzt zum Beispiel genau an Hans Montag rangekommen sind, weiß ich auch nicht, die fusionieren ja jetzt alle. Herr Leonhard sagt immer: «Wir leben in einer Zeit der Totalfusion! Man kommt mit Leuten zusammen, die man früher nie getroffen hätte.»

Färber: Eine Frage noch: Diese Insel …

Nina: Die Delta AG hat sie von einem Baron gekauft und Herrn Leonhard mit der Planung beauftragt. Hey, ich habe Bilder gesehen! Auf der einen Seite: die Bretagne. Auf der anderen: Italien. Und in der Mitte: Schottland. Es gibt so eine Art Bucht, das war früher mal der Hafen, da stehen nur fünf Fischerhütten und ein Leuchtturm, sonst ist da nichts auf der ganzen Insel, ist das nicht wahnsinnig? Leonhard hat so große Ideen: Er will einen Themenpark eröffnen mit dem Titel: «Die untergegangenen Träume». Er hat in der ganzen Welt Städte angefragt, ob sie für dieses Projekt irgendetwas aus der Geschichte ihrer vergangenen Träume beisteuern könnten. Eigentlich ist das mit den

Beatles gar nicht so schlecht! Leben die denn noch? Okay, aus Sankt Petersburg haben wir diese riesige Lenin-Figur bekommen, 7 Meter hoch, massiv Bronze, die jetzt vielleicht mit der Star-Cross … Na ja, auf jeden Fall ist geplant, dass die Menschen dort Ferien machen, aber anders als auf all diesen anderen Inseln. Man soll dort auch leben können. Länger, lange, ein ganzes Leben. Ein Zentrum soll gebaut werden, habe ich ja schon gesagt: Häuser, Cafés, ich stelle mir schon eine richtige Piazza vor! Ich muss jetzt weitermachen.

Färber: Warten Sie! Ich meine, jetzt wird mir ja erst klar … Das sind ja großartige Ideen, Nina! Darf ich Nina sagen? Sie haben so ein Leuchten in den Augen. Als Sie da eben von der Piazza sprachen, da hatten Sie so ein Leuchten in den Augen, das müssen Sie sich unbedingt bewahren, versprechen Sie mir das?

Nina: Ja.

Färber: Nina, nehmen Sie diese Blume. Woher kommen Sie denn?

Nina: Ich will endlich in eine richtige Stadt. – Leonhard wollte jemanden aus der Gegend haben, also jemanden, der sich unten im Dorf auskennt, wenn wir hier irgendwas brauchen. Ich habe im Fotogeschäft gearbeitet, Schule hab ich geschmissen, aber ich war in Berlin, in Mitte, egal. Also vor drei Monaten kam Leonhard zu uns, um die Fotos von Vineta abzuholen. Ich habe gesagt: «Entschuldigen Sie, aber ich habe noch nie eine so schöne Insel gesehen. Wohnen da eigentlich Menschen?» Und dann hat er gesagt: «Können Sie Schreibmaschine schreiben und, wenn nötig, zwölf Dinge gleichzeitig tun?» «Klar, kann ich», habe ich gesagt. Dann hat er mich gleich mitgenommen. Ich muss jetzt weitermachen.

Färber: Zeigen Sie sie mir!

Nina: Was?

Färber: Die Fotos!

Nina: Jetzt?

Färber: Ja.

Nina: Okay, bin gleich wieder da. *(Rennt raus)*

Färber setzt sich in den Kaminsessel von Napoleon. Nina kommt zurück. Legt ihm die Fotos in den Schoß und stellt sich hinter den Sessel. Färber guckt ein, zwei, drei Bilder an.

Färber: Nina! Holen Sie die Bebauungspläne!

Nina rennt raus. Färber starrt auf ein Foto. Nina kommt mit mehreren riesigen Papierbögen zurück. Legt sie Färber in den Schoß. Färber blättert und starrt dann auf einen Bogen.

Nina: Stimmt was nicht?
Färber: Ich sehe lauter «GKs»!
Nina: «GKs»?
Färber: GKs mit 22 mal 2000 Quadratmeter GFZs!
Nina: – Nehmen die zu viel Raum ein?
Färber: Nina, das sind zweiundzwanzigstöckige Gebäudekomplexe mit einer Geschossflächenzahl von vierundvierzigtausend Quadratmetern! Wie viele Menschen werden denn da erwartet? – Moment. Anschlussplan 5. Wo ist jetzt 6? *(Blättert)* – Nein. Nina, schau dir das an! Block, Straße. Block, Straße. Straße, Block. Die tun ja so, als ob sie Mannheim bauen! Siehst du das? Hier: Wenn das immer so weitergeht, dann hast du am Ende nirgendwo ein Zentrum, nirgendwo ein Herz, geht ja auch nicht, wenn alles, hier: Plan 7, Plan 8: Block, Straße. Straße, Block … Nina, ich glaube, du hast doch … ich meine, wolltest du nicht … Nina, wo soll ich dir denn da deine Piazza hineinbauen?
Nina: Vielleicht hier?
Färber: Das ist eine Grünfläche!
Nina: Dann da!
Färber: Da kommen aber Blöcke hin! Nina, diese Grünfläche ja?, diese hier, die du meinst, die wird nachträglich angelegt. Vorher ist hier alles grün, ja?, dann kommen da aber Blöcke hin, ja?, und hier, wo es ursprünglich mal nicht grün war, kommt eine Grünfläche hin. Nina, wer hat sich das ausgedacht?

Nina: Also, ich glaube, die Benn-Bau-Gruppe, da, wo der Born arbeitet …

Färber: Und was sagt Leonhard dazu?

Nina: Ach, der ist so eingespannt mit seinen «untergegangenen Träumen», und außerdem hat die Delta AG die Pläne schon abgesegnet, die fangen ja an, wenn die Schiffe …

Färber: Sollen wir Lenin vielleicht hier neben die Squashhalle stellen?!

Nina: Ich glaube, der denkt sich jetzt auch so was, dass ihm das alles persönlich nicht gefallen könnte, und deshalb hat er doch auch nach Ihnen …

Färber: Nina, *(läuft durch den Raum)* hier! *(Zeigt auf die Treppe)* Stell dir vor, das ist die Küstenlandschaft. Hast du Bretagne gesagt?

Nina: Ja, Bretagne.

Färber: Hier auf dieser Seite: *(Geht auf die Konferenztafel zu)* …

Nina: Das ist Schottland, klar.

Färber: Genau. *(Geht auf Nina zu. Führt sie nach vorne links)* Und du, du bist jetzt Italien. Okay? Ganz zart zum Meer abfallendes und blühendes Land. Am Ende Strand. So! Drumherum überall Wasser. Und jetzt gucken wir uns den Himmel an! Nein. Erst mal zeig ich dir, wie die Benn-Bau-Gruppe sich das denkt. *(Nimmt einen Plan. Läuft die Treppe hoch)* Die Küstenautobahn soll wie folgt verlaufen: *(Läuft, auf den Plan guckend, die Treppe runter geradeaus nach rechts, von da geradeaus zu Nina, von da geradeaus zur Konferenztafel, von da geradeaus wieder zur Treppe, insgesamt in einem absolut monotonen Viereck. Nina lacht.)* Kurven gibt's nicht! *(Guckt auf den Plan)* Oh, aber es gibt noch eine quer rüber. *(Läuft jetzt diagonal zu Nina)* Hallo, Nina, hier steht ein Supermarkt. *(Guckt auf den Plan)* Neben dem Leuchtturm.

Nina: Warum denn neben dem Leuchtturm?

Färber: Keine Ahnung. Vielleicht, damit der Supermarkt besser beleuchtet ist. *(Läuft zur Konferenztafel)* Da haben sie noch ein großes Areal von der Insel belassen, herzlichen Glückwunsch. Würdest du da gern mal spazieren gehen?

Nina: Ja.

Färber: Geht aber nicht. Da fliegen uns die Golfbälle um die Ohren.

Nina: O ja, das ist Hagemann. Er sagt, der Golfsport wird ein immer größerer Wirtschaftsfaktor werden.

Färber: Nina! Man kann doch auf einer Insel, auf der wir den Geist der Oktoberrevolution beschwören, nicht mit Rasenmähern über einen Golfplatz fahren! – Wie viel Uhr haben wir?

Nina: Viertel vor vier.

Färber: Dann steht die Sonne jetzt da! Hier ist sie aufgegangen. Dort geht sie unter. Der Lauf der Sonne teilt den Himmel in zwei Teile. Nachts, auf einer Insel besonders gut zu sehen, schneidet die Bewegung der Sterne die Zweiteilung durch die Sonne dann noch einmal im rechten Winkel.

Nina: Also so: *(Hält die Arme überkreuz)*

Färber: Ja, genau! So! *(Hält sie auch überkreuz)*

Nina: Dann hat der Himmel also vier Hälften?

Färber: Ja. *(Nimmt Nina an der Hand und führt sie an den Rand von Italien genau unter den Kronleuchter)* Zur Gründung einer Stadt sucht man das Gebiet, das genau unter dem Punkt liegt, in dem sich die vier Hälften des Himmels treffen.

Sie schauen nach oben.

Nina: – Okay, dann bauen wir die Piazza hier!

Färber: Ja.

Sie schauen Hand in Hand nach oben.

Färber: Hier werden wir einen Kaffee trinken! *(Winkt)* Due cappuccini, perfavore!

Nina: Ich muss jetzt weg. *(Läuft zur Tür)*

Färber: Sie sind in Berlin. Sie sind in Prag. Und sie sind schon unterwegs nach Afrika. Aber hier werden wir sie stoppen!

Nina *(kommt zurück. Küsst ihn flüchtig auf die Wange)* Bis später. *(Ab)*

Färber: Nina, man darf sich nicht alles gefallen lassen! – Ja, bis später. *(Wirft die alten Pläne in die Luft und geht schnell die Treppe hoch. Dunkel)*

2. AKT

1. SZENE

Hagemann und Montag auf einem freien Feld. Im Hintergrund Sonnenblumen und die Morgendämmerung. Montag sitzt auf einem Baumstumpf. Auf den Knien sein leuchtendes Notebook. An den Baumstumpf angelehnt ein Leitz-Ordner. Hagemann mit dem zusammengerollten Projektstrukturplan unterm Arm.

Hagemann *(geht hin und her)* Wie lange reicht Ihr Akku?

Montag: Noch zwei Stunden. Herr Hagemann, im Plenarsaal, da haben wir Steckdosen, ich weiß nicht, warum wir hier um diese Uhrzeit …

Hagemann: Das werde ich Ihnen noch erklären. Weiter!

Montag: Susanne Gross hat das Reisebüro «Adventure» in Hannover …

Hagemann: Wie alt?

Montag: 36.

Hagemann: Kinder?

Montag: Keine.

Hagemann: Ich halt das nicht aus! Wir, ja?, wir bauen hier das Fremdenverkehrsamt auf! Bis auf ein paar Ausnahmen ist der ganze Einzelhandel personell gesichert! Aber was passiert? Mittendrin lassen die diesen Typen auftreten, Leonhard wirft mal eben den ganzen urbanen Bebauungsplan über den Haufen, und wir, wir sitzen hier rum! Seit 15 Tagen! Der 10. November ist die Deadline für die Fundamentlegung. Schauen Sie mal auf Ihre Uhr. Wir verlassen die Pufferzeit! Aber Färber sitzt in seinem Zimmer und malt seit 15 Tagen «Die Häuser der Neuen Rückbesinnung». Herr Montag, ich bin gleich wieder da. *(Geht los in Richtung Morgendämmerung)*

Montag: Wo wollen Sie denn hin?

Hagemann: Ich werfe nur eben meinen Projektstrukturplan in den See.

Montag: Sie müssen sich beruhigen.

Hagemann: *(außer sich)* Nein! Ich beruhige mich nicht! Morgen geht uns hier die Arbeit aus! Dann können wir Murmeln spielen! Und zwar so lange, bis der da fertig ist! *(Läuft auf und ab in der Morgendämmerung)*

Montag ist entsetzt, sucht dennoch nach Worten der Linderung.

Hagemann: Feldmann-See, dieser Arsch! Jede Reederei würde so einen rausschmeißen. Erst schickt der sieben Schiffe in den Sturm, dann drehen die um, und als sie endlich wieder losfahren, lotst der die wieder zurück, nur weil die «Gegenmoderne» plötzlich keine Betonpumpen mehr braucht, sondern «leichte, fließende Baustoffe». So was kann man beim Gartenbau in Posemuckel machen, aber nicht auf maritimen Langstrecken.

Montag: Also, als der da auf der Treppe stand, dachte ich, das ist einer, der will die Welt anhalten. Vielleicht ist das ein ganz neuer Gedanke?

Hagemann: *(starrt auf den Leitz-Ordner)* Was haben Sie da?

Montag: *(nimmt den Ordner)* Das ist eine Untersuchung. Ich soll eine Prognose für Vineta machen. Anhand der hier aufgelisteten Beschäftigungsquoten auf der Insel Capri. Im Sommer und im Winter.

Hagemann: Das mach ich! *(Will ihm den Ordner wegnehmen)*

Montag: Nein! *(Hält den Ordner fest)* Das gehört mir!

Hagemann: Geben Sie her! *(Reißt an dem Ordner)* Da muss man Statistik können!

Montag: Ich kann Statistik!

Sie ziehen von beiden Seiten an dem Leitz-Ordner. Hagemann lässt plötzlich ab.

Hagemann: Scheiße, ich muss gerade an den Sohn meiner Freundin denken. Der hat sie nicht mehr alle, der spielt den ganzen Tag so ein Spiel, da stellt man imaginäre Arbeiter ein und baut Städte im Geiste. Ich kann nach Hause kommen, wann ich will, wenn ich die Tür aufmache, dann sitzt da dieses Kind mit seinen imaginären Arbeitern.

Montag: Ich hatte auch mal eins. – Wir waren auf dem Rückweg. Ich hätte nicht fahren dürfen. Es war gerade auf die Welt gekommen. Es war ein Unfall.

Hagemann: Die ganze Nacht habe ich von der Delta AG geträumt. Ich stehe ganz allein auf der Insel. Ohne Fundament. Ohne eine einzige Planierraupe. Nicht mal einen Spaten gibt es. Und plötzlich steht die Delta AG vor mir, mitten in der Wildnis! Nur ich und die Delta AG. «Hagemann!», dröhnt es über die Insel, «Hagemann, was ist denn das für eine Missplanung!?»

Montag: Manchmal, wenn wir nicht so gut vorangekommen sind, dann liege ich im Bett und denke: Was hättest du heute in deinem Referat alles erledigen können? Wissen Sie, hier, da habe ich sie alle drin: Siebzehntausendachthundertundsieben! Ich kann sie mit nach Hause nehmen, ich kann mit ihnen auf die Reise gehen, aber seit ich hier bin, laufen mir nachts Gestalten hinterher. Gestalten, die keine Augen haben, keine Münder, nicht einmal Nasen, Herr Hagemann, nur weiße Flächen, die können aber trotzdem sprechen: «Montag! Da stapeln sich unsere Anträge auf Ihrem Tisch! Wie lange sollen wir denn hier noch …»

Hagemann: Seit 15 Jahren gelten überall auf der Welt die Konzepte der Vollversorgung! Club Méditerrané! Cinemaxx! Wellenbäder! Die Menschen haben Ferien und wollen sich wohl fühlen! Was ist schlecht daran? Ein einziger Mensch, ja?, hat der das Recht, Millionen, die da kommen werden, seine Ideen aufzudrücken?

Montag: *(steht aufgeregt auf dem Baumstumpf)* Ich lasse mir sofort im Traum einen Kaffee bringen und sichte das Material: Gross nach Garbmann, Garbmann vor Grossmann, ich erstelle die neuen Bewerberprofile, aber plötzlich geht die Tür auf: Krüger kommt rein. Zieht den Stecker aus der Dose. Schraubt die Tastatur ab und rennt mit meiner Festplatte den Korridor entlang …

Hagemann: Montag?!

Montag: *(noch aufgeregter)* Ich laufe hinterher. Krüger biegt ab in den neuen Kundenbereich. Ich biege auch ab, und schon sehe ich, wie Krüger meine Festplatte auf den Tisch von Lorenz stellt und sagt: «Als Erstes, Herr Lorenz, nehmen Sie jetzt mal Herrn Montag in Ihre Kartei auf! Montag vor Müller und nach Meier!» *(Er schließt die Augen.)*

Hagemann: Jetzt hören Sie mir mal zu: Färber muss weg. Er hat hier keinen Platz. Er muss weg. – Hallo?!

Montag: – Ja? Wie bitte?

Hagemann: Ich sagte: Färber muss weg!

Montag: Färber muss weg? Wie soll er denn weg? Leonhard hat ihn geholt.

Hagemann: Leonhard muss auch weg.

Montag: – Sind Sie verrückt?

Born und Behrens. Born mit Aktenkoffer und Hagemanns Golfschläger. Behrens in unruhiger Verfassung.

Hagemann: Guten Morgen, Behrens. *(Zu Born)* Weiß er Bescheid?

Born: Er hat, glaub ich, noch ’n paar Fragen. Was ist mit ihm?

Hagemann: Na, wir haben uns schon ein bisschen eingestimmt, Montag, oder?

Behrens: Herr Hagemann! Sind Sie sich sicher? Ich meine, wenn Leonhard selber kandidieren will, dann hätte er es doch bekannt gegeben?

Hagemann: Behrens, denken Sie mal nach. Der kann Sie doch viel besser für seine Zwecke benutzen, wenn Sie glauben, Sie sind der Spitzenkandidat! Was meinen Sie denn, was der der Delta AG erzählt? Jede Behrens-Vision, die hier auf die Welt kommt, kommt bei der Delta AG an als Leonhard-Vision. Ja. Das große Schaulaufen mit der Presse beginnt, wenn der erste Kameramann Vineta betritt. Und raten Sie mal, wer den da begrüßen will? Der tritt doch nicht einfach ab, wenn das hier vorbei ist!

Behrens erbleicht.

Montag: Entschuldigung. Wir können ihn aber nicht einfach absetzen. Leonhard! Wenn wir ihn jetzt angreifen, reißt der uns alle mit in die Tiefe. Dann wird Vineta der Jahrhundertflop, und wir werden nie wieder …

Born: Soll ich ihm einfach mal das Papier geben? *(Gibt Montag ein Bündel mit Schriftstücken)*

Hagemann: Geben Sie's ihm. – Behrens: Kopf hoch. Sie brauchen jetzt jemanden, der Sie aufbaut vor der Delta AG, nicht abbaut.

Montag *(fassungslos)* Woher haben Sie das?

Born: Kleine Hausdurchsuchung. Lag auf'm Tisch.

Hagemann: Wir machen das so: Ich übernehme den Vorsitz in der Planungsgruppe. Sie, Behrens, Sie sind mein Spitzenkandidat, und der wird durchgeboxt bis zum Ende. Born rückt wieder dahin, wo er hingehört: an die Stelle von Färber in die Bebauung. Feldmann-See schmeiß ich raus. Fracht & Verkehr übernehme ich.

Born: 'tschuldigung, das hatten wir doch so überlegt, dass Bebauung jetzt mit Fracht & Verkehr zusammengelegt wird …

Behrens: Wäre es nicht besser … Ich meine, Sie sind doch schon sehr ausgelastet mit dem Vorsitz, Herr Hagemann, und Sie mit der Bebauung, und da dachte ich, also wenn ich Fracht & Verkehr übernehme, dann hätten wir die Triade, also, erstens: Sie: Vorsitz, zweitens: Er: Bebauung, drittens: Ich: …

Hagemann: Ja, ja, ja, sehr gut. *(Zu Born)* Ich meine, Fracht & Verkehr muss ja auch nicht sein.

Montag: *(die Schriftstücke mittlerweile bedeutungsvoll auf den Handflächen tragend)* Mein Gott, Sie können doch nicht einfach in sein Zimmer gehen und …

Hagemann: Lesen Sie doch mal bitte Behrens vor, ja?! – Hallo!

Montag: – Ich glaube … Ich meine … Wissen Sie eigentlich, was das hier ist? – Meine Herren, das sind seine, ja: – Tagebücher! Da ist ja jeder Tag eingetragen, da ist … Also … das ist die Entstehungsgeschichte!

Hagemann: Einfach nur vorlesen, bitte, ja?

Montag: Das ist das Entstehungsdokument der Republik Vineta!

Born: *(hält ihm die Faust vors Gesicht)* Mach jetzt!

Montag: Also ich persönlich würde das sofort wieder auf seinen Schreibtisch zurücktragen, aber wenn Sie unbedingt wollen. *(Steigt auf den Baumstumpf)* Also, ich lese jetzt, ja? *(Beginnt feierlich zu lesen)* «16. September. Was sind die Menschen doch einfältig. Vor einer Woche haben wir das Begrünungskonzept ohne jeden Zweifel abgeschlossen, und auch die Entwässerung ließ ich gestern für geglückt erklären.» *(Bricht ab und schaut die anderen bedeutungsvoll an)*

Hagemann: Weiter!

Montag: – *(liest)* «17. September. Eine neue Welt schreitet voran. Born und die alten Kräfte werde ich jetzt so lange zappeln lassen, bis Färber das neue urbane Bebauungskonzept hat. Er kommt wie gerufen.» *(Bricht ab und schaut wieder)*

Hagemann: Der macht mich wahnsinnig!

Behrens: Nun lesen Sie doch, verdammt nochmal!

Montag: – *(liest)* «18. September. Behrens, dieser Volltrottel, will mir ein Konzept zur ‹Ökologie und Demokratie› erstellen. Kann er ja machen. Die Zeit haben wir noch. Rom wurde auch nicht an einem Tag erbaut. Die Schiffe habe ich erneut auf die Reise geschickt. Allerdings musste sehr viel in Hamburg umgeladen werden. Die Stahlträger runter und dafür jetzt verstärkt toskanische Säulen. (Färber-Effekt!) Hagemann tanzt natürlich im Kreis und Born sowieso, weil er ja weiß, dass sich seine Benn-Bau-Gruppe längst fragen wird, warum ihr eigener Mann plötzlich nicht mehr mit Stahl arbeitet, sondern mit toskanischen Säulen, die sie gar nicht liefern können. Lasse ich aber über Färber woanders bestellen.» *(Bricht wieder ab. Schaut auf und muss lächeln)*

Born: Weiter! Ich hau dir's Maul ein, wenn du jetzt nicht …

Montag: «PS: Hagemann erinnert mich an ein stillgelegtes Flugzeug. Ich werde ihm und Behrens ein Doppelalbum von den Beatles schenken, die können sie sich dann so lange anhören. Montag geht es wie immer gut. Und Nina macht ihre Sache hervorragend. Vielleicht werde ich sie selber einmal heiraten.» *(Bricht ab)*

Hagemann: Och Mensch, nun lesen Sie doch mal etwas flüssiger.

Montag: – *(liest)* «Sorgen mache ich mir nur um den Käpten. Er hat nach dem Verlust der Star-Cross fast überhaupt nicht mehr gesprochen. – Ich konnte ihm nur damit wieder einen Sinn geben, indem ich versprach, Hagemann auf jeden Fall vor einen Untersuchungsausschuss zu bringen. – Jeder Schritt zur Vernichtung Hagemanns bringt den Käpten wieder ins Leben zurück.»

Hagemann: Geben Sie her! Da werden wir ja nie fertig. *(Nimmt ihm die Schriftstücke weg. Liest)* «20. September: Der Themenpark ist meine heimliche Liebe: Lenin, den ich von Bergungsmannschaften retten ließ, hat die Insel an einem Hubschrauber hängend erreicht. Ist das nicht eine irrsinnige Vorstellung?» So, jetzt kommt's! *(Liest)* «Feldmann-See werde ich in wenigen Tagen ein Schiff nach Kuba entsenden lassen. Der Kultursekretär von Fidel Castro hat uns eine sowjetische Rakete geschenkt. Während der Kuba-Krise soll man sie genau auf das Weiße Haus in Washington gerichtet haben.» – Ich denke, das reicht. *(Gibt die Schriftstücke Born)*

Schweigen.

Behrens: Den mach ich fertig. Kommunist!

Hagemann: Meine Herren …

Behrens: *(fasst sich)* Jetzt weiß ich auch, was der mit Guillotinen meint. «Wenn ich in Paris bin, dann gehe ich ins Museum zu den Guillotinen, weil, da kriege ich die großen Ideen.»

Hagemann: Meine Herren, die Fernsehteams betreten die Insel: Altrömischer Bau, griechische Tempel, überall toskanische Säulen …

Behrens: Der ist ja verfassungswidrig! Er sagte: «Nicht in den Louvre, sondern …»

Hagemann: Augenblick bitte, ja?! Also: Altrömischer Bau, überall toskanische Säulen. Auf einem Hügel: Lenin. Daneben die sowjetische Rakete aus Kuba, und es würde mich wirklich nicht wundern, wenn alle, die die Insel betreten, auf der Stelle ihr Handy abgeben müssen und dann Flöte spielen …

Behrens: Der stellt da auch eine Original-Guillotine hin! Die bekommt der! Aus Paris! Die nimmt der auch in Betrieb! Ich meine, man spricht doch nicht, wenn man sich gerade über Verkehrspolitik unterhält, plötzlich über Guillotinen?

Hagemann: Herr Behrens, wenn ich mal eben … Danke! Und jetzt frage ich Sie, was werden die da im Fernsehen berichten? «Sehr verehrte Damen und Herren. Die Kapital- und Aktiengesellschaft Delta baute vermutlich durch ein Versehen eine Insel der sozialistischen Weltrevolution!? Eine neue Menschen-Gemeinschaft von Flötenspielern ist entstanden …»

Montag: Das ist doch alles an den Haaren herbeigezogen, das steht doch da gar nicht drin …

Behrens: Wer sich nicht radikal von seiner Vergangenheit trennt, mit dem führe ich keine Gespräche! Man kann in gewisser Weise über Karl Marx reden, da besteht Konsens auf einer theoretischen Basis. Man kann in gewisser Weise auch über Lenin reden, keine Frage. Aber von Lenin auszugehen und bei Fidel Castro anzukommen, das geht so nicht. Man kann auch von Marx ausgehen und bei August Bebel ankommen. Man kann von Lenin ausgehen und sogar ankommen bei Willy Brandt. Aber wer von einer Guillotine ausgeht und ankommt bei einer sowjetischen Rakete aus Kuba …

Hagemann: Vielen Dank, und ein Jahr später ist Vineta voll davon. Schöner Themenpark!

Born: Zur Sache jetzt.

Hagemann: Also wir haben das mal in einem Begleitbrief erläutert.

Born nimmt ein Schreiben aus dem Koffer und gibt es Montag.

Hagemann: Wenn die das lesen, ist der Fall erledigt. Dann können wir hier endlich weitermachen.
Born: *(zu Montag)* Einscannen!
Montag: – Wieso?
Hagemann: Herr Montag: Neue Datei und einfach mit dem Penscanner rüber, ja?!
Born: Los!

Montag bedient zögerlich den Penscanner.

Hagemann: Jetzt die Ausführungen von Leonhard.

Born hält Montag die Schriftstücke hin.

Montag: Entschuldigung, aber wir können doch jetzt nicht einfach die Entstehungsgeschichte einscannen?!
Hagemann: Ihr Handy, Behrens! Ein Handy, herrlich! Sie geben jetzt die Faxnummer der Delta AG ein und danach die vom Pressedienst. *(Gibt Behrens einen Zettel)*

Behrens bedient das Handy.

Born: *(hält Montag ein Kabel hin)* Einstöpseln!
Montag: Liebe Freunde, wir schaufeln uns das eigene Grab, ich bitte Sie nochmal …
Hagemann: Hier einstöpseln!
Behrens: Empfang: Ausgezeichnet!
Born: Steck das da jetzt rein!

Montag steckt das Kabel in sein Notebook.

Hagemann: *(hält Behrens das andere Ende hin)* Dies da rein! Zack. So. Montag: Datei speichern! Behrens: Yes-Taste drücken! Warten!

Sie warten.

Behrens: Es piept!
Hagemann: Montag! Datei abschicken!
Montag: Ich mach da nicht mit.
Born: Mach jetzt! Abschicken, Mann!
Hagemann: Drücken Sie!
Born: Scheiße! Er drückt nicht! Worauf muss man drücken?!
Hagemann: Enter!
Montag: Ich hab's gelöscht.

Born schlägt ihn nieder.

Hagemann: – Och Mensch, Montag. Sie wollen doch auch eine schöne Insel haben? Was sollen wir denn mit einer Insel, auf der Menschen leben, die uns einfach umbringen, nur weil wir eine andere Auffassung haben? Montag, wo ist denn jetzt die Taste für rückgängig?
Born: Na, wo ist sie?! *(Tritt nach)*
Behrens: Im Namen der deutschen Sozialdemokratie! Wo ist die Taste für rückgängig?

Montag hält sich den blutenden Mund. Zeigt die Taste.

Born: Wehe, das stimmt nicht!
Hagemann: Draufdrücken, Born! Danke, Montag. So!: Yes-Taste, Behrens! 21, 22, und: …
Behrens: Erneutes Piepen!
Hagemann: Born, Enter: Datei ab! *(Nimmt seinen Golfschläger und einen Ball und schlägt ihn hart ab)* – Meine Herren: Jetzt ist das alles in der Welt! Und in ein paar Tagen kommt eine kleine kompakte Kugel mit irrsinnigem Tempo zurückgeschossen. Dann geht es weiter. Sein ist Tun und Tun ist Tempo. Ich würde jetzt gerne einen Tomatensaft trinken. Ich habe noch nie auf der Erde einen Tomatensaft getrunken. Ich trinke ihn sehr oft, aber

immer nur in der Luft. Es gibt eine alte Regel: Wer in der Luft Tomatensaft trinkt, der ist gut im Geschäft. *(Gibt Born den Golfschläger und nimmt den Leitz-Ordner)*

Hagemann, Born und Behrens brechen auf.

Hagemann *(dreht sich um)* Montag, hören Sie: Falls Sie irgendwas ausplappern, muss Born nochmal mit ihnen reden. *(Lacht. Endet das Lachen abrupt)* Und noch etwas: Sobald Leonhard in den nächsten Tagen das Wort «Kuba» erwähnt, wird es ernst. Dann sollten Sie auf der richtigen Seite stehen. Ist das klar?

Sie gehen weg.

Montag wischt sich das Blut vom Mund. Er klappt sein Notebook zusammen. Dann geht er langsam und gekrümmt in Richtung Morgendämmerung.

2. SZENE

In der Villa, im Plenarsaal. Montag kommt von links herein mit seinem Notebook und geht langsam zur Treppe. Er geht hinauf. Bleibt stehen. Geht ein paar Schritte wieder zurück und wieder hinauf, aber jetzt so, als habe er sich an etwas erinnert. Als überprüfe er jetzt die Wirkung eines anderen Steigens auf die Gedanken. Nina kommt mit einem Tablett mit Saftgläsern und Kaffee aus der Flügeltür und geht auf die Treppe zu. Als sie Montag sieht, bleibt sie stehen.

Nina: Herr Montag?
Montag: Ja. Ich bin es.
Nina: Was machen Sie denn da?

Montag: Ich versuche, wie ein Philosoph die Treppe hinaufzugehen.

Nina: Um diese Uhrzeit? – Mein Gott, Sie bluten ja! *(Läuft zu ihm. Stellt das Tablett ab. Hält ein Taschentuch auf das Blut)*

Born steht unbemerkt auf der Galerie.

Nina: Was ist denn passiert?

Montag: Ich bin hingefallen. Im Wald.

Nina: Scheiße, das hört ja gar nicht auf! *(Nimmt ein neues Tuch)* Mensch, Montag, Sie sollten besser im Bett liegen und schlafen.

Montag: Nina, Sie müssen mir jetzt genau zuhören: –

Nina: Ja?

Montag: Nina, der einzelne Mensch ist schwach, und er kann den Lauf der Dinge nicht mehr aufhalten. Das ist keine gute Zeit. Wollen Sie Leonhard wirklich heiraten?

Nina: Was reden Sie da? Was ist denn los?

Montag: Die neue Welt kann nicht voranschreiten. Ich kann nicht schlafen. Hat Krüger angerufen?

Nina: *(nimmt das Tablett)* Krüger kann doch nicht mitten in der Nacht anrufen. Bestimmt ruft er heute Vormittag an. Hier. Trinken Sie das.

Montag: Gestern habe ich geträumt, ich hätte mich in meinem eigenen Büro selber angerufen. Ich wollte meine Stimme auf Anrufbeantworter hören, aber plötzlich hat sich Herr Lorenz gemeldet. Er hat nicht gesagt: «Apparat Montag, Lorenz», sondern einfach nur «Lorenz», als ob das jetzt sein Apparat wäre.

Nina: Trinken, Herr Montag, ja? Sie sind so blass. – Besser?

Montag: Retten Sie mich! Ich liebe Sie! *(Will ihr das Tablett abnehmen)* Ich verlange Sie!

Nina: *(weicht zurück)* Herr Montag, ich glaub, Sie haben ’ne Gehirnerschütterung! Sie müssen sich jetzt ganz schnell hinlegen, ja? Dreht sich da was?

Montag: Ich zeige Ihnen die Niagara-Fälle! *(Will ihr das Tablett* *abnehmen)* Wir werden zusammen fahren auf dem Highway Sixty-Six!

Nina: Herr Montag! Das geht jetzt nicht, bitte! Ich bin eigentlich gerade auf dem Weg zu Färber. Er müsste auch mal was trinken. Er arbeitet schon wieder die ganze Nacht. Stellen Sie sich vor, gestern hat er mit den Siedlungen um das Zentrum herum begonnen. Herr Montag, was werden das für Häuser!

Montag: Mein Gott, Nina, Entschuldigung! Jetzt steht es so da!

Nina: Ist doch nicht so schlimm, gucken Sie mal: Er sagt, dass jeder, der dort leben wird, mindestens 30 Sekunden mit ausgebreiteten Armen durch seine Wohnung laufen kann. Laufen, Herr Montag, nicht gehen. Laufen!

Montag: *(Blut läuft aus seiner Nase)* Es hätte bei Anspielungen bleiben müssen! In den Anspielungen hätten wir leben können! Ich hätte es nie in einem einzigen Satz sagen dürfen!

Nina: Taschentuch, so halten, ja? Eine Piazza hat er konzipiert. Mit zwei Cafés, einem Bäcker und Kunsthändlern. In der Mitte ist ein Stück mit diesem schönen gelben Sand freigelassen, Sie wissen doch, welchen Sand ich meine? Da können wir dann, wenn wir einmal alt sind, Herr Montag, Boule spielen, wie die Männer in Frankreich, abgemacht? Ich muss jetzt zu ihm. Gehen Sie bitte schlafen.

Montag: *(geht die Treppe hoch)* Ich gehe schlafen. Gute Nacht. Entschuldigung. Ich verblute. Adieu. *(Geht auf der Galerie ab)*

Nina läuft mit dem Tablett die Treppe hoch.

Born: *(tritt ihr entgegen)* Na, wohin?

Nina: *(bleibt stehen)* Schläft hier eigentlich niemand?

Born: Und du, du kleine Hure? Entwerft ihr beide die neue Stadt? – Machst du nach jedem Rundbogen die Beine …

Nina: Kann ich mal bitte durch?

Born: Komm, so bist du doch bei mir auch ins Bett gekrochen!

Nina: Fass mich nicht an, ja?!

Born: Du, ich mach's dir hier auf der Treppe. Halt einfach das Tablett fest. *(Fasst sie)*

Behrens macht die Tür von seinem Zimmer auf. Guckt.

Born: Gute Nacht, Behrens.
Behrens: Nacht. *(Geht schnell wieder rein)*
Nina: Lass mich los!
Born: Komm, einer wie der andere. *(Löst seinen Gürtel)*
Nina: Ich schreie!
Born: Gut festhalten, das Tablett! *(Reißt ihren Rock hoch)*
Nina: Lutz, das wird mir jetzt zu viel, ich schreie jetzt. *(Sie schreit.)*
Born: Okay, okay, ist ja gut, nichts passiert, ganz ruhig, ganz ruhig.

Färber läuft auf der Galerie herein.

Färber: Ich hörte einen Schrei!
Nina: Es ist alles in Ordnung. Das Tablett – das, das wäre fast die Treppe runtergefallen.
Färber: – Herr Born, ich brauche jetzt endlich die DIN-Normen für die verabredeten Bauteile. Ich frage ja schon gar nicht nach Gütenachweisen, aber wenigstens die DIN-Normen für die Trägerkonstruktionen sollte man mitteilen. Die Betonoberfläche im Zentrum bitte mit Feinmörtel schließen. Die Pläne für die Siedlungen der gesamten Peripherie liegen morgen Nachmittag in Reinschrift vor. Die können Sie sich dann abholen. *(Geht ein kleines Stück die Treppe runter, auf die Höhe von Born)* Mit jedem Tag erlange ich größere Gewissheit: Wir bauen an einer sehr großen Sache! Der Bau einer ganzen Stadt, aber so leise und zart, als falle Schnee auf eine Allee. *(Geht die Treppe wieder hoch. Bleibt stehen)* Herr Born, ein architektonischer Entwurf misst sich an dem Anspruch, die Zeit durch eine große Idee zu überdauern, nicht durch Edelstahl rostfrei. Es wäre gut, wenn Sie das ab und zu mal Ihren Kollegen in der Hauptstadt sagen. *(Zu Nina)* Vielleicht esse ich um acht Uhr einen Toast. *(Geht ab)*
Born: *(trinkt den Saft vom Tablett)* Frisch gepresst … nicht schlecht. *(Wirft das Glas lässig in Richtung Färber)*

Nina: – Tut mir Leid ... Es ist nicht, wie du denkst. Weißt du, am Anfang habe ich diese Art gemocht, aber jetzt glaube ich, du guckst gar nicht nach rechts und nach links, du machst einfach ...

Born: Nina, ich kann dir auch Schlösser in den Schnee bauen! Ich mach uns ein Haus, da können wir beim Duschen in den Himmel gucken! Aber hier, ja?, hier werden wir gezwungen, anders zu denken. Begreif das doch! Der lebt in einer anderen Welt. Nie im Leben werden wir auch nur eine Garage von dem da bauen!

Nina: Du, der baut auch überhaupt keine Garagen. Du musst dein blödes Auto wahrscheinlich unter einen Baum stellen. *(Will weitergehen)*

Born: *(hält sie fest)* Nina! Du willst doch jetzt nicht da reingehen! Da ist doch gar nichts mehr auf dem Tablett drauf!

Nina: Wir werden überhaupt nicht gezwungen, anders zu denken! *(Geht weiter)* Edelstahl rostfrei! Wir bauen doch keine Kredit-Bank!

Born: Nina, du bleibst jetzt stehen! *(Stellt sich ihr in den Weg)* Die ganze Welt baut mit Edelstahl rostfrei!

Nina: Ich geh da jetzt einfach ohne Saft rein! *(Will weiter)*

Born: Soll'n wir jetzt griechische Säulen überall hinstellen, oder wie? Das ist doch ein völlig bescheuerter Architekt! Weißt du, warum der die DIN-Normen nicht kriegt? Der ist nämlich in ein paar Tagen hier weg. So, und an deiner Stelle würde ich da jetzt nicht reingehen, sonst kannst du danach wieder in deinem blöden Fotogeschäft arbeiten!

Nina: Was glaubst du eigentlich, wer du bist?!

Born: Pass auf. Wir gehen einfach drei Türen weiter, wenn du hier nicht ficken kannst.

Sie will schreien. Er küsst sie. Montag plötzlich auf der Galerie mit einer Pistole von Napoleon. Er zielt in den Rücken von Born.

Montag: Loslassen!

Born dreht sich um.

Montag: *(zielt auf Borns Gesicht)* Hände hoch! – – Sie … – Sie werden die neue Welt nicht aufhalten! Sie nicht! Hände hoch!

Nina: Herr Montag, hören Sie! Die könnte geladen sein! Leonhard schießt in der Freizeit! Es wäre besser, Sie würden jetzt …

Montag: Ich knall ihn jetzt über den Haufen!

Born: Scheiße, sag ihm, dass er das Ding wegnehmen soll!

Nina: Ganz ruhig, ja?! Geben Sie mir die Pistole.

Montag: Nein! Nicht wegen einer Frau knall ich Sie jetzt ab, sondern wegen der neuen Welt! Hab ich ja schon gesagt. *(Zielt auf Borns Herz)* – Ich werde Sie jetzt mit einem Schusseisen von Napoleon niederstrecken!

Nina: Herr Montag, hören Sie auf!

Montag: Ich schieße! *(Schließt die Augen)*

Born: Scheiße, der macht das!

Montag: *(will abdrücken)* – – – Ich kann's nicht. – Tut mir Leid. *(Legt Nina die Pistole aufs Tablett und geht ab)*

Nina: – Kann ich mal eben vorbei? *(Geht mit dem Tablett weiter)*

Born: Du kannst doch jetzt nicht einfach … Ich bin eben fast erschossen worden!

Nina: Ja. Zieh dir 'ne neue Hose an. Tschüs. *(Sie geht weg.)*

Born sieht auf seine Hose. Sie ist genässt. Er schaut beschämt in Ninas Richtung, dann kauert er auf einer Treppenstufe. Feldmann-See lehnt im Halbdunkel in der Flügeltür.

Feldmann-See: *(singt leise)* «Mein Mädel glaubt, ich lieg im Meer / Sie steht nicht mehr am Jackson Square / Doch lieg ich nicht an einem Riff / Ich fahre auf dem Totenschiff …» *(Setzt sich auf eine Treppenstufe)* Immerhin haben Sie Leidenschaft, das hätte ich Ihnen gar nicht zugetraut.

Born: Kümmern Sie sich einfach um Ihre Schiffe.

Feldmann-See: Wissen Sie, Sie können von Glück reden, dass Sie diesem Mädchen so hinterher rennen. Wie gern würde ich dieses Stechen hier wieder finden. Diesen Stich. Es ist gut, wenn es sticht, dann hören wir die Sirenen wieder. Sie sind mir nicht besonders sympathisch, Born, aber Sie leben wenigstens, gratuliere.

Born: Danke.

Feldmann-See: In New Orleans, in der Hafenbar, war ein Mädchen wie die. Saß da wie ein Engel in diesem traurigen Dämmerlicht und wartete auf etwas Großes. Ob sie mit nach Australien fahren möchte, fragte ich: «Käpten, ich warte doch auf meinen Piraten!» sagte sie. Eines Tages, ich kam spät in die Bar, sah ich sie mit einem Mann. Sie legte dem Wirt den Schlüssel hin und ging. Alle standen draußen und sahen sie mit dem Mann die Hafenstraße hinuntergehen. Bei allen hat es gestochen. Ja, es ist gut, wenn uns etwas genommen wird. Dann hören wir die Sirenen und kehren ins Leben zurück.

Born: Hören Sie, ich halt dieses Gerede nicht aus. «Das Leben», «Die neue Welt», «Große Ideen». Alles Bullshit, klar?

Feldmann-See: Aha.

Born geht auf der Galerie ab. Feldmann-See bleibt einen Moment stehen, dann läuft er bewussten Schrittes die Treppe hoch, so als überprüfe auch er die Wirkung eines anderen Steigens auf die Gedanken. Von vorne links: Ursula Feldmann-See.

Ursula Feldmann-See: Fritz!

Feldmann-See dreht sich auf der Treppe um und erstarrt.

Feldmann-See: – Was machst du denn hier?!

Ursula Feldmann-See: Dich abholen! Wir gehen nach Hause!

Feldmann-See: Bist du verrückt geworden?

Ursula Feldmann-See: Da stimmt was nicht! Fritz, hol deine Tasche! Der Wagen steht vor der Tür!

Feldmann-See: Ich bin mitten in der Arbeit!

Ursula Feldmann-See: Gestern Morgen habe ich Kapitän Lundt getroffen, im Teegeschäft. Er sagte: «Na, Frau Feldmann-See, wie sind die ersten Wochen in der Pension?» Ich sage: «In welcher Pension?» «Na, in der Pension von Ihrem Mann!», sagt Lundt. Ich sage: «Wir haben gar keine Pension.»

Feldmann-See: Was redest du denn da?

Ursula Feldmann-See: «Warum soll'n wir denn plötzlich Fremdenzimmer haben?»

Feldmann-See: Nicht so laut! Du weckst ja das ganze Haus auf.

Ursula Feldmann-See: Und dann, weißt du, was dann passiert ist? Lundt schreit quer durch das Teegeschäft: «Mein Gott, ich frage, wie gefällt es Ihrem Mann in der Pensionierung!?»

Feldmann-See: In der was?!

Ursula Feldmann-See: Pensionierung! «In einer Art Früh-Rente», hat er noch rangehängt. «Mein Mann ist gar nicht in einer Art Früh-Rente!», rufe ich zurück. «Der ist bei Gotha in der Planungsgruppe, der leitet den Frachtverkehr von Hamburg zum Geheimstandort!»

Feldmann-See: Mensch, lass doch den Lundt reden. Der hat mir schon verübelt, dass ich die Princess Victoria gekriegt habe. Und dass ich jetzt noch in einem Sonderprojekt sitz, das hält der doch gar nicht aus.

Ursula Feldmann-See: Der hat aber einen Lachanfall gekriegt! Der hat vor Lachen den ganzen Friesentee verschüttet!

Feldmann-See: Ist mir doch egal! Lass den doch den Friesentee verschütten! Der kann mir gar nix, der Lundt!

Ursula Feldmann-See: *(setzt sich)* Fritz, in deinem letzten Brief hast du geschrieben, dass die Star-Cross auf dem Weg zum Geheimstandort gesunken ist. Die Star-Cross ist aber gestern nach Rotterdam ausgelaufen.

Feldmann-See: – Du, Ursula, die Star-Cross hatte ein Fassungsvermögen von zweihundertfünfzigtausend Tonnen. Seit einer Woche überlege ich, wie ich diese Frachtkapazität ersetze, das heißt, was kann ich den anderen, die eigentlich nur hunderttausend Tonnen fassen, zumuten? Welches Tempo können die halten? Wie wird sich das Wetter entwickeln? Eben zum Beispiel, kurz bevor du gekommen bist, habe ich gedacht: Ja, wenn wir jetzt insgesamt mit sechzehntausend Stahlträgern weniger arbeiten und ich das Maximale beim Beladen raushole, dann könnte es …

Ursula Feldmann-See: *(steht wieder auf)* Die Star-Cross, Fritz, die ist nach Rotterdam ausgelaufen!

Feldmann-See: *(außer sich)* Die ist noch nie nach Rotterdam ausgelaufen! Die ist am 8. September im Bottnischen Meerbusen gesunken!

Ursula Feldmann-See: Und warum habe ich sie dann gestern im Hafen beim Auslaufen gesehen?!

Feldmann-See: Ursula! Seit 25 Jahren läuft die Harry-Star nach Rotterdam aus, nicht die Star-Cross! Ich halt das nicht aus! Das verwechselst du immer! Merk dir doch einfach mal: Harry-Star: Rotterdam! Star-Cross in der Regel: Liverpool! Leider im Sondereinsatz nordöstlich vor Stockholm gesunken! Scheiße, ist denn das so kompliziert?

Ursula Feldmann-See: *(nimmt ihn an der Hand)* Fritz, ich möchte, dass du dir ein paar Tage freinimmst und nach Hause kommst.

Feldmann-See: Nein! Kommt überhaupt nicht in Frage! Wie stellst du dir das vor?!

Ursula Feldmann-See: Ich hab das Gefühl, du kannst hier auch mal abkömmlich sein! Seit Wochen sitzt du hier herum! Ich dachte, wenn du an Land arbeitest, könnten wir uns mal sehen! Wir haben immer gesagt, wenn du bei Lloyd an Land arbeitest, sehen wir uns!

Feldmann-See: Aber ich habe mich daran gewöhnt, dass ich mir vorstelle, dass ich dich sehe. Das reicht mir!

Ursula Feldmann-See: Was reicht dir?!

Feldmann-See: Dass ich dich in der Vorstellung sehe. Das ist genügend.

Seine Frau setzt sich.

Feldmann-See: Ursula, hör mal: Mir ist klar geworden, dass zwischen mir und dir … Ursula, da muss das Meer dazwischen sein, sonst geht es nicht. Ich kann einfach nicht atmen, wenn ich an Land stehe und du stehst mir einen Meter gegenüber. Ursula, ich bin Kapitän. Ich brauche im Rücken den Atlantikwind. Ich stehe auf der Kommandobrücke, vor mir die Navigationskarte mit tausenden Meilen von Wasser, und ich bestimme den Kurs, wie wir da durchkommen werden. Und jedes Mal, wenn ich eine Möwe sehe, denke ich: Heute Abend werde ich an meinem Brief weiterschreiben, und in vierzehn Tagen, wenn wir in New Orleans sind, werfe ich ihn ein, dann hast du ihn mit Luftpost in knapp drei Wochen.

Ursula Feldmann-See: Ich möchte aber auch mal mit dir reden.

Feldmann-See: Ursula, ich bin kein Redner, ich bin ein Mensch, der sich wohl fühlt, wenn er schweigt, begreif das doch. Wenn ich rede, werde ich sofort müde und verliere mein Gleichgewicht. Darum liebe ich das Meer. Das Meer ist stumm, sogar wenn es stürmt und tobt, ist es stumm.

Ursula Feldmann-See: Fritz, als wir geheiratet haben …

Feldmann-See: Ja, 33 Grad nördlich des Äquators, auf dem Oberdeck der Clarissa. Ja, die Clarissa, die ist übrigens im Panamakanal gegen einen Öltanker gefahren.

Ursula Feldmann-See: *(steht auf)* Sag mal, tickt das da noch ganz richtig? Ich habe dir mein Leben hingegeben, und du redest von Öltankern! – Wenn ich eine Blume an das eine Ende der Welt lege für jemanden am anderen Ende: Wie lange liegt die denn da herum?! Was ist das für eine irrsinnige Sache, sich jemandem hinzugeben, der einen überhaupt nicht nehmen kann, weil er gar nicht da ist? Mein Leben, Fritz, das ist mein Leben! Ich laufe nicht 30 Jahre ohne Körperkontakt durch die Gegend! Hol deine Tasche, die Star-Cross ist nach Rotterdam ausgelaufen, ich bin doch nicht blind, wir kaufen dir 'n Katamaran für die Elbe!

Feldmann-See: Ach Ursula, was ist das für eine komische Welt. *(Schaut auf die Uhr)* Und nun entschuldige mich. Ich bekomme immer um sieben vom Sekretariat den Wetterbericht. Wir befinden uns in einem schwierigen Tiefdruck-Gebiet.

Ursula Feldmann-See: Du, wenn du wieder deinen berühmten «Stich» brauchst, ich hab keine Lust mehr! Immer wieder auszuziehen und einzuziehen, nur damit du zwischendurch die Sirenen hörst!

Feldmann-See: Ursula, ich muss eine Lösung finden, wie ich jetzt auch noch mindestens 20 Tage die Lukretia ersetze. Die schicke ich nämlich kurzfristig nach Havanna. Sonderfahrt! *(Küsst sie auf die Stirn und geht die Treppe hoch. Bleibt stehen. Dreht sich um)* Ursula, fahr bitte vorsichtig. Mach ein- oder zweimal Rast und trink einen Kaffee. Bis bald. *(Geht weiter. Bleibt stehen. Dreht sich um)* Grüße Tante Uphoff und bestelle bei Brookmann die Briketts für den Winter. Ich liebe dich. Ich halte dich auf dem Laufenden. *(Geht weiter und auf der Galerie ab)*

Seine Frau schaut ihm bewegungslos nach. Streicht sich die Tränen aus den Augen und geht langsam vorne links ab.

Dunkel.

3. AKT

Im Speisesaal. Geweißte und poröse Wände. Die hohe Decke ist an einer Stelle zerstört, und ab und zu, wenn im Raum Unruhe herrscht, bröckelt leise der Putz von oben herunter. Hinten eine große Schiebetür, hinter der eine jetzt noch nicht sichtbare einfache und alte Großküche ist, mit großen Brausen zum Spülen und mehreren Wasserhähnen. Rechts im Speisesaal eine weitere Tür, die zum Plenarsaal führt. Behrens steht feierlich am Kopf einer langen Tafel, an der an jedem Platz eine noch eingepackte Pizza liegt. Am anderen Ende sitzt Hagemann.

Behrens: Meine sehr verehrten Damen und Herren, lieber Herr Bundeskanzler, lieber Herr Außenminister, im Namen der Delta AG möchte ich Sie ganz herzlich willkommen heißen auf Vineta. Ja, nun ist es Wirklichkeit geworden! Wir sitzen hier in diesem Augenblick beisammen, und da draußen, da erhebt sich eine Stadt, die vor einiger Zeit noch niemand für möglich gehalten hat. Eine Stadt, die zu einer der ersten Adressen in Europa werden soll, werden wird, und wenn ich mich in dieser festlichen Runde so umsehe, meine Damen und Herren, darf ich sagen: schon jetzt geworden ist! Lassen Sie mich aber auch ein persönliches Wort hinzufügen. Es gab nicht nur immer Licht am anderen Ende dieses Weges, sondern auch Schatten …

Hagemann: *(springt auf)* Behrens! Das will doch keiner wissen! Die sind direkt aus dem Job in den Flieger, die haben, wenn's hochkommt, fünf Minuten im Hotel gehabt, die gesamte Delegation hat im Lauf des Tages ein Tempo erreicht, da können Sie jetzt nicht mit Licht und Schatten kommen!

Behrens: Ich wollte gerade auf ein humanistisches Zitat zusteuern!

Hagemann: Behrens, was sollen wir denn jetzt mit einem humanistischen Zitat?! Wir wollen doch Befürworter für Ihren Tunnel finden?! Da wären die sehr dankbar, wenn Sie gleich zur Sache kämen!

Behrens: Gut. Ich fang nochmal an.

Hagemann: Eine Rede besteht aus drei Phasen: 1. «Meine Damen und Herren!» 2. «Wir sind sehr froh, weil …» 3. «Es wäre noch besser, wenn …» Klar? Begrüßung! Information! Appell! *(Setzt sich)*

Behrens: Meine Damen und Herren, im Namen der Delta AG möchte ich Sie willkommen heißen. Nun ist es Wirklichkeit geworden! Wir sitzen beisammen, und da draußen, da erhebt sich eine Stadt, die niemand für möglich gehalten hat. – Wir sind sehr froh. Aber es wäre noch besser, wenn … es einen Tunnel gäbe, der diese Stadt mit dem Festland verbindet wie Großbritannien mit Frankreich …

Hagemann: *(springt auf)* Behrens! Dass Großbritannien und Frankreich ein Tunnel verbindet, das wissen die selber! Sie müssen den Leuten gleich was Neues sagen!

Behrens: Meine Damen und Herren! Lieber Kanzler! Ich sage es gleich ganz neu und deutlich: Ich möchte Sie und die Beatles nicht nur im Luftraum befördern und nicht nur auf dem Seeweg, sondern vor allem: unterirdisch! Drei Phasen der simultanen Beförderung, Herr Minister. Erste Phase: Luft. Zweite Phase: Wasser. Dritte Phase: …

Hagemann: *(außer sich)* Ich halt das nicht aus! Vor 17 Tagen haben wir die Mitteilung rausgeschickt! Vor 17 Tagen! *(Läuft umher)* Warum steht hier jetzt nicht die Delta AG auf der Matte?! Wo ist die Presse, Behrens?! Die Presse?! Wo ist denn die Presse?! Färber, dieser Wahnsinnige, der macht da oben einen Durchmarsch, der entwirft schon die öffentlichen Toiletten für den Themenpark! Ja, hat denn kein Mensch mehr Probleme mit sowjetischen Raketen?! Kann man die jetzt überall hinstellen, und alle finden das toll, oder wie?! Sagen Sie, Behrens, eine sowjetische Rakete aus Kuba, ist das jetzt plötzlich hip, oder was?!

Behrens: Bestimmt prüfen die noch den Fall.

Hagemann: Ja, meinetwegen, das dauert mir aber zu lange! Behrens, es macht ja richtig Spaß, mit Ihnen die Eröffnungsrede zu proben, aber da, wo früher einmal unser Gloria Golf Resort stand mit angeschlossenem Entertainment Center, da stehen jetzt Freitreppen! *(Macht wellenartige Handbewegungen)* Die führen auf die Hügel rauf und von den Hügeln wieder runter, sonst nichts! Völlig sinnlose Auf- und Abwärtsbewegungen!

Behrens: Nicht zu fassen!

Hagemann: Herr Behrens, wir müssen heute die Arbeit niederlegen.

Behrens setzt sich. Erstarrt.

Hagemann: Ich wusste, das gefällt Ihnen nicht, auf Sie kann man sich verlassen, und darum habe ich mir für uns etwas viel Besseres ausgedacht: Nicht wir, sondern Leonhard, Färber und der Käpten werden in genau 15 Minuten die Arbeit niederlegen. Also: Gleich werden Leonhard, Färber und der Käpten von da auftreten und Born und Montag von hier. Und dann wird Montag auf das Stichwort «Kuba» eine Waffe zücken, auf Färber richten und ihm mit aller Wahrscheinlichkeit in beide Hände schießen.

Behrens: – Montag?!

Hagemann: Ja, Montag! Oder möchten Sie das machen? Na also. Born klärt das gerade. *(Lacht. Endet das Lachen abrupt)* Herr Behrens, ich möchte, dass Sie in dem Moment, wo Montag die Waffe zieht, Folgendes laut und deutlich sagen: «Lieber Herr Leonhard, ich möchte Ihnen mitteilen Doppelpunkt: Ab sofort übernimmt Herr Hagemann den Vorsitz. Und nun bitte ich Sie, dieses Blatt zu unterschreiben, was wir anschließend gemeinsam an die Delta AG weiterleiten. Sollten Sie Einwände haben, kann Kollege Färber nie wieder einen Bleistift anfassen.» Klar? Begrüßung. Information. Appell. Immer das gleiche Prinzip. Sprechen Sie das!

Behrens: – Das macht Leonhard nie! Der unterschreibt das nie! Und dann?!

Hagemann: Ja, sind Sie schwer von Begriff?! Dann tritt Plan 2 in Kraft, der der eigentliche Plan Nummer 1 ist: Färber ist komplett arbeitsunfähig, das heißt naturbedingte Rückkehr zu den bisherigen Konzepten, allerdings ohne Montag, wenn Sie verstehen, was ich meine. Das war dann offiziell ein Amoklauf, Gründe gäb's ja. Klar? Also: Ihren Text jetzt!

Behrens: – Lieber Herr Dr. Leonhard …

Hagemann: Ohne Doktor, Sie Schleimscheißer. Sie wollen wohl Ihr ganzes Leben auf zwei Seiten stehen?!

Behrens: Lieber Herr Leonhard …

Montag und Born. Born mit Golfschläger, er drängt Montag mit versteckter Gewalt voran. Montag starrt gekrümmt vor sich hin. Er hält sich ein Taschentuch vor die Nase.

Hagemann: Montag! Ab heute geht es wieder aufwärts! Wenn so eine Kugel durch die Luft fliegt! Mit absoluter Präzision abgeschlagen und 420 kmh, herrlich! Ich! Ich werde den historisch ersten Abschlag machen! Vor mir das 18-Loch-Vineta-Areal! Rechts und links am Rande die Menschen, die mir zuwinken und dann: *(Schlägt ab im Geiste. – Versteckt zu Born)* Vielleicht bin ich ja einfach selber der Spitzenkandidat? – Hier! *(Gibt Behrens das vorbereitete Schreiben)*

Leonhard, Nina und Feldmann-See treten auf.

Hagemann: Mahlzeit.

Leonhard: Mahlzeit.

Feldmann-See: Mahlzeit.

Leonhard: Haben Sie den Wetterbericht gelesen? Käpten, ich glaube, da braut sich wieder was zusammen! – Mein lieber Montag, Sie sehen ja ganz blass aus.

Feldmann-See: Ja, die viele Arbeit, die ruhmreiche Arbeit. Ich sage

Ihnen: Sie richtet die Menschen allmählich zugrunde. Hüten wir uns davor, berühmt werden zu wollen, denn der Ruhm, meine Herren, er ist blutrünstig, er macht gierig und krank. *(Zeigt auf Hagemann)* Schauen Sie sich diese Ringe unter den Augen an! Er verwandelt einen Menschen in einen fiebrigen Kadaver mit Ringen unter den Augen! Schade.

Leonhard: Wollen Sie den Nachmittag besser freimachen, Herr Montag?

Montag: – Ja, ich … Ich leg mich dann mal sofort hin. Mir ist nicht gut. *(Will abgehen)*

Born zieht ihn wieder auf den Stuhl.

Hagemann: Ich glaube, Sie sollten mal was Richtiges essen, Montag, was? Hier! Pizza!

Leonhard: Herr Hagemann, Sie werden zur Abwechslung heute Nachmittag mal im Garten die Erde pflügen, da soll nämlich bald gepflanzt werden. Born wird Ihnen helfen. Spitzhacken sind im Gartenhaus. Ja, meine Herren, mal wieder so richtig mit den Händen arbeiten! Hagemann, da fließt dann, bevor es morgen in den Untersuchungsausschuss geht, noch einmal die Kraft der ruhenden Erde in Ihre Seele! Käpten, das ist doch vielleicht ein ganz gutes Mittel gegen Ruhm? Nina, verteilen Sie das getrocknete Gras!

Nina: *(verteilt fünf Glasbehälter)* Also, das ist vielleicht ein toller Geruch! Wenn wir das hinkriegen würden, dass die Leute da mit so einem Geruch in der Nase herumlaufen könnten, also man nennt das ja Heu, meine Herren, das ist Heu. Um es einmal genau zu sagen, lieber Herr Leonhard: Heu ist nicht einfach nur getrocknetes Gras, sondern Heu ist eine Mischung aus Feldfutterpflanzen und Winterzwischenfrüchten …

Leonhard: Nina, danke. Ich möchte, dass Sie jetzt alle den Deckel öffnen und eine Minute riechen. Sie werden sich dabei vorstellen, wie Sie barfuß auf Vineta über ein Feld laufen. Es ist Herbst. Es war ein guter, ein sonniger Sommer. Hagemann, Sie sagen jetzt mal: «Ich liebe Heu!» Bitte. – Ich warte. – Herr Hagemann, wir bleiben hier alle so lange am Fleck stehen, bis Sie «Ich liebe Heu» gesagt haben. Klar?

Hagemann: – Ich liebe Heu.

Leonhard: Sehr gut. Und jetzt sagen Sie: «Ich liebe auch Sauerampfer!»

Färber erscheint mit Plänen.

Färber: Liebe Freunde! Meine Herren, meine Dame, also: Heller! Ja, das Leben ist heller geworden! Ich habe soeben die Markthalle abgeschlossen, sie ist vollendet! *(Küsst Nina)* 24 transparente Säulenreihen geben den Blick frei bis zum Meer. Die Stadt: Sie fällt terrassenartig in süd-östlicher Richtung ab und dreht ihr Gesicht dem Sonnenaufgang zu. Das Bauprogramm ist in 200 Körper aufgeteilt. Wichtigstes Stilmerkmal: Ein Haus sieht wieder aus wie ein Haus. Ich könnte auch sagen: Harmonie. Ja, Entschuldigung, ich sage jetzt einfach mal: Harmonie. Also: Es gibt 42 Straßen, Gassen, Treppenanlagen und 16 Plätze, die eingelassen sind in das Stadtbild wie … ja, wie musikalische Pausen.

Montag hat still und leise die Waffe auf Färber gerichtet, was nach und nach alle bemerken, außer Färber.

Färber: Straßen: Und lassen Sie mich noch etwas zu den Straßen sagen. Die Menschen haben dem Himmel Straßen aus Sternen gegeben, damit wir hier den Weg finden können auf dem Land und auf dem Meer. Ja, das klingt feierlich, aber ich will damit nur sagen: Wir müssen uns heute wieder über die Straße Gedanken machen! Alles, was wir tun, sagte mir ein indischer Kollege, tun wir auf der Straße: Wir sprechen, wir handeln, wir essen, wir lachen, ja, wir lieben uns sogar auf der Straße, und am Ende, da sterben wir auf der Straße. Und was machen wir? – Meine Herren, auf Vineta werden die Straßen nur zwischen einem und acht Metern breit! Ich werde auf Vineta das Gespräch fördern, nicht den Verkehr. Die Menschen wollen wieder sprechen, nicht fahren. Der irrsinnige Sieg der Zeitnutzung über den Menschen, den werden wir … *(Sieht Montag)* den werden wir … – Herr Montag, was machen Sie denn da?

Montag: *(Tränen laufen ihm über das Gesicht)* Das Leben ist dunkel geworden. – Dunkel ist es geworden. Es ist aus. Wir haben verloren. – Fahren Sie zum Mond. Bauen Sie im Himmel. Es ist aus. – Man muss jetzt die Augen schließen und schnell wieder auf die Welt kommen.

Behrens: *(steht auf)* Lieber Herr Leonhard, wir möchten Ihnen mitteilen: Ab sofort übernimmt Herr Dr. Hagemann den Vorsitz. Und nun bitte ich Sie, dieses Blatt zu unterschreiben, was wir dann gemeinsam an die Delta AG …

Feldmann-See: *(steht auf)* Soll das ein Witz sein?!

Ursula Feldmann-See läuft herein – mit Filmvorführgerät und Verlängerungsschnur.

Frau Feldmann-See: Fritz! – Ich hatte Recht! Die ist gar nicht gesunken! Guck dir das an! *(Stellt das Filmvorführgerät auf die Tafel)* Da wollen wir doch mal sehn! *(Stöpselt die Schnur ein)*

Feldmann-See: – Ursula! Was machst du denn da?!

Frau Feldmann-See: Ich komm grad aus Rotterdam! Wo ist denn hier die Steckdose?

Läuft mit der Schnur umher.

Feldmann-See: Ursula, was soll das?!

Frau Feldmann-See: Ich bin doch nicht blind! Guck dir das jetzt an! Und dann holst du den Koffer! Der Mensch ist von Natur aus für das Land gemacht, nicht für das Wasser! Wo ist die Steckdose? *(Läuft mit der Schnur umher)*

Feldmann-See: Nun reicht's aber! Raus! Ich bin mitten in der Arbeit! (Zu *Leonhard)* Das ist meine Frau! Sie redet wirres Zeug!

Es treten ein: Rosa Seligmann mit einem Plan und Rosana Seligmann mit einem großen Hammer.

Rosana Seligmann: – Rosa, wir sind wieder zurück.
Rosa Seligmann: Gib mir den Hammer!
Rosana Seligmann: Hier haben wir einmal gelebt. Guten Tag.
Rosa Seligmann: *(nimmt den Hammer und schlägt, nachdem sie den Plan in Abstimmung mit der linken Wand betrachtet hat, mit einem Schlag ein großes Loch hinein)* Da! Da ist es. Da hätt ich ja nur pusten müssen! Was ist denn das hier für eine Bruchbude geworden! *(Zieht einen viereckigen, verpackten Gegenstand aus dem Loch. Wickelt ihn aus)*
Rosana Seligmann: Wenn Großvater das jetzt sehen könnte! Rosa, ich war so klein und stand da, als er sich von dem Bild verabschiedete: «Tischbein, du hast jetzt schon so viel überstanden, du wirst auch das überstehen!»
Rosa Seligmann: Ich weiß das doch, Rosana.
Rosana Seligmann: Ja, aber du warst ja gar nicht da, du warst ja schon mit Mutter vorgefahren. Aber wir, wir waren noch hier.
Rosa Seligmann: Ja, halt mal den Hammer. *(Sie nimmt den Tischbein unter den Arm.)* So! Der kommt ins Guggenheim-Museum.
Rosana Seligmann: Nun sag doch erst mal Guten Tag.
Rosa Seligmann: Ich hab schon Guten Tag gesagt!

Die eingeschlagene Wand bricht gänzlich ein.

Rosa Seligmann: – Mein Gott! Wir gehen jetzt in den Hauptsaal. Wenn die Treppe auch in so einem Zustand ist, they've got a problem, die ist klassizistisch, auf der hat dein Urgroßvater den französischen König begrüßt!

Sie gehen ab in den Plenarsaal. Alle starren hinterher.

Frau Feldmann-See: Da! Fritz! Da! Jetzt fängt's an!

Alle sehen projiziert auf der großen Schiebetür Fritz Feldmann-See in Uniform und Ursula Feldmann-See in einem Brautkleid auf dem Oberdeck der Clarissa.

Feldmann-See: Bist du wahnsinnig geworden?!
Frau Feldmann-See: Das war da noch vorher drauf! Ich hab das überspielt! Da!

Läuft auf die Schiebetür und auf ein Schiff zu, das auf dem Amateurfilm seelenruhig im Hafen von Rotterdam ankert. Möwen kreisen über ihm. Man sieht, wie die Kamera hin und her schwenkt und dann das Namensschild fixiert.

Frau Feldmann-See: Da! Was ist denn das da?!

Alle starren auf die Star-Cross. Man sieht Frau Feldmann-See, scheinbar von einem anderen gefilmt, genau neben dem Schiff stehen und demonstrativ auf das Namensschild weisen.

Frau Feldmann-See: Das ist die STAR-CROSS, Fritz! Und das da, das bin ich! Da war ein Mann, der war so nett!
Feldmann-See: Das ist doch eine Archivaufnahme, du!?
Frau Feldmann-See: Archivaufnahme?! Archivaufnahme!? Wo sollt ich denn 'ne Archivaufnahme herbekommen?! Da! Das ist original aus Rotterdam!
Feldmann-See: Ursula!!
Leonhard: Machen Sie das Ding aus! Schluss! Aus! Alle raus! Ausmachen! *(Zieht den Stecker raus. Schnell zu Frau Feldmann-See)* Ich muss mit Ihnen reden. *(Zu den anderen)* In den Plenarsaal! Bereiten Sie die Sitzung vor! *(Zu Hagemann)* Und Sie, Sie gehen pflügen! Ich mach Ihnen das Leben zur Hölle, Hagemann! In den Garten! Sag jetzt Sauerampfer, du Arschloch! Raus! Ab! *(Schnell zu Nina)* Führ die beiden durchs Haus. Sei zuvorkommend. *(Zu Behrens)* Raus hier jetzt! Weg! Abtreten, Sie Kommunalpolitiker!

Alle rennen raus.

Leonhard: – So. Ich nehme an, Sie sind Frau Feldmann-See? Setzen Sie sich.

Frau Feldmann-See: Sind Sie Herr Leonhard, der Vorsitzende?!

Leonhard: Ja, bin ich.

Frau Feldmann-See: Dann haben Sie meinem Mann mitgeteilt, dass die Star-Cross auf dem Weg zum Geheimstandort gesunken ist?!

Leonhard: Ja. Habe ich.

Frau Feldmann-See: Die ist aber gar nicht gesunken!

Leonhard: Ich weiß.

Frau Feldmann-See: Die ist in Rotterdam!

Leonhard: Ja. Kann sein.

Frau Feldmann-See: *(steht wieder auf)* Was heißt hier «kann sein»?! Sie haben meinem Mann gesagt: Die ist gesunken! Seit Wochen schreibt er nichts anderes! Immer nur Untergang! Untergang! Gesunken! Untergang! …

Leonhard: Was glauben Sie eigentlich, was ich hier mache? – Wurden Sie denn von den Lloyd-Werken gar nicht unterrichtet? – Es war doch vorgesehen, dass die engsten Angehörigen in Kenntnis gesetzt werden. – Setzen Sie sich mal wieder hin. Wenn Sie ein Stück Pizza wollen, bitte. – Also: Wo fange ich an? Zunächst einmal, es gibt überhaupt keinen, wie sagten Sie? – Geheimstandort? Frau Feldmann-See, meine neue Methode beruht in der ersten Phase …

Nina läuft herein.

Nina: Jetzt wird's 'n bisschen schwierig! Warum hast du denn, warum haben Sie denn die alle zusammen in den Plenarsaal geschickt?!

Leonhard: Ja, warum?! Ich muss mich ja schließlich auch um Frau Feldmann-See kümmern! Die hat anscheinend überhaupt keine Ahnung.

Nina: Also, da drüben, ja?, die eine, die klopft die ganze Zeit mit dem Golfschläger die Treppe ab, und die andere, die ist auf Hagemann zumarschiert und hat gesagt: «Sind Sie Herr Dr. Leonhard, der Leiter dieser Einrichtung?»

Frau Feldmann-See: Was für eine Einrichtung?!

Leonhard: Scheiße, warum gehen die denn nicht in den Garten? Schick Hagemann in den Garten und Born auch, ich hab doch gesagt, die soll'n …

Nina: Die waren aber gerade mitten in ihrer Intrige! Da gehen die doch jetzt nicht einfach in den Garten! …

Frau Feldmann-See: Was denn für eine «neue Methode»?! Was passiert hier denn? Ich habe ein Recht …

Leonhard: Beruhige Born und Hagemann! Sag ihnen, die Delta AG, die braucht vielleicht doch einen Golfplatz! Das Entertainment-Center! Nina, da war ein echter Tischbein in der Wand! Versuch rauszufinden, was hier sonst noch so …

Nina: Okay! *(Ab)*

Leonhard: Wo waren wir stehen geblieben? Ja. Meine neue Methode, Frau Feldmann-See, beruht also auf der Simulation einer realen Arbeitswelt, ohne die ja auch im Übrigen kein Einziger seine Firma, wie soll ich sagen, freiwillig verlassen hätte. Mineralwasser? – Gut, gut. Innerhalb dieser so genannten Realzeit also studiere ich das genaue Verhalten der jeweiligen Fälle und versuche vorerst sehr vorsichtig einzugreifen. Wie mache ich das? Nun, ich versuche sie zunächst einmal minutenweise an andere Lebensarten und Fremdelemente heranzuführen, wie zum Beispiel a) dem Spielen von Flöten, Zupfinstrumenten oder einer sinnlichen Begegnung mit Heu. Max Weber hat einmal gesagt: «Die kontemplative Ruhe ist ausgerottet.» Ich füge hinzu: Die tiefe, emotionale Bewegung ebenso. Deshalb habe ich b) der Aktivierung des Nahraums, wie ich es nenne, also der Privatgefühle, durch den gezielten Einsatz einer Frau beigeholfen, was in einigen Fällen ausgezeichnet funktioniert hat. Kommen wir zur zweiten Phase, aber da sind wir ja noch gar nicht, Frau Feldmann-See …

Nina läuft herein.

Leonhard: Ich bin mitten im Vortrag!

Nina: Mein Gott, wir müssen uns jetzt was überlegen! Behrens, ja?, der geht zu der einen, die die Treppe abklopft und sagt, er sei hier der Spitzenkandidat, und er frage sich jetzt, in welcher Funktion sie denn nun eigentlich ... und da sagt die: «Spitzenkandidat? Ich dachte, Sie sind hier Klient?»

Leonhard: Pass auf, dass die Sache nicht entgleitet! Trenn die irgendwie!

Nina ab.

Leonhard: Nun. In der zweiten Phase, Frau Feldmann-See, da wird die simulierte Realzeit plötzlich gestoppt, das Projekt für gescheitert erklärt und somit der Aufprall auf die Realität eingeleitet. Ein Beispiel: Die Nicht-Existenz des Projektes, Frau Feldmann-See, ist doch im Vergleich zur Abschiebung Ihres Mannes aus den Lloyd-Werken ein verhältnismäßig geringfügiger Schock. Aber genau diesen Schock brauche ich für die dritte Phase: für die Landung! Die Seele des Menschen richtet sich ein in den Zumutungen und Verletzungen, wenn wir sie nur stufenweise einsetzen, und am Ende, ja, da können Sie die Wahrheit sagen, und es werden jene, die sie hören müssen, Ihnen auch noch die Hand geben zum Danke. *(Endet und verbeugt sich leicht)*

Frau Feldmann-See: – Wo ist mein Mann?

Rosa Seligmann mit Hagemanns Golfschläger und Rosana mit dem Tischbein unterm Arm treten ein.

Rosa Seligmann: Dann sind Sie der Herr Leonhard?!

Leonhard: Ja. Guten Tag. Ich habe Sie im Prinzip erwartet. Das ist Frau Feldmann-See.

Rosa Seligmann: Na, da haben Sie sich jetzt aber sehr gefasst ausgedrückt, nachdem Sie uns vorher mit den Gerichten drohten.

Rosana Seligmann: Nun sag doch erst mal Guten Tag.

Rosa Seligmann: Ich hab schon Guten Tag gesagt!

Leonhard: Frau Seligmann, die Geschichte, die Gerechtigkeit und die staatlichen Geschicke sind auf Ihrer Seite. Man muss auch lernen, seine Träume in Würde zu begraben.

Rosa Seligmann: *(schlägt den Schläger gegen die rechte Wand, worauf ein Stück aus der Zimmerdecke fällt)* Da haben Sie Recht. Da haben Sie ja nun wirklich Recht, nicht, Rosana? Schau dir dieses Trümmerfeld an! What a mess!

Leonhard: Hier, das wäre der Ort, das Ambiente gewesen für meine neue Methode. *(Zu Rosana Seligmann)* Meine revolutionäre Methode beruht auf der Simulation einer realen Arbeitswelt. Ich habe hier 16 Wochen Menschen in einer so genannten Realzeit beobachtet …

Rosa Seligmann: Dass die Nazis Barbaren waren, das wissen wir ja! *(Schlägt wieder gegen die Wand, worauf noch ein Stück aus der Decke fällt)* Aber was haben denn die Kommunisten zum Teufel gemacht?! Nee, Rosana, da ist es aber in Kalifornien schöner! Komm, wir gehen uns den Rest angucken. Gut, dass die Familie schon tot ist. Da wären die ja auf der Stelle kommentarlos umgefallen!

Sie gehen ab.

Leonhard: Bin ich froh, dass die gekommen sind! Jetzt müssen die sehen, was sie damit machen. Frau Feldmann-See, das war hier mal ein relativ bekanntes Sanatorium. Aber wissen Sie, ich bin mit dem Renovieren ja gar nicht mehr hinterhergekommen. Schauen Sie sich mal den Garten an! Eine Wildnis! Na ja, jetzt kriege ich den Kaufwert zurück, Investitionen, natürlich, die hatte ich, aber auch volle Pflegesätze seit 16 Wochen …

Frau Feldmann-See: *(ihr wird unheimlich)* Mein Mann! Ich will meinen Mann wiederhaben!

Leonhard: Natürlich, Frau Feldmann-See. Ach, Ihr Mann ist ja noch ein relativ einfacher Fall. Stellen Sie sich vor, ich habe hier einen Architekten, der ist in Berlin auf die Baustellen gegangen und hat mit vorgehaltener Pistole die Arbeiten gestoppt. Wie die Jungfrau von Orléans ist der über die größten Baustellen geschritten und hat seine Feinde in den Rückzug getrieben.

Nina läuft herein.

Nina: Die haben irgendwas vor! Färber ist wieder hoch, arbeiten, aber Hagemann, Born und Behrens sind mit Montag und dem Käpten in das Gartenhaus, da passiert irgendwas, weil, der ist allein mit 'ner Kopfwunde wieder rausgekommen! *(Wieder ab)*

Frau Feldmann-See: Mein Mann! Der kommt jetzt auf der Stelle mit! Wir fahren nach Hause!

Leonhard: Aber wie stellen wir denn das an? Ich fürchte, der will gar nicht!

Frau Feldmann-See: Sagen Sie ihm, er hat Urlaub! Den Rest mach ich schon! *(Läuft unruhig umher)*

Leonhard: Der geht nicht in Urlaub, das wissen Sie doch! Ich kann ihn ja nicht betäuben lassen! – Frau Feldmann-See, es gibt Menschen, die lieben das Einzelne, ihren Sonntag, ihre Frau, ihren Nachhauseweg, aber manche, wenige, die lieben das Ganze, weil es das Ganze ist. Solche Menschen befinden sich immer über den Wolken oder auf dem Meer.

Frau Feldmann-See: Weiß ich! Weiß ich! Hab ich alles schon tausendmal gehört! Ich mach jetzt schon mal den Wagen an! *(Rennt los)*

Leonhard: *(hält sie fest)* Ich hab's! Frau Feldmann-See: Das Ganze, ich muss hier sowieso bald weg. Glauben Sie mir, danach wird Ihr Mann sehr sehr sanft sein, so wird's gehen, Nina?!

Nina läuft herein.

Leonhard: Nina, wir müssen jetzt alle Schiffe untergehen lassen.

Nina: – Alle?

Leonhard: Alle.

Nina: Heißt das, wir müssen aufhören?
Leonhard: Es ist so weit, erklär ich dir später, schnell!

Nina geht langsam zur großen Schiebetür und schiebt sie zur Seite. Dahinter jetzt die Großküche.

Leonhard: *(zu Frau Feldmann-See)* Begreifen Sie? Das Ganze sind für ihn die Schiffe, die sich auf den Weltmeeren bewegen und die … Nina?! Schneller! Kessel Volldampf! Alle Wasserhähne auf Hochdruck! Tempo! *(Zu Frau Feldmann-See)* Ich tu, was ich kann.

Nina hat den Kessel aufgesetzt, läuft von Brause zu Brause und stellt alle Wasserhähne auf Hochdruck. Es spritzt und rauscht. Leonhard überreicht ihr ein Telefon. Sie rennt mit dem Telefon in den Plenarsaal. Leonhard steht zwischen den Brausen mit einem Regenmantel. Er greift zum Hörer des früheren Küchenpersonals. Frau Feldmann-See hat sich hingesetzt.

Leonhard: *(in den Hörer)* This is the Camperdown! Mayday! Mayday! Can you hear me?! Mayday! Mayday!
Die Stimme von Feldmann-See: – Camperdown?! This is Captain Feldmann-See! What happened?
Leonhard: Danger of flooding! Can you hear the weather?!
Die Stimme von Feldmann-See: – I repeat: Danger of flooding! Which position!? Over!

Hagemann, Born und Behrens treten ein mit Spitzhacken.

Leonhard: Distress position. 54 degress 47 minutes North 014 degrees 22 minutes East! Over!
Die Stimme von Feldmann-See: Mittendrin! Do you have a loss of stability?!
Leonhard: This is the Harrison!! Can you hear me? Mayday! Mayday!

Die Stimme von Feldmann-See: Harrison?! This is Captain Feldmann-See! What happened?

Leonhard: Danger of flooding!! Can you hear the gusty weather?!

Die Stimme von Feldmann-See: Scheiße, das gibt's doch gar nicht! Vorhin war doch noch gutes Wetter!?

Behrens fällt die Spitzhacke aus der Hand.

Die Stimme von Feldmann-See: Do you have contact to the Camperdown?!

Leonhard: Mayday!! Distress position äh 60 degrees 50 minutes West 20 degrees 40 minutes East! Over!

Born geht langsam mit der Spitzhacke auf die Küche zu. Leonhard steht mit dem Rücken zum Saal.

Leonhard: Mayday!! I think, we are lost!! Can you hear me?! *(Er dreht sich um. Sieht Born)*

Born kommt auf ihn zu.

Die Stimme von Feldmann-See: Which position?!? – Hello??! This is a non-existent position!! – Hello??! Can you repeat the distress position?? – Hello?!!

Born hebt die Spitzhacke. Er steht genau vor Leonhard. Er holt aus. Ein Schuss. Born hält sich das Bein und bricht zusammen. Montag steht an der Tafel und hält mit beiden Händen vorgestreckt die Pistole. Nina läuft herein.

Die Stimme von Feldmann-See: Scheiße! Seid ihr noch da?! – Hello?? Harrison? Mein Gott, warum hilft mir denn niemand? *(Man hört, wie er weint.)* Meine Schiffe. Meine Schiffe. *(Nur noch Weinen)*

Frau Feldmann-See rennt in die Küche. Nimmt Leonhard den Hörer aus der Hand.

Frau Feldmann-See: Fritz, mein geliebter Fritz! Hörst du mich? – Ja, ich bin es. Ich komme! *(Sie rennt in den Plenarsaal.)*

Born: *(am Boden. Schreit)* Mein Bein! Scheiße! Vielleicht kommt hier mal jemand?! Hilfe!

Nina rennt zu Born. Hagemann, Behrens starren Leonhard an.

Born: Nimm dein scheiß Taschentuch weg! Ich brauch einen Arzt! *(Richtet seinen Blick auf Montag)* Ich bring dich um. Wenn ich wieder stehe, bring ich dich um.

Leonhard: Rufen Sie einen Arzt, Nina.

Nina ab.

Leonhard: Montag, legen Sie die Pistole auf den Tisch. *(Geht auf Hagemann zu. Bleibt in sicherem Abstand vor ihm stehen)* Wir hatten einen großen, alten Traum. Wir hätten ihn leben können. Wir hätten eine neue Welt erschaffen können. Zusammen. Im Kampf der besten Ideen. Tag für Tag. – Warum? *(Schaut ihm in die Augen. Greift in seine Jacke. Legt drei Mobiltelefone auf den Boden. Nimmt die Pistole und geht)*

Hagemann nimmt ein Telefon. Wählt eine Nummer. Wartet.

Hagemann: Hier ist Hagemann. Stellen Sie mich bitte zu Herrn Kaufmann durch. – Hagemann. Herr Kaufmann, würden Sie mir mal bitte erklären, wie wir eigentlich die Planungsgruppe Vineta definieren? – *(Er lässt langsam das Telefon sinken. Legt die Spitzhacke auf den Tisch und geht)*

Die Stimme des Herrn Kaufmann: Herr Hagemann. Was hätte ich denn machen sollen? – Ich wünsche Ihnen trotzdem viel Glück, Herr Hagemann. – Hallo? *(Legt auf)*

Stille.

Behrens steht erstarrt, Montag kauert am Tisch, Born liegt am Boden.

Nina: *(In der Tür. Geht zu Born. Will ihn halten. Geht wieder zur Tür)* – Es tut mir so Leid. *(Nähert sich Behrens. Streicht leicht seinen Arm)* Aber eines Tages, da wird, da muss es sie doch geben. Behrens, setzen Sie sich doch. *(Geht zu Born)* Der Arzt kommt gleich. *(Sie geht zur Tür. Zögert. Bleibt stehen. Zu Montag)* Ich hole noch ein paar Sonnenblumen, ja? – *(Will gehen)* Sagen Sie bitte Färber, er soll irgendwann einmal … Im Fotogeschäft, da sind noch Abzüge von der Südseite, Behrens, bitte, nehmen Sie doch einen Stuhl. *(Holt einen Stuhl, stellt ihm den Stuhl hin)* Ich gehe dann jetzt wohl mal. *(Dreht sich noch einmal um. Zu Montag)* Vielleicht fahren wir eines Tages auf dem Highway Sixty-Six? Leb wohl. *(Will gehen)* Behrens, setzen Sie sich doch endlich! *(Geht weg)*

Dunkel.

4. AKT

Im Plenarsaal. Hagemann hängt mit einem Strick am Kronleuchter. Behrens sitzt auf einem Stuhl an der Wand. Er presst seinen Rücken in die Lehne und seinen Hinterkopf gegen die Wand. Stille. Dann steht er langsam auf und geht auf Hagemann zu. Berührt ihn vorsichtig am Fuß. Hagemann baumelt ein wenig nach links, nach rechts. Behrens berührt ihn kräftiger. Hagemann baumelt jetzt in größeren Pendelbewegungen nach rechts, nach links. Behrens läuft zur Konferenztafel, nimmt zwei Stühle und stellt sie rechts und links von Hagemanns Pendelrichtung auf. Er nimmt zwei Papierbögen, einen Filzstift und schreibt und lehnt die Bögen an die Stuhllehnen. Hagemann pendelt jetzt zwischen den Punkten A und B. Behrens stößt ihn noch einmal an und stellt sich auf die Treppe.

Behrens: – Hagemann, ich bau den Tunnel! Wir werden nicht mehr warten auf Schiffe, die nicht kommen! Wir werden nicht mehr warten auf Flugzeuge, die nicht fliegen! Nein, Hagemann, unterirdisch! Wir werden unterirdisch von hier nach dort, von dort nach hier, und wenn ich mich da selber durch die Erde … Die können was erleben! *(Geht die Stufen hoch. Bleibt stehen)* «Sie lassen den Bieberberg mal schön so, wie er ist!» Die können was erleben … Ich schieß diese scheiß Rakete da durch, Hagemann: Weinheim-Süd verbinden mit Großbritannien und Weinheim-Nord mit Frankreich und von da weiter, na, nach wohin wohl, lieber Kanzler? *(Läuft weiter. Bleibt stehen)* Sein ist Tun und Tun ist Tempo! Und bin ich hier, dann bin ich dort: Begrüßung! Information! Appell! Klar? Einstöpseln und Enter! Und alles in der Pufferzeit. – Scheiße, wo ist denn jetzt die Taste für rückgängig, Hagemann? *(Läuft weiter. Dreht sich um)* Ich wollte gerade auf ein humanistisches Zitat zusteuern, aber Sie, Sie sagten ja, da können wir nicht mit Licht und Schatten kommen. Tomatensaft, mein Vorsitzender? Es gibt diese alte Regel, wer in der Luft Tomatensaft trinkt, der ist gut im Geschäft, ja und wenn ich jetzt selber den Saft in den Tunnel trage, mein Vorsitzender … *(Er stolpert. Steht wieder auf. Lacht)* Erst die Rakete da durch, und dann spülen wir den Tunnel mit Tomatensaft sauber … *(Lacht)* Tomatensaft mit Tempo da so durch! *(Gestikuliert)* So! Mit Tempo! Tempo! *(Stolpert. Lacht. Bekommt Angst)* – Ich … Ich geh jetzt mal da so lang, ja? *(Rennt auf der Galerie weg)*

Färber kommt von oben. Er geht in Gedanken die Treppe runter und wieder rauf und ab. Montag steht halb versteckt hinter dem Kaffeeautomaten. Er wagt sich hervor, sortiert Tassen, guckt eine etwas länger an, schaut flüchtig zu Hagemann und stellt die Tasse schnell hinter den Automaten. Er drückt einen Knopf. Wartet unruhig. Er schaut in seine Tasse.

Montag: *(ruft)* Cappuccino! Behrens, heute kommt Cappuccino!

Behrens öffnet seine Tür.

Behrens: Cappuccino?! *(Läuft die Treppe herunter)*
Montag: Ja! Gucken Sie mal. *(Beide schauen in die Tasse.)* Meinen Sie, ich kann ihm auch einen bringen? *(Drückt noch einmal einen Knopf)* Er darf ausnahmsweise mal einen Cappuccino trinken! Er hat heute Geburtstag. *(Gibt Behrens die erste Tasse)* Für Sie. *(Es strömt weiter aus dem Automaten.)* Das ist ja eine Wundermaschine! – Früher bin ich immer in diesen besonderen Kinoabend gegangen. Montags. Da wusste man nie, was kommt. Man wusste noch nicht, ob man jetzt in einem Unterhaltungsfilm sitzt oder am Ende aus dem Kino kommt und traurig ist. Meine Frau liebte das.
Behrens: – Herr Montag, woran ist sie denn eigentlich gestorben, Ihre Frau?
Montag: Wir waren auf dem Rückweg, er war gerade zur Welt ge-

kommen und lag in ihren Armen. – Ich hätte nicht fahren dürfen, Herr Behrens. Es war ganz dichter Schnee. Ich dachte aber, jetzt kann uns doch gar nichts passieren. – Er hat heute Geburtstag! – Zucker?

Behrens: Wie? Ja. Bitte. Drei Löffel.

Montag gibt ihm Zucker, nimmt dann die neue volle Tasse und läuft zur Treppe.

Behrens: Sie gehen weg?

Montag: Haben Sie's nicht eben schreien gehört?

Behrens: – Ich höre nichts.

Montag: Bin gleich wieder da. *(Läuft die Treppe hinauf)*

Färber kommt von oben mit einem großen Plan.

Montag: Guten Morgen. Es gibt Cappuccino! Er bekommt auch einen.

Färber: Montag! Wir bauen noch eine Stadt! – Ein neues Stadtviertel, südlich unter der Akropolis, da ist noch Platz! Ich hab schon angefangen. Gucken Sie mal. *(Rollt den Plan aus)* Für Künstler, Wissenschaftler und Philosophen! Die werden aus aller Welt ein Jahr eingeladen, Herr Behrens, und müssen in diesem Jahr für ihre Regierungen und für ihr Land Vorschläge erarbeiten, wie die Menschen besser leben können. Ich meine, eine Art Akademie als ganzes Stadtviertel!

Montag: – Ist ja toll!

Färber: Ja, mit Laboratorien, Auditorien, Ateliers, Bibliotheken, man bekommt alle Zeitungen der Welt ... *(Fasst sein Herz)* Scheiße. *(Krümmt sich)*

Montag: Herr Färber?

Färber: *(sinkt auf eine Stufe)* Geht gleich wieder.

Montag: Hier, trinken Sie das! Behrens, drücken Sie auf den braunen Knopf und stellen Sie eine neue Tasse drunter.

Behrens: Da sind zwei braune Knöpfe.

Montag: Der hellbraune!

Färber: Born denkt immer, ich wolle die Welt in ihren Urzustand versetzen. Autos mit Strohdächern und so ... Das stimmt aber gar nicht. Wenn ich eine Akropolis entwerfe oder eine Markthalle mit Säulen, dann doch nur deshalb, weil diese Dinge eine Sprache haben, die man auch verstehen kann!

Montag: Herr Färber, einen Augenblick. *(Läuft zum Automaten)*

Färber: *(steht auf)* Straßen, Luftwege, Schienen, Pipelines und Kabel bilden das arterielle System unserer Gesellschaft. Klar. Da habe ich doch gar nichts dagegen! Fax, Computer, Internet, Fernsehen, okay, das müssen wir auch alles haben in der Akademie. Es geht doch nur darum, dass es bestimmte urbane Gesetze gibt, die einfach gut sind und nicht schlecht, nur weil sie alt sind! Oder sollen wir jetzt plötzlich die Menschen anklagen, weil sie immer noch mit dem Mund sprechen?!

Montag: *(läuft mit der neuen Tasse die Treppe hoch)* Ich komme gleich wieder. Er hat heute Geburtstag. *(Auf der Galerie)* Dann schauen wir uns den Plan an. Herr Färber, ich habe sehr, sehr viele Wissenschaftler und Philosophen zur Verfügung. Bis gleich. *(Läuft in sein Zimmer)*

Behrens schaut ihm nach.

Färber: Behrens, stellen Sie sich vor, was Sie da zu verwalten haben! Eine internationale Welt-Akademie. Ein Ort, an dem Gedanken geboren werden, die werden da auch festgehalten, geordnet und geschliffen! Bis sie so gut sind, dass sie in Europa, vielleicht sogar einmal in Asien oder Afrika Gestalt annehmen! *(Trinkt)* Behrens, wie kriege ich nur Born dazu, den Krieg zu enden? Wir brauchen doch die modernen Ingenieurswissenschaften, ohne die geht es doch nicht.

Behrens: Ja ... das lassen Sie mal ganz meine Sorge sein, Herr Färber. Das habe ich ja sogar mit ihm und Montag geschafft. Ich habe es schon immer gekonnt, die unterschiedlichsten Leute an einen Tisch zu setzen, und danach sind die alle glücklich wieder aufgestanden. Alle, Herr Färber!

Born humpelt die Treppe mit einer Krücke herunter. Ein Bein ist steif.

Färber: Guten Morgen, Herr Born!

Born: Morgen. Geht's gut?

Färber: Glänzend! Und Ihnen? Behrens sagte, es war ein richtiger Durchschuss.

Born: Nee, Streifschuss, aber eben doch der Außenmuskel. Den hat er getroffen. Morgen, Behrens.

Behrens: Guten Morgen, guten Morgen, aber man muss auch sagen: Was wäre gewesen, Herr Born, wenn er gar nichts getroffen hätte? Wo säßen Sie dann jetzt?

Montag: *(steht oben auf der Treppe)* Er hat alles getrunken! In einem Zug. Und mich angestrahlt! – Guten Morgen, Herr Born. Für Sie habe ich auch einen. Es gibt Cappuccino. *(Läuft zum Automaten)*

Behrens: So! Und jetzt kommt mal alle hier in die Mitte!

Montag: *(überreicht Born eine Tasse)* Bitte. Zucker?

Born: Nein, danke.

Alle stehen in der Mitte.

Behrens: Herr Born, ich möchte jetzt, dass Sie Herrn Färber die Hand geben!

Born: Klar. Wenn Sie dann mal eben das halten würden? *(Gibt ihm die Krücke und reicht Färber die Hand)* Menschen, die zu kräftig die Hand geben, den' geht's nicht so gut, hab ich mal gehört, Färber?

Behrens: Herr Montag, Ihre Hand dazu jetzt! Und dann zuletzt ich.

Montag: Warten Sie. Ich hol den Kleinen!

Behrens: Nein, nein! Herr Montag, da oben, da … Nach so viel Trinken will der schlafen! – Herr Born! Herr Färber! Es war eine Insel, die Galapagos-Insel, die Charles Darwin zur Evolutionstheorie inspirierte! Meine Herren: Ich weiß, dass unsere Pläne groß sind und gut, und es wird der Tag kommen …

Born: *(zu Montag)* Die alten Waffen hat Leonhard ja alle mitgenommen, aber schauen Sie mal! *(Greift in seine Jacke)* Die hat er vergessen. *(Nimmt eine Kugel aus dem Magazin. Zeigt sie Montag)* Eine Kugel hat Napoleon noch drin gelassen, beeindruckend, was? Wie lange diese Kugel da drinnen gewartet hat, wie viele Jahre! Vielleicht ist die was für den Themenpark? Die muss man aber erst noch überarbeiten.

Färber: Dann fangen wir jetzt mal an! *(Nimmt ein Bündel Stifte aus der Tasche)*

Behrens: Ja, beginnen wir! Montag, Sie suchen die ersten Kandidaten aus. Färber, Sie machen sich an die genaue Ausarbeitung der Pläne und gehen mit Born technische Einzelheiten durch. Ich selbst werde zunächst einmal ein Modell entwickeln, wie wir denn das alles bezahlen. Mir schwebt ein Abkommen vieler Länder vor, die aus ihrem eigenen Interesse eine finanzielle Fürsorgepflicht übernehmen und somit den Zustand der Selbstverwaltung sicherstellen. Meine Herren!

Behrens läuft zur Konferenztafel, nimmt ein Blatt Papier und einen Füllfederhalter und setzt sich. Montag holt sein Notebook, schaltet es ein und notiert sich Stichpunkte. Färber geht inspiriert die Treppe einmal rauf und runter und zeichnet schon auf den Stufen einen Entwurf, zunächst in Kohle. Born sitzt vorne und baut mit einem Schraubenschlüssel die Pistole auseinander. Nach einiger Zeit treten von links ein: Rosana und Rosa Seligmann. Rosa mit einer Spitzhacke. Beide halten kurz inne.

Rosana Seligmann: *(läuft auf einen Punkt im Saal zu)* Hier hat Großvater mir diese Uhr geschenkt! Hier hat er gesessen und an seinen Schriften gearbeitet! Rosa, ich sehe, wie Tante Jule da aus der Tür kommt und ihm den Tee hier vor den Sessel stellt!

Rosa Seligmann: *(schreitet die Breite der Treppe ab)* Rosana, das passt! Die nehmen wir mit! Die wird abtransportiert! Und den Kronleuchter, den nehmen wir auch mit, der ist stabil!

Rosana Seligmann: *(zeigt auf die Treppe)* Wie sollen wir die denn mitbekommen so weit?

Rosa Seligmann: Es gibt Schiffe, Kind. Große Schiffe. Und nun verabschiede dich.

Rosana Seligmann: *(scheinbar zu den anderen)* Im letzten Sommer war hier ein junger Mann, er arbeitete für Großvater im Garten und war Student an der Universität. Er hatte dunkles Haar. Große Augen. Er wollte Dichter werden. Da. Er sagte es genau da, unter dem Kronleuchter!

Rosa Seligmann: Und? Hast du was von ihm gelesen? Wurde er in den Vereinigten Staaten übersetzt? Halt mal die Hacke! *(Geht die Stufen hoch, um die Höhe der Treppe zu schätzen)*

Rosana Seligmann: Er liebte die großen Ideen. Und die zärtlichen Menschen. Nur ich glaube, er wusste manchmal nicht, wie diese Ideen in seine Menschen hineinkriegen in dieser Zeit.

Rosa Seligmann: 24 mal, ich schätze, 10 Zentimeter Stufenhöhe, macht insgesamt 2 Meter 40! Das passt, that's possible!

Rosana Seligmann: Ich habe ihm damals meine Liebe nicht gegeben. Ich weiß bis heute nicht, warum. Er hat mir Briefe, immer wieder Briefe geschrieben, aber ich habe nie einen beantwortet. «Ich küsse deine stillen und schweigenden Schläfen, Prinzessin.» Das hat er immer am Ende geschrieben.

Rosa Seligmann: *(läuft die Treppe runter)* Ich weiß. Komm, Schwester, wir gehen. Nach Kalifornien! *(Sie geht.)*

Rosana Seligmann: Der Sommer mit ihm, das war die glücklichste Zeit. Einen Sommer, Rosa, einen Sommer. *(Tränen laufen ihr über das Gesicht. Sie dreht sich noch einmal wie ein Mädchen im Kreis.)* Leb wohl. Leb wohl. Mein geliebter Prinz. *(Sie geht.)*

Färber: *(schaut auf)* Ich hasse Mehrzweckhallen! Wenn ich eins hasse, dann ist es die Mehrzweckhalle! *(Hält seine Pläne hoch)* Bei uns, da wird jede Bewegung des Geistes einen eigenen Ort bekommen! Aber ich höre schon unsere Kritiker rufen: «Schöne Gedanken! Sehr schöne Gedanken! Sind Sie ein Romantiker oder ein Klassiker?» Ja, wenn ihr so kommt! Da wird ja der beste Denker seine Flügel wieder einpacken müssen! Aber Behrens, man darf jetzt nicht kleinmütig werden! Die Welt ist in die Lage, in der sie sich befindet, durch diejenigen gekommen, die der Möglichkeit bestimmter Ideen jeden Sinn absprechen! Ich sage Ihnen, wenn wir jetzt nicht über diese Leute hinwegschreiten, dann können wir in zehn Jahren Mäuse melken!

Montag: *(schaut auf)* Meine Herren, ich habe circa elftausend Wissenschaftler und Philosophen! Ich weiß gar nicht, wo ich anfangen soll.

Färber: *(steht auf)* Montag! Stellen Sie sich vor, wenn die alle begeistert und mit einer neuen Zuversicht ausgestattet an ihre Orte gehen! Elftausend Wissenschaftler und Philosophen! *(Fasst sein Herz)* – Auf welcher Energie Sie da sitzen! Verdammt! *(Krümmt sich)* – Wir könnten auch noch Politiker, Ärzte, Unternehmer dazu nehmen!

Montag: Herr Färber, Sie kommen jetzt da von der Treppe runter. Warten Sie! *(Läuft zum Sessel. Schiebt ihn in die Mitte)*

Färber: Was das für eine Welle wird, Behrens! Wie die sich dann ... Wie die dann ... Geht gleich wieder. *(Montag führt ihn zum Sessel.)* Jahrelang, da sind die Ideale Ihrer Zeit, Behrens ... Die sind in irgendwelchen Sümpfen versickert! Aber jetzt ... Jetzt machen wir daraus wieder ein Weltmeer! Scheiße, gibt's hier nicht irgendwo Mineralwasser?

Kalk rieselt von der Decke herunter. Montag setzt Färber in den Sessel. Holt ein Glas Wasser.

Färber: Montag, gucken Sie auch nach Ökologen!

Behrens: Ja, Ökologen!

Färber: Wir brauchen eine neue ökologische Ethik! Wenn die Zukunft nur aus Dummheit und Telekommunikation besteht, ja wie ... Wie sollen wir denn dann bitte weitermachen?

Montag: Jemand noch einen Cappuccino? *(Legt eine Wolldecke über Färber. Gibt ihm Wasser)*

Färber: Antigravitation als Transportantrieb! Ja! Ich plädiere für die Magnetfeldgeneratoren! Das ist ja noch gar nicht erforscht! Da hat die industrielle Mafia in diesem Land ... Die hat da einen Riegel vorgeschoben! Weil in diesem Land, da wird ja vor alles ... alles ein Riegel geschoben! Ich sage Ihnen: Diese Gesellschaft ist eine Gesellschaft mit einem Riegel davor! *(Trinkt und beginnt kurz zu ruhen)*

Behrens: Ich nehme noch einen. *(Schreibt, blättert in seinen Papieren)*

Montag: *(am Automaten)* Herr Behrens, ich träume von einer Fakultät der Empfindung. Ich meine, wenn wir jemanden finden würden, der uns in der Akademie lehrt, mal *so* zu gucken ... Ich meine ohne Kopf, Herr Born. Man müsste einmal am Tag eine Stunde ohne Kopf auskommen können, aber nicht so, dass wir dann alle gegen die Wand rennen, sondern ... Ja, mit Copiloten! Wie die Kinder!

Behrens: *(steht feierlich auf)* ... Also meine Herren, ich glaube, das Geld, ein wirklicher Spottbetrag für jede Nation, müsste auf eine Art notariell beaufsichtigtes Treuhandkonto namens «Republik Vineta» abrufbereit angesammelt werden. Sagen wir 50 Länder à 500 000 Mark mit einer Vorlaufzeit von drei Jahren. Dann hätte die Akademie ein Startkapital von 75 Millionen! *(Bekommt seine Tasse)*

Färber: Herr Behrens, was ist denn das da draußen für ein armseliges Land? Da hat doch jeder nur noch Augen für sein Grüppchen! Da will doch jeder nur noch Platz finden mit seinem Arsch in irgendwelchen Grüppchen! Diese Menschen, sage ich euch, die wollen nichts, und die werden auch nichts wollen, und darum werden wir uns von dieser angepassten fetten Meute trennen! Auf dass der Geist ungehorsam wird! *(Trinkt)* Jetzt bloß nicht wieder kleinmütig werden! Schauen Sie mal, ein Entwurf für das Auditorium! Herr Born, wie viele Stahlseile oben und Stahlträger unten brauchen wir denn? ... Brauchen wir denn, um auf der Insel ausnahmsweise einen Baukörper ohne tragende Wände über die Klippen und das Meer zu hängen?!

Born: *(prüft den Lauf der Pistole)* Kommt drauf an, wie viele da reinpassen sollen.

Färber: Tausend Zuhörer!

Montag: Ich bin gleich wieder da. *(Läuft mit einer Tasse die Treppe hoch)* Ich bring ihm noch einen. *(Läuft in sein Zimmer)*

Born: Färber, schauen Sie sich mal diesen Lauf an, der ist auch aus Stahl. Vollstahl! *(Geht zu Färber)* Sehen Sie? Er endet ein kleines Stück zu weit unter der Stelle, wo die Kugel den Schlag bekommt. Ich muss ihn also etwas heben, damit mir das Ding nicht um die Ohren fliegt. Hab ich gerade gemacht.

Färber zeichnet.

Behrens: Meine Herren! Wir bekommen jedes Jahr 50 mal 500 000 macht 25 Millionen. Die müssen dann aber auch ausgegeben werden! Das heißt: Programme, Programme, Programme! Ich denke zum Beispiel, revolutionär gesprochen, an die Erschaffung eines … «Denktunnels». Da wird es Buchten geben, in denen die Menschen die Fahrt unterbrechen und denken, unter dem Meer, in der Erde denken, umgeben von Mineralien, Elementen …

Born zielt auf Färber.

Born: Total wahnsinnig! Ich wusste gar nicht, dass die schon richtige Visierschienen hatten?! *(Zu Behrens)* Gucken Sie mal! Doppelseitige Daumensicherungen, das konnte ich mir ja noch vorstellen. Aber richtige Visierschienen mit Kornflanken?!

Ein Teil der linken Decke stürzt herab. Schweigen.

Behrens: Scheiße, irgendwas stimmt hier nicht.

Montag: *(oben auf der Treppe mit einem Buch)* Das gibt's doch gar nicht! Hören Sie mal! Ich les ihm immer vor, das beruhigt, und gerade lese ich «Nils Holgersson und die Wildgänse», und da landet er mit den Wildgänsen an einem Strand, und dann ist da eine Stadt, eine herrliche Stadt, aber fünf Minuten später ist sie plötzlich wieder weg, einfach weg. Ihre Bewohner, die waren einmal sehr reich, aber dann, dann wurden sie habgierig und verschwenderisch und lebten in Saus und Braus – und zur Strafe, da wurde alles von einer fürchterlichen Sturmflut … Ja und nun raten Sie mal, wie diese Stadt … Ist das da gerade runtergefallen?

Schweigen. Färber zeichnet. Born steckt die Pistole ein. Behrens starrt auf die Deckentrümmer.

Montag: Warten Sie, ich hab noch was. Moment! *(Läuft zur Seite. Kommt zurück)* Eine Schallplatte! Behrens! Da! Schauen Sie mal! Die hab ich gefunden! Und jetzt passen Sie mal auf! *(Rennt zur Seite. Kommt wieder)* One! Two! Three …

The Beatles! – Montag schaut Behrens mit großen Augen an. Rennt zur Seite, kommt zurück und stellt Lautsprecher auf die Galerie. Behrens schaut erst Born an, dann Färber. Montag beginnt auf der Galerie vorsichtig zu tänzeln. Färber richtet sich auf. Behrens bewegt jetzt leicht seinen Fuß. Born steckt Behrens einen Wecker ins Jackett. Montag hat die Hände dazu genommen und singt. Behrens schnippt mit den Fingern. Färber im Sessel schwingt zeichnend seinen Bleistift im Takt. Montag tanzt die Treppe herunter auf Behrens zu. Born geht die Treppe rauf und ab. Färber wirft beschwingt eine fertige Zeichnung in die Luft. Montag und Behrens werfen ihre Jacken weg und tanzen.

Färber: *(ruft sinngemäß)* Die werden sich noch alle wundern! Alle werden die tanzen! Im Tanzsaal! Im Club! Hier! *(Wirft die Zeichnung in die Luft)* Montag?!

Montag: *(ruft auch sinngemäß)* Behrens! Die Beatles!

Behrens: *(ruft)* Montag! Die werden alle tanzen!

Montag: Behrens! Die ganze Welt wird tanzen! – Färber!? Sie haben Recht! Das Leben, das ist heller geworden! – Ja! Kommen Sie! *(Tanzt auf Färber zu)* – Ich nehme Ihre Hand, mein Freund! – Kommen Sie! – *(Streckt ihm die Hände entgegen)*

Ein Schuss.

Montag taumelt. Born steht mit erhobener Pistole auf der Galerie. Montag fällt auf die Knie. Sein Hemd ist rot, zerfetzt. Er bricht zusammen.

Das Lied ist zu Ende.

Born nimmt einen Koffer, geht die Treppe hinunter und weg.

Färber hält sich die Hände vor Gesicht und Ohren. Behrens steht regungslos da. Dann nimmt er seine Jacke und geht hoch in sein Zimmer.

Schneeflocken fallen durch die eingestürzte Decke.

Behrens kommt zurück. Bleibt auf der Treppe stehen. Es scheint, als wolle er eine Ansprache halten. Er setzt an. Bricht ab. Setzt wieder an. Wiederholt zwei, drei Tanzschritte. Bricht ab. Läuft die Treppe hoch in sein Zimmer.

Ein leichter Wind geht durch den Raum.

Behrens kommt zurück mit Koffer. Läuft die Treppe hinunter. Er bedeckt Montag mit den Plänen von Vineta. Dann nimmt er seinen Koffer und geht. Er steht in der Tür.

Behrens: Meine Damen und Herren, liebe Beatles … *(Er geht ab.)*

Langsam bewegt sich jetzt die Treppe nach hinten, bis sie mehr und mehr verschwindet. Dann ist sie weg. Man sieht im Hintergrund eine eingestürzte Mauer, dahinter Wälder, in denen Behrens eine lautlose Ansprache hält und mit seinem Koffer tanzt.

Färber sitzt in seinem Sessel und zeichnet.

Es schneit und schneit.

ENDE

DRAMOLETTE

VON DEN DEUTSCHEN

Eine Ampel. Sie steht auf Rot für Fußgänger, wobei sie regelmäßig für den Bruchteil einer Sekunde auf Grün umschaltet, dann steht sie wieder auf Rot. Rechts, etwas weiter hinten: das Duale Müllcontainer-Trenn-System Deutschland (DSD) mit verschiedenen Hinweisen und Uhrzeiten. Unweit des Dualen Systems eine Parkbank mit einfachem Abfalleimer. Ein älterer, sichtlich müder Mann mit Koffer, aus dem ein Spaten herausguckt, steht links und starrt verwundert auf die Ampel. Vermutlich will er auf die andere Seite. Jedes Mal, wenn die Ampel auf Grün umschaltet, geht er einen einzigen Schritt, und tritt dann wieder ratlos zurück und bereitet sich auf die nächste Grünphase vor. Jetzt, so scheint es, fasst er einen Entschluss: Er greift seinen Koffer fester, schaut sehr genau nach rechts, nach links und geht los. Plötzlich ein Mann mit verschiedenen Tragetaschen vor dem Dualen System.

Der Mann vorm Dualen System: Rot! Es ist Rot! Sehn Sie? Da! Rot! Warum gehn Sie denn nich da über die Überführung rüber?!

Der Mann mit dem Koffer bleibt wie angewurzelt stehen und starrt die Ampel an. Man hört seine Stimme.

Die Stimme des Mannes mit dem Koffer: Ja, da bin ich wieder. Die Reise, die war schön. Ich fuhr durch die Berge Galiläas und durch Wüsten, segelte über das Schwarze Meer, durchquerte Russland, wieder Warschau, ja, und als ich aufwachte, war ich da. Wie lange ist es her? Wo will ich hin? Gibt es bei Kröpke an der Ecke immer noch Kaffee? Hängt denn in der Kunstschau noch mein Bild? – Eins nach dem anderen. Hier irgendwo unter mir, da muss die Stelle sein. Sammel dich. Überlege, was du tust.

Ich glaube, du stehst mitten auf der Straße. Was sind das eigentlich für Ampeln hier?

Der Mann vorm Dualen System: *(hält immer noch seine Tragetaschen)* Hören Sie nich gut?! Ich sach Ihnen mal was: Sie stehn mitten auf der B 76! Hallo?! – Sie!?

Die Stimme des Mannes mit dem Koffer: Ich krieg kein Fuß vor den andern. Das gibt's doch nicht. Sieh nicht mehr hin. Ist hier nicht irgendwo ein Baum? Alfons, guck dir den Busch da an, der ist grün, und dann in Gottes Namen geh!

Der Mann mit dem Koffer schaut irgendwo einen grünen Busch an, löst daraufhin die Starre und geht weiter auf der B 76 und auf die Parkbank zu. Er setzt sich. Er packt erschöpft den Spaten aus.

Der Mann vorm Dualen System *(hält immer noch seine Tragetaschen)* Sie glauben wohl, die Ampel, die is kaputt?! Die is aber nich kaputt! Ich sach Ihnen mal was: Die hab ich letzte Nacht selber umgestellt! Gestatten: Remde. Elektriker. Frührente. Hab mal die Taktfrequenz verändert! Seit drei Wochen geht hier kein Mensch mehr über die Ampel rüber! Wegen der Überführung! Da hinten, da ist 'ne neue Überführung da. Die gehn jetzt alle über die Überführung rüber! Die Ampel aber, die steht hier immer noch! Drei Wochen stand sie da, als ob nichts wär. Warum? Muss sie nicht! Macht mich ganz verrückt. *(Gestikuliert)* Rot DA ist Grün für Autos HIER! Hab ich ja kein Problem. *(Gestikuliert noch einmal)* Aber warum Grün DA und Rot für Autos HIER?! Gehen DA etwa Gespenster über die Ampel rüber?! Nee! Hab ich darum umgeschaltet! Hab mal die Taktfrequenz verändert!

Die Stimme des Mannes mit dem Koffer: Ich versteh kein Wort. «Hab mal die Taktfrequenz verändert!»? Du Alfons, schaltet hier jetzt jeder, wie er will, die Ampeln um?

Der Mann vorm Dualen System: *(hält immer noch seine Tragetasche)* Ich denk mir schon was dabei. Könnt mir ja auch egal sein. Is es aber nich. Nee! Weil ich besteuer doch keine Ampeln, wenn die jetzt hier einfach so rumstehn in der Gegend … Ich frach Sie jetzt: Wieso so dumme Grünphasen besteuern?! Dann soll'n se doch die Ampel abschaffen! Abschaffen die Ampel! Ich frach Sie jetzt: Geht doch sowieso alles über die Überführung rüber!?

Die Stimme des Mannes mit dem Koffer: Willst du das eigentlich alles wissen? Alfons, du wirst jetzt nicht auf diese Fragen antworten. «Geht doch sowieso alles über die Überführung rüber!» Versteh auch die Frage gar nicht. Kann man gar nicht beantworten. Okay, Alfons, du musst nun einen klaren Gedanken fassen. Denk an die Mission! Wo ist der Plan?

Der Mann vorm Dualen System: Was glauben Sie eigentlich, was so das Verkehrswesen kostet? Also, so eine Ampel, ja? – Bestimmt fünfzehntausend! Da ist eine sehr gute Taktung drin! Da kann man sich drauf verlassen, dass die da im Werk Wertarbeit leisten, dass das da am Ende regelmäßig rot leuchtet und grün leuchtet und nicht plötzlich blau oder lila! Das haben die neulich in den Nachrichten gebracht: Plötzlich standen die Ampeln in Indien alle auf Lila!

Die Stimme des Mannes mit dem Koffer: Mein Gott, wann hört der endlich mit den blöden Ampeln auf? *(Hält rechts den Spaten, links den Plan)* Wenn der wüsste, was hier unter der Straße liegt! Ein ganzes Juweliergeschäft, vergraben neunzehnhundert …?, wie alt war ich? Ein Sandweg war's. «Drei Kisten», sagte Vater, «Holt mir die Kisten, wenn das Land wieder frei ist, Jungs!, die Kisten!!» – Wo soll ich graben? Darf ich denn ein Loch in die B 76 machen? Wo kann ich den Antrag stellen? Wenn das Besitztum unter der B 76 liegt, dann kann man doch einen Antrag stellen? – Da! Laut Vaters Plan muss es genau … *(Steht auf und geht mit dem Spaten auf einen Punkt auf der B 76 zu)*

Der Mann vorm Dualen System: Sagen Sie mal, sehe ich das richtig? Wollen Sie da jetzt Gartenarbeit machen?! Ich meine die Grünanlagen, ja?, die sind da runter, hier braucht man keinen Spaten! – Nun gehen Sie doch bitte mit dem Spaten von der B 76 weg! *(Guckt)* – Was kratzen Sie denn da so rum?! Also, das glaubt mir ja keiner! Tret ich mal kurz am Abend vor die Tür, steht da ein Mann …

Die Stimme des Mannes mit dem Koffer: … So geht es nicht. Soll ich ihn um eine Bohrmaschine bitten? Jeder Deutsche muss doch eine Bohrmaschine haben. Ich greif ihn mir bei seiner Ehre: «Holen Sie Ihre Bohrmaschine! Im Namen Palästinas: Wir müssen hier ein Loch in die Erde machen!» *(Blickt ihn an)*

Der Mann vorm Dualen System: – Sie woll'n was sagen? – Hallo?! Du mit mir sprechen?

Die Stimme des Mannes mit dem Koffer: Alfons, bist du wahnsinnig? Wenn du dem jetzt sagst, was hier drunter liegt …

Der Mann vorm Dualen System: … Du Polen?? Du gekommen von das Land Polen?!

Die Stimme des Mannes mit dem Koffer: Was für eine fürchterliche Grammatik! Soll ich ihn fragen, ob er Thomas Mann gelesen hat? «Ich dir geben Buddenbrooks – du mir geben Bohrmaschine!»

Der Mann vorm Dualen System: Also, da brauchen Sie auf jeden Fall 'ne Spitzhacke! Ich weiß ja nich, warum Sie die ganze Zeit den Fleck da so anstarren, aber theoretisch bräucht man da 'ne Spitzhacke! Kapiert? – Du Fleck anstarren, ich nix wissen warum! Du vielleicht böse auf Fleck, brauchen du aber Spitzhacke!

Die Stimme des Mannes mit dem Koffer: Der ahnt doch was! Wenn ich jetzt länger hier an dieser Stelle steh, legt der, wenn ich schlafe, noch eine Nachtschicht ein.

Der Mann vorm Dualen System: Gute Straße das! Das gute Straße, ja?! Ganz unten: Steine! Man nennt Packlage! Drüber Schotter! Du verstehn?! Erst Packlage! Dann Schotter! Oben Zementbeton drauf! Mit Asphaltbinder!!

Die Stimme des Mannes mit dem Koffer: O Gott, wie mach ich's nur? – Setz dich erst mal auf die Bank und warte, bis er geht. «Du gehen nach Hause, ich sitzen hier.» Zur Not muss ich dann nachts die Straße sprengen. *(Setzt sich. Nimmt eine Wasserflasche aus seinem Koffer und trinkt)*

Der Mann vorm Dualen System: Prost!

Die Stimme des Mannes mit dem Koffer: Besten Dank.

Der Mann vorm Dualen System: Die Wasserflasche, die schmeißen Sie aber danach nich in den Mülleimer da, die kommt hier rein. *(Zeigt auf das Duale System, Container D3: Weißglas)* Da, der is für Weißglas! *(Greift in eine seiner Tragetaschen)* Schaun Sie mal! Ich hab hier zum Beispiel 'ne grüne Flasche! Die kommt rein HIER! *(Gestikuliert und wirft ein)* D2 is Grünglas, HIER!, D3 is Weißglas DA! Das lern Sie schnell, das macht Sinn! *(Greift in seine Tragetasche)* Wo würden Sie denn jetzt reintun diese Flasche?! Hohes C von Eckes Fruchtsäfte?!

Die Stimme des Mannes mit dem Koffer: Hör einfach nicht mehr hin. Denk an was Schönes. Wie das hier einmal ein gelber Sandweg war, und wir Kinder nach dem Regen Burgen bauten.

Der Mann vorm Dualen System: Hallo?!

Die Stimme des Mannes mit dem Koffer: Dass wir hier einmal im Sande lagen und uns fragten, wie wir leben wollen.

Der Mann vorm Dualen System: Ich sagen: Wo kommen rein Hohes C von Eckes Fruchtsäfte!

Die Stimme des Mannes mit dem Koffer: Scheiße, der meint das ernst.

Der Mann vorm Dualen System: Gucken! *(Gestikuliert und wirft ein)* Da rein! Erst Deckel ab. Dann schwupp. Und klirr. Sammelt sich jetzt auf dem Grund braunes Glas.

Die Stimme des Mannes mit dem Koffer: Das klingt nicht gut. «Sammelt sich jetzt auf dem Grund braunes Glas.» Mensch, Alfons! Sollst du Jahre später Widerstand leisten und jetzt deine weiße Flasche einfach mal in seinen braunen Behälter schmeißen? *(Er steht auf und geht mit seiner Flasche feierlich und wie zum Widerstand entschlossen auf das Duale System zu. Er steht genau vor D1: Braunglas!)*

Der Mann vorm Dualen System: Das is aber schön, dass Sie sich für den Vorgang interessieren. *(Freut sich sichtlich)* Gut. Gut. Hier! Der Schlagrahmbecher! Berchtesgadener Land! Wo rein? *(Gibt ihm den Schlagrahmbecher)* Wo rein?!

Die Stimme des Mannes mit dem Koffer: *(mit dem Schlagrahm-*

becher) Mein Gott, Alfons, was machst du denn? Du sollst dich um die Kisten kümmern, nicht um Schlagrahmbecher! *(Wirft ihn ein in D4)*

Der Mann vorm Dualen System: Jaa! Jaaa! Gut gemacht! D4: Kunststoffe! Da macht man später Blumenkübel draus! – Hier! Da! Jetzt Kondensmilchdose! Von Bärenmarke! Wo rein?? *(Gibt ihm die Kondensmilchdose)* Wo rein?!

Die Stimme des Mannes mit dem Koffer: *(mit der Kondensmilchdose Bärenmarke)* Sorry, Vater, es ist jetzt, wie es ist – *(wirft korrekt ein, der andere Mann freut sich wie ein Kind)*

Der Mann vorm Dualen System: *(hüpft)* Super! Doll! Jaaa!

Die Stimme des Mannes mit dem Koffer: Ja, ein jeder treibt das Seine, wirst du sagen, Vater, denn wo ein menschlich Wesen einmal abgerichtet ist, da dient es seinem Zweck, ich kenn die Stelle, Hölderlin! *(Bekommt eine Whiskas-Dose und zitiert Hölderlin)*

Der Mann mit dem Koffer: *(live, von der Dose ablesend)* WHISKAS?

Die Stimme des Mannes mit dem Koffer: Whiskas, ja, für Katzen. Also, Hölderin: Da sucht das menschlich Wesen seinen Nutzen, es schwärmt nicht mehr, bewahre Gott!, es bleibt gesetzt, und wenn es feiert und wenn es liebt und wenn es betet und selber, wenn die Versöhnungszeit der Welt die Sorgen alle löst, und Unschuld zaubert in ein schuldig Herz – *(nimmt eine Cornflakes-Packung entgegen)* – ja wenn von der Sonne warmem Strahle berauscht, der Sklave seine Ketten froh vergisst und von der gottbeseelten Luft besänftigt, die Menschenfeinde friedlich, wie die Kinder, sind *(mit Maggi-Flasche)* – wenn selbst die Raupe sich beflügelt und die Biene schwärmt, so bleibt der Deutsche doch in seinem Fach und kümmert sich nicht viel ums Wetter!

Der Mann vorm Dualen System *(hüpft wieder)* Super! Doll! Jaaa!

Die Stimme des Mannes mit dem Koffer: Vater, ach, ich fühle mit ihm, ich begreif ihn nun und helfe gern jetzt diese Cornflakes-Packung mit Maggi zu entsorgen, und Thomas Mann ist

Altpapier. Und diese weiße Flasche hier aus dem gelobten Land, die werd ich nun doch nicht ins Braunglas schmeißen, ich sage dir: Das wär nicht richtig, ich bin ja selber so, und Vater: Lass uns mit ihm im Anschluss nach den Kisten graben, wir woll'n mit ihm gemeinsam die Packlage durchstoßen! Alfons, vom Asphaltbinder durch Packlage hindurch bis zum Juweliergeschäft da unten! Und wenn er will, dann werden wir danach mit einer deutschen Säge auch diese Ampel fällen! Ich glaube, das ist was für die Tagesschau: Ein Jude und ein Deutscher, die eine Ampel fällen! Und jetzt, jetzt kommt die Versöhnungszeit, noch schnell die Flasche rein ins rechte Fach und hier die Schwartau-Marmelade – Klack! – und nun komm in meine Arme, es ist die Versöhnungszeit der Welt, die alle Sorgen löst – *(nimmt ihn in die Arme, der Deutsche weint)* – du verstehen? Ich versöhn. Du versöhn. Nix problem. Alles gut …

Sie umarmen sich. Es wird langsam dunkel. Ein deutsches Lied weht von der Ferne her.

BRECHT UND DIE FRAUEN

Ein 500 Quadratmeter großes Penthouse mit 30 Schlafzimmern. Alle Schlafzimmer grenzen an einen riesigen Raum, in dem 15 Schreibmaschinen mit Tisch und Stuhl auf der rechten Seite stehen und ebenso viele Arbeitsplätze symmetrisch auf der linken Seite. In der Mitte ist ein Korridor, in dem man auf und ab gehen kann. Plötzlich öffnet sich die Haupttür, und ein kleiner Mann mit Mütze und einem riesigen Ordner unterm Arm steht im Korridor.

Der kleine Mann: Noch niemand da. *(Kratzt sich am Kopf)* Unpünktlich. Sie ist unpünktlich. *(Starrt auf die unbesetzten Arbeitsplätze)* Staffel A hätte längst hier sein müssen! *(Spannt Papier in die Schreibmaschinen der linken Seite)* Heute schreiben wir: «Die Rundköpfe und die Spitzköpfe». Staffel A schreibt: Die Rundköpfe. Staffel B: Die Spitzköpfe. *(Ölt die Maschinen der rechten Seite)* Morgen überprüft dann Staffel B die Rundköpfe und Staffel A die Spitzköpfe. Uraufführung: nächste Woche *(Starrt auf die unbesetzten Arbeitsplätze)* Warum kommt denn niemand? *(Guckt unter die Tische)* Wo seid ihr denn? *(Guckt in die Schlafzimmer)* Hallo?!

Stille

Der kleine Mann: Das gibt's doch nicht! *(Läuft im Korridor auf und ab. Gestikuliert)* Bin ich nicht der Erfinder des EPISCHEN THEATERS!? *(Stille. Gestikuliert nochmal)* Hat denn die Welt nicht ein Recht auf meinen V-EFFEKT?

Stille

Der kleine Mann: Mensch!! *(Nimmt den Ordner. Blättert)* Wieso ist «Das Verhör des Lukullus» noch nicht beendet? *(Blättert hektisch im Ordner)* Habe ich nicht immer gesagt, dass «Das Verhör des Lukullus» … – *(Erbleicht)* Mitten im Satz abgebrochen! *(Läuft zum Dienstplan)* «Das Verhör des Lukullus!» Da! So! Staffel B! Platz 23! *(Läuft zu Staffel B, Platz 23. Außer sich:)* Schlampe!! *(Läuft in Schlafzimmer 23. Kommt zurück mit Bettlaken 23. Rezitiert:)* Gläser heut ungespült / Linnen heut glatt / Lächeln heut ungefühlt / Lippe heut satt. *(Verhüllt Platz 23 mit Bettlaken)* Mir den Lukullus nicht beenden!

Schreitet im Korridor auf und ab. Gestikuliert.

Der kleine Mann: Habe ich nicht immer gesagt: Der Obstbaum, der kein Obst bringt, ist er ein Obstbaum?! *(Beugt sich aus dem Fenster)* Hoffentlich nicht Buß- und Bettag. *(Schließt das Fenster)* Mir den Lukullus nicht beenden! *(Setzt sich auf Platz 1. Staffel A. Tippt in die Maschine)* Ich schaff's nicht. *(Bricht ab)* Margarethe!? Wird Lukullus mit O geschrieben? – Marieluise!! Wer war er eigentlich?

Stille

Der kleine Mann: Ruth!! *(Tippt mit zwei Fingern wütend in die Maschine:)* «Eine Milchkuh, die keine Milch abgibt, ist sie eine Milchkuh?»

Stille

Der kleine Mann: So was kann man mit mir nicht machen!! *(Läuft im Korridor auf und ab, Gestikuliert)* Habe ich nicht immer gesagt: das ANTI-ARISTOTELISCHE Theater!? *(Reißt das Fenster auf)* Habe ich nicht immer gesagt: Der KOMMUNISMUS steigt und fällt mit dem ANTI-ARISTOTELISCHEN Theater?!? *(Springt auf Tisch 29)* Wollt ihr etwa Adolf Hitler!?!

Stille

Der kleine Mann: Helene! Ich hab Hunger! *(Springt auf Tisch 29 herum)* Ich will Himbeeren!! – Elisabeth! – Hilfe! *(Weint)* Ich muss morgen bei SUHRKAMP abgeben!

Schließt die Augen und legt sich auf Tisch 29. Plötzlich das ratternde Geräusch von 30 in Betrieb genommenen Maschinen. Wie in einem Traum läuft der kleine Mann mit Mütze von Tisch zu Tisch, gießt immer mehr Öl in die Maschinen und spannt immer neue Blätter in die lauter und lauter ratternden Maschinen. Der Mann ist jetzt kaum zu hören.

Der kleine Mann: Ja! Ja!! Ja!!! Hallo! Du und du! Hier! Da! Und du! Ja! Schreibt! Ich sage: Schreibt!! Habe ich nicht immer gesagt: Schreibt!!! Heute die Rundköpfe! Morgen die Spitzköpfe! Übermorgen der Schwejk! Irgendwo muss es ja herkommen, zum Henker!

Das Rattern der Maschinen wird immer lauter.

Der kleine Mann: Jaaa! Jetzt! Mach mir den Turandot! Und seht! Wie es in mir sprüht und stürmt. Mit V-EFFEKT! *(Beugt sich über Tisch 11. Schreit)* Du: Ohne dich war ich einsam wie ein Fichtenbaum auf kahler Höhe!

Plagiat. Heinrich Heine. Anm. d. Autors.

Der kleine Mann: *(beugt sich über Tisch 17. Schreit noch lauter)* Du: Lass uns nun mit immer neuen Künsten ändern dieser Erde Wirkung und Gestalt!

Plagiat. Goethe. Anm. d. Autors.

Der kleine Mann: *(beugt sich über Tisch 25. Schreit noch lauter)*

Du: Bist du neu? Ich glaube, du bist Praktikantin. Wir gehn nachher essen! *(Beugt sich über Tisch 23. Außer sich:)* Undialektische Gans!! Mir den Lukullus nicht beenden!!! *(Schmeißt Maschine 23 aus dem Fenster)* Hinfort!! Geh in ein Kloster!

Plagiat. «Hamlet». Anm. d. Autors.

Der kleine Mann: *(stellt sich auf Tisch 1)* Ich steh jetzt hier mit Brutus' Billigung! Könnt ihr mich hören? *(Nimmt ein Megafon)* Hört! Ich werde euch alle HEIRATEN!!!

Tosendes Aufheulen aller Maschinen!

Der kleine Mann: Ja!! Kein Problem! Denn habe ich nicht immer gesagt: Auch der H-EFFEKT? Der H-EFFEKT!? *(Balanciert von Tisch 1 zu Tisch 2)* Ja!! Genau! Ich werde auf euch alle warten unter der grünen Ulme!!

Plagiat. «Der kaukasische Kreidekreis». Anm. d. Autors.

Der kleine Mann: *(dirigiert auf Tisch 2)* Und habe ich nicht immer gesagt: DIE DREIGROSCHENOPER in mindestens drei Tagen!? *(Springt von Tisch 2 zu 3 zu 4 zu 5)* Jetzt muss ich es aber endlich einmal sagen: Kann hier jemand anständig f…

Plagiat. «Puntila». Anm. d. Autors.

Der kleine Mann: *(springt mit einem Satz auf Tisch 9. Tippt in Maschine 9:)* «Ich will flicken!»

Rechtschreibfehler. Anm. d. Autors.

Der kleine Mann: *(springt auf Tisch 9 herum)* Bei mir heißt es: Die Pflicht getan und bis zum Äußersten! *(Tisch 9 bricht zusammen. Springt auf Tisch 10)* Macht nichts. Bring auch ich nicht täglich Opfer!? Frisst die REVOLUTION nicht täglich meine Staffeln?! *(Springt immer schneller über die Tische 11 bis 24, die alle hinter ihm zusammenklappen)* Ja!! Und jetzt! Wisst ihr, was ich jetzt sage!? *(Springt)* Denkt an die Trümmerfrauen! *(Springt)* Die Trümmerfrauen! Wenn sie die LIEBE *(springt)* zu Wundern machen!!

Plagiat. Konrad Adenauer. Anm. d. Autors.

Der kleine Mann: *(landet auf Tisch 25)* Ich muss nun Mittagschlaf machen. *(Hüpft in die Höhe)* Und danach: Ja! Danach geh ich gucken BOXEN! Und danach dann da werd ich euch alle mal HEIRATEN!! HEIRATEN!!!

Die aufheulenden Maschinen springen alle aufeinander und zerstampfen und zerhacken sich zu einem einzigen Blechklumpen. Er selbst hebt plötzlich ab über Tisch 25.

Der kleine Mann: Seht! Ich kann fliegen!! *(Er fliegt tatsächlich über allen kaputten Tischen und dem Blechklumpen)* Ich fliege! Ha! Ich lach mich tot! Das ist der F-EFFEKT!!!

Es klingelt an der Tür. Der kleine Mann wacht auf und taumelt zur Tür. Ein noch kleinerer Mann mit Mütze tritt herein.

Der noch kleinere Mann: Guten Tag. Mein Name ist Brecht. Ich bin der Untermieter. Wie soll man bei dem Krach arbeiten?

ENDE

INTERVIEWS

ICH PLANE IMMER WEITER

PETER ZADEK IM GESPRÄCH MIT MORITZ RINKE.

Moritz Rinke: Herr Zadek, Sie tragen immer diesen Pullover. In meinem Geiste stehen Sie seit über zehn Jahren da mit diesem übergeworfenen Pullover.

Peter Zadek: Aha.

Rinke: Ich habe das Gefühl, die Interviewform ist, so wie wir hier sitzen, absurd. Sie geben ein Interview, und ich soll das Interview führen. Sie sind quasi der Spieler, und ich soll das Beste aus Ihnen herausholen. Das ist nicht die Zadek'sche Arbeitsform. Wir müssten uns still und beobachtend gegenübersitzen und würden dann nach und nach von innen heraus einen Zadek'schen Realismus entwickeln, beiläufig, nicht künstlich und irgendwie simultan in den Gegensätzen.

Zadek: Ich habe nicht so viel Zeit, um zwei kommt Herr Dermutz von der «Frankfurter Rundschau».

Rinke: Haben Sie schon mal selber ein Interview geführt?

Zadek: Ja. Für die BBC. Ich habe Fritz Kortner interviewt, bei ihm zu Hause, was wahnsinnig schwierig war, denn bei jeder dritten Frage lief Kortner raus in die Küche und fragte seine Frau, was er sagen soll. Danach ging ich noch mit Kortner und einem anderen berühmten Interviewer der BBC auf die Probe. Kortner inszenierte «Dantons Tod» im Münchner Residenztheater, und danach lief der BBC-Mann raus und sagte: Warum lassen die sich das gefallen? Kortner erklärte ja den Schauspielern aus einem einzigen Komma heraus gnadenlos das ganze Stück. «Warum lassen die sich das gefallen?» Das ist mit einem Satz der ganze Unterschied zwischen dem deutschen und dem englischen Theater.

Rinke: Ich habe gelesen, dass Sie einmal jemanden im Theater zusammengebrüllt haben, um in Deutschland anerkannt zu werden?

Zadek: Ja, die Schauspieler in Köln, im Theater am Dom, beschwerten sich, dass ich immer nichts sage und nur Schokolade esse. Ich kam 1958 aus England, und dort gab's damals keine Schokolade. Ein Regisseur aber, der nichts sagt und nur Schokolade isst, sei kein Regisseur, hieß es in Köln. Daraufhin wollte ich abreisen und nach England zurückkehren, wo ich aber eigentlich auch nicht mehr hinwollte, weil ich in England keinen Erfolg hatte. Einem Freund hatte ich versprochen, dann noch einmal auf die Probe zu gehen und irgendjemanden anzuschreien. Ich weiß noch: Ich kam ins Theater, sah als Erstes den Inspizienten und brüllte ihn an. Ab da konnte ich in Deutschland Regie führen. Schrecklich.

Rinke: Da hat sich ja nichts geändert. Als ich das allererste Mal auf eine Probe ging von einem eigenen Stück, da stand da eine 28-jährige Regisseurin und brüllte. Ich war völlig eingeschüchtert. Eigentlich wollte ich sagen, sie solle unverzüglich den vollständigen Text sprechen lassen. Aber dann habe ich zitternd Kaffee gekocht.

Zadek: Das deutsche Theater und die Deutschen können Schwäche nicht ertragen. Sie können die Qualität von Schwäche gar nicht realisieren. Darum ist zum Beispiel Angela Winkler eine völlig undeutsche Schauspielerin. Die Winkler weiß um die Qualität von Schwäche.

Rinke: Ja, sie hat auch so ein schönes, fragendes und offenes Gesicht.

Zadek: Das Fragende, Offene ist auch keine Stärke der Deutschen. Die Deutschen glauben schon alles zu wissen, und darum laufen hier auch so viele geschlossene Gesichter herum, die keine lebendige Sprache haben. Die immer nur Antwort gebende Sprache ist eine tote Sprache.

Rinke: Da sprechen wir ja im Theater sehr viel tote Sprache. Mir fällt schon seit längerem auf, dass die Kulturleute untereinander eigentlich keine Fragen mehr haben. Es gibt da anscheinend irgend so einen Kodex, dass der Berühmtere monologisiert und der weniger Berühmte zuhören muss. Neulich habe ich Peter Stein kennen gelernt. Beeindruckender Mann, aber er hat in 45 Minuten nicht eine einzige Frage gestellt.

Zadek: Der hat aber noch nie eine Frage gehabt. Der wusste immer die Antworten. So sehen ja auch seine Inszenierungen aus, die wissen auch immer die Antworten. Das ist aber nicht die Aufgabe von Theater, denke ich, sondern die Aufgabe ist, die Leute dazu zu bringen, Fragen zu fragen. Jetzt in Hamburg bei meiner letzten Inszenierung, «Bash» von Neil LaBute, ein tolles Stück, da kommen die Leute nach der Aufführung und fragen: Was sollen wir denn jetzt damit anfangen? Wie stehen wir denn jetzt nach Ihrer Aufführung da, Herr Zadek? So was ist doch wunderbar! Was ich in meinem Leben erreicht habe, ist, dass die Leute rausrennen und Fragen stellen. Mehr will ich doch gar nicht, ich weiß auch keine Antworten. Wissen Sie denn die Antworten? Sie sehen auch nicht gerade aus, als wüssten Sie die Antworten.

Rinke: Danke. Ich muss Sie trotzdem mal feuilletonistisch attackieren: Sie wissen ja, dass Sie die Biedermeierkrise im Theaterleben ausgelöst haben.

Zadek: Die was?

Rinke: Die Biedermeierkrise.

Zadek: Ich kenne keine Biedermeierkrise.

Rinke: Poptheater. Wie stehen Sie denn zum Poptheater?

Zadek: Was ich mit Wilfried Minks bei Kurt Hübner in Bremen gemacht habe? Mit Rauschenberg und Roy Lichtenstein auf der Bühne in Schillers «Räubern»?

Rinke: Nein, das ist doch schon 40 Jahre her. Ich meine das Poptheater! Steht seit Wochen in den Feuilletons. Jung gegen Alt! Neues Theater – altes Theater!

Zadek: Nee, Sie meinen das Turntheater! Ich nenn das immer das Turntheater. Turnen statt Theater. Das ist ja gerade wohl eine Bewegung, und die erinnert mich natürlich an uns in den sechziger Jahren. Da war nur ein großer Unterschied, denn wir hatten einen spezifischen politischen Gegner, nämlich die alten Nazis. Und das hat uns einen anderen Sinn gegeben. Wir kamen nicht aus einer leeren Situation, sondern aus einer überfüllten Situation in eine ganz große Spannung hinein. Franz-Josef Strauß, Kiesinger, Globke und so, das waren Reibungen, und was wir Pop nannten, war nur eine ästhetische Beiläufigkeit, denn wir lebten ja in einer starken moralischen Opposition. Das ist heute ganz anders. Die Jungen leben in keiner Opposition, die Jungen sind heute «in». «Jung-Sein» ist heute «in», und wenn man «in» ist, kann man nicht in der Opposition sein.

Rinke: Von jungen Filmleuten habe ich gerade gehört, dass jetzt «Out-Sein» angesagt ist. Vielleicht kommen wir mit »Out-Sein» in die Opposition?

Zadek: Totaler Quatsch! Wenn jetzt «Out-Sein» angesagt sein soll, kommen Sie auch nie in die Opposition, weil dann ja «out» «in» ist, und dann sind Sie ja schon wieder «in»!

Rinke: Stimmt. Ich kenne aber Leute, die können sogar Ihren Narzissmus als oppositionelle Energie einsetzen. Vielleicht kommt die Kraft heute mehr aus der Egozentrik?

Zadek: Sie tun mir von Herzen Leid. Sie haben keinen Feind. Ihr seid alle sehr begabt in Äußerlichkeiten, aber innen fehlt euch irgendwas.

Rinke: Schlingensief hat immer irgendwoher einen Feind, man muss halt nur ein bisschen beweglicher sein, ist ja nicht alles so schwarz-weiß wie bei Ihnen damals. Mal provoziere ich das konservative Lager und orte überall Rechtsradikalismus, dann hole ich die Neonazis zum Theatertreffen und reibe mich ein bisschen an den linken Reinheitsgeboten und arbeite mal mit dem Feind, was ja auch sehr erotisch ist. Man muss halt ein bisschen mehr herumspringen und dann mit den Medien die Moral in die Marktlücken hineinposaunen. Wer ist denn gerade Ihr Feind?

Zadek: Die Haltung unserer Gesellschaft zum Alter. Die Haltung zu Leuten, die über 40 sind, ist furchtbar! Und dass die Künstler und die Medien da mitmachen in diesem «Jung-Sein-Boom», das finde ich verächtlich und beschissen. Gerade die müssten doch wissen, wie spannend auch das Älterwerden sein kann. Als der Thomas Ostermeier fragte, ob denn ein alter Regisseur wie Zadek überhaupt Sarah Kane inszenieren kann, habe ich mich sehr geärgert. Der Mann ist einfach dumm, und es ist absurd, dass so einer die Schaubühne leitet, weil hier die Spanne interessant ist zwischen der alten und der neuen Generation. Aber je erfolgreicher ich bin, umso mehr werde ich von den Jungen angegriffen. Sehr dumm von denen.

Rinke: Typisch '68. Erst erzählen Sie, dass wir keinen Feind mehr haben, wie traurig, und wenn Sie dann der Feind sind, ist es auch nicht recht. Ich gebe natürlich zu, für mich persönlich eignen Sie sich überhaupt nicht als Feind. Wissen Sie, dass Sie einmal in Bremen zu meiner Mutter gesagt haben, als sie im «Don Carlos» als Statistin auf dem Scheiterhaufen stand: Spiele nicht, dass du verbrennst, sondern verbrenne still von innen?

Zadek: Nein. Ich muss dir nochmal sagen, dass ich doch ein irrsinniges Empfinden für die Jungen habe. Wir müssen endlich begreifen, dass wir etwas miteinander zu tun haben, dieses ewige Polarisieren muss aufhören. Und dann hoffe ich, dass sich auch dieses Turnen bald gibt. Die müssen aufhören, im Theater zu turnen. Dass «Bash» und «Rosmersholm» so große Erfolge geworden sind, hat auch etwas zu tun mit der Sehnsucht der Leute, mal zu verstehen, was die Menschen da auf der Bühne sagen oder nicht sagen. Beim Turntheater aber hört man nichts, weil der, der gerade spricht, einen Handstand macht oder der Text sowieso gestrichen ist.

Rinke: «Auch ein Zadek, der nicht auftrumpft, bleibt als Dienender der Herrscher», steht über Sie in der Zeitung. Klingt wunderbar, oder?

Zadek: Ein umständlicher Satz, aber ganz gut, ja. Nächste Frage.

Rinke: Ich wollte mit Ihnen über die Unsichtbarkeit von Regie sprechen. Spiele nicht, dass du verbrennst, sondern …

Zadek: Ja, das war ja überhaupt immer mein Ziel. Schon mit 32 in

England, da habe ich schon so inszeniert. Ich habe mir immer gesagt: Irgendwann, wenn du mal sehr sehr gut bist, wird niemand merken, dass eigentlich ein Regisseur da war.

Rinke: Vor einiger Zeit hat sich einer Ihrer wunderbarsten Schauspieler umgebracht. Vermissen Sie Ulrich Wildgruber?

Zadek: Sehr, und zwar in einem ganz besonderen Maße. Mit Wildgruber ist auch eine andere, ganz andere Haltung zum Theater weg. Als Schauspieler war zwischen ihm und mir so etwas wie ein inneres Band, eine osmotische Verbindung. Ich musste nur sagen: «Uli, den Hut vielleicht so?» Und dann wusste er, wie die ganze Rolle ging. Am Ende jedoch hatten wir den Kontakt verloren, im «Hamlet» war es eigentlich schon vorbei. Wir hatten zwanzig Jahre eine unglaublich tolle Beziehung, aber irgendwann war es aus. Das ist wie mit einer Frau. Wenn es einmal ganz toll war und plötzlich ist es nur so halb, dann lieber gar nicht. Privat haben wir uns nicht gekannt. Wir haben vielleicht ein Mal in dreißig Jahren zusammen eine Tasse Kaffee getrunken.

Rinke: Das verstehe ich nicht. Sie müssten doch Ihren wichtigsten Schauspieler auch als Menschen kennen lernen wollen?

Zadek: Nein. Ich wollte nicht wissen, wie dieser Mensch ist außerhalb der Probe. Mit Norbert Kappen, meiner ersten Schauspieler-Liebe, war das ein bisschen anders. Kappen, mit dem ich in Köln zum Beispiel «Kapitän Bada» gemacht habe, kam immer zu mir nachts ins Hotel, weil er nur unter meinem Bett seinen Text lernen konnte.

Rinke: Wie? Sie schliefen, und Kappen lag unterm Bett und lernte «Kapitän Bada»?

Zadek: Ja, mit der Taschenlampe.

Rinke: Hat sich Kappen nicht auch umgebracht?

Zadek: Ja.

Rinke: Sie wurden 1926 in Berlin geboren. Sind Sie heute eigentlich gern in Berlin?

Zadek: Nein. Berlin ist zurzeit nicht sehr geeignet für Kunst. Das ist eigentlich ganz einfach. Ein Theater mit Phantasie, mit Qualität wie das Burgtheater und einer gewissen Ehrlichkeit wird immer funktionieren, weil das die Menschen spüren. Aber Theater, dic falsch sind, die pseudo sind, die funktionieren nicht. In Berlin sind sehr viele Theater pseudo.

Rinke: Wie viele Pausen hat ihre Inszenierung von Ibsens «Rosmersholm»?

Zadek: Eine oder zwei. Ich weiß nicht mehr. Wieso?

Rinke: Weil in Ihrem Buch «Das wilde Ufer» steht, dass Sie zwei Theaterpausen lieben. «Das Leben hat einen Anfang, eine Mitte und ein Ende», schreiben Sie, und deshalb hätten Sie gerne diese Dreiteilung. In welchem Teil befinden Sie sich jetzt?

Zadek: Natürlich Im dritten, im Ende. Leider. Alt werden ist ein beschissener Vorgang. Ekelhaft. Blöd. Ungerecht. Ich kann nur dagegen protestieren. Ich kann nur dagegen angehen und arbeiten.

Rinke: Wenn Sie bestimmen könnten, was Sie als Letztes inszenieren, was würden Sie wählen? «Faust»?

Zadek: Nee, so denke ich nicht. Ich kann so nicht denken. Ich plane immer weiter.

DREI MINUTEN MIT MINETTI

Am 7. Juli 1994 interviewte ich Bernhard Minetti im Rahmen einer Seminararbeit, die ich über den Regisseur Jürgen Fehling schreiben musste. Seit über sechs Jahren überlege und plane ich nun, wann und wo und wie ich das Interview mit Bernhard Minetti veröffentlichen kann. Es ist das Einzige meiner zwei, von mir eigenständig geführten Interviews, welches man theoretisch veröffentlichen könnte. Mein erstes Interview war mit Heiner Müller und dauerte eine Minute; Müller erzählte einen Witz, den ich bis heute nicht verstanden habe, dann war der Rotwein in dem Lokal, in dem Müller das Interview hatte anberaumen lassen, alle und Müller ging mit einem Kritiker in ein anderes Lokal, aber darum geht es eigentlich gar nicht. Es geht um viel mehr. Als Minetti 1998 starb, wollte ich das Interview mit Bernhard Minetti sofort veröffentlichen, aber die «Frankfurter Allgemeine Zeitung» riet entschieden ab, da das Interview für einen würdigenden Nachruf vielleicht nicht die angemessene Tiefe beziehungsweise die passende Länge habe. Für mich allerdings war die passende Länge eigentlich total unerheblich, auch empfand ich sehr wohl eine angemessene Tiefe in dem Interview, weil es mir vom ersten Tag an nicht aus dem Kopf ging und mich noch Jahre verfolgen sollte, doch dazu später mehr. Das Interview mit Bernhard Minetti hatte Minetti im Garten des Theaterhistorikers und Kritikers Günther Rühle im Taunus anberaumen lassen. Minetti saß auf einer Gartenschaukel, ich auf einem Klappstuhl. Wir begannen um Punkt 16 Uhr und endeten um ca. 16 Uhr 03.

Ich: Herr Minetti, ich beschäftige mich gerade in meinem Studium mit Fehling ...

Bernhard Minetti: Fehling! Wer hat heute noch 21 Rollen bei Fehling gespielt? Wer?! 21 Rollen bei Fehling?!

Ich: Niemand, niemand, sogar bei Leopold Jeßner, glaube ich, haben Sie …

Bernhard Minetti: Nein, nein! Reden Sie nie von Jeßner, wenn ich von Fehling rede!

Ich: Also man könnte sagen, Herr Minetti, dass Fehling, dass Fehling gerade für Sie, den Schauspieler Minetti, ein Genie war?

Bernhard Minetti: Jeßner war auch ein Genie! Was wissen Sie von Genie? Was!?

Ich: – Ich?

Bernhard Minetti: Wie?! Sie?? Nein. Nicht. Fragen! Fragen!

Ich: Äh, Herr Minetti: – Sie haben einmal in einem Interview über Thomas Bernhard gesagt, der Bernhard …

Bernhard Minetti: Nein! Nein!! Nicht. Nicht einfach so Bernhard sagen. Bernhard!! Nicht in einem Atemzug mit Jeßner. Nie über Jeßner fragen und dann gleich Bernhard sagen. Ich habe bei Jeßner den Franz Moor gespielt. Schiller!

Ich: – Ja, der Schiller.

Bernhard Minetti: Nein. Nicht, nein. Was Sie reden! Warum sprechen wir über Schiller, wenn Sie mich nichts zu Bernhard fragen?! Warum? Gehen Sie nach Hause. Nach Hause. Lernen Sie! Lernen Sie das Fragen! Auf Wiedersehen. Wiedersehen. Rühle! Rühle!!

Ich gebe zu, dass man das Interview auf den ersten Blick als irrelevant betrachten kann und dass es einem als nichts sagend erscheint, allerdings nicht für mich. Ich denke, dass dieses Interview bei aller Unfertigkeit vielleicht einmal einen dokumentarischen Wert besitzen könnte, wenn die Zeit gekommen ist und wenn es einmal um den wohl größten und genialsten Schauspieler der Nachkriegszeit geht und seine Dialogführung außerhalb des Theaters, z. B. in einem Garten, auf einer Schaukel.

Ich habe zwei Semester lang überlegt, ob ich das Interview in meine Seminararbeit über Fehling einfließen lassen kann, aber letzten Endes war da unter theaterwissenschaftlichen Aspekten nichts zu machen. Die einzige konkrete Frage zu Fehling, die ich stellen konnte, beantwortete Minetti ja mit: «Jeßner war auch ein Genie!»

Dennoch beschäftige ich mich seit über sechs Jahren aus folgenden Gründen mit diesem Interview: Da also Minetti plötzlich von Jeßner sprach, ich aber eigentlich überhaupt keine Ahnung von Jeßner hatte, wollte ich lieber etwas zu Bernhard fragen, da mir schien, Minetti wolle mit mir über Fehling partout nicht reden. Dass wir dann auf Schiller kamen, ist nicht meine Schuld. Ich habe nichts gegen Schiller, aber ich wollte gar nicht von Schiller sprechen; ich hatte nur «Ja, der Schiller» gesagt, weil ich nicht mehr wusste, was ich sagen sollte. Er hatte sich plötzlich von Jeßner distanziert, als ich etwas zu Bernhard fragen wollte, aber dann war er es, der von Schiller sprach, wegen Jeßner, weil er sich ja Jeßner wieder völlig überraschend genähert hatte. Man hat immer gesagt, Minetti sei ein widerspruchsvoller Geist gewesen, was ich hiermit jetzt absolut bestätigen will. Ich bin sogar der Meinung, dass sein widersprüchlicher Geist, gerade für junge Menschen, etwas Furchtbares und Zerstörerisches hatte. In den letzten sechs Jahren habe ich mir immer wieder das Band angehört, insbesondere die Stelle, die für mich den wundesten Punkt darstellt. Dass Minetti ausgerechnet mir vorwarf, ich hätte über Schiller gesprochen, anstatt etwas zu Bernhard zu fragen! Es ist auch eine Frechheit, Fehling derartig gegenüber Jeßner zu erhöhen und in dem Moment, wo ich Fehling auch erhöhe, plötzlich wieder von Jeßner zu sprechen! Und wenn ich dann endlich auf Bernhard komme, erneut Jeßner abzubauen und dennoch über ihn auf Schiller zu kommen, nur um mir vorzuwerfen, ich würde nichts zu Bernhard fragen! Ich habe lediglich aus lauter Verzweiflung «Ja, der Schiller» gesagt! Das war alles!

DER MANN, DER HOLLYWOODS BLÖSSE ENTDECKTE

INTERVIEW MIT MORITZ RINKE

Moritz Rinke in Hollywood. Das klingt nach rotem Teppich und Scheinwerferlicht, nach Glamour, Stars und großer Welt. Bevor die Regisseurin Amélie Niermeyer als Intendantin nach Freiburg geht, inszeniert sie auf Initiative des Goethe-Instituts in Los Angeles eine englische Übersetzung von Rinkes Stück «Der Mann, der noch keiner Frau Blöße entdeckte» am Odyssey Theatre in West Hollywood. Das Odyssey gehört seit mehr als 30 Jahren zu den amerikanischen Theaterlegenden. Richard Dreyfuss, Ed Harris, Lynn Redgrave und Kiefer Sutherland haben hier gespielt, Autoren wie Steven Berkoff, Lisa Loomer und Mark Medoff ihre Stücke uraufgeführt. Zwei Monate lang soll Rinkes «The Man Who Never Yet Saw Woman's Nakedness» gespielt werden. Mit dem Autor sprachen wir am Telefon.

SZ: Herr Rinke, wie laufen die Proben?

Rinke: Im Moment können gar keine Proben stattfinden, weil das Theater eine Bühne an das «To-be-a-star-Training» verliehen hat. Das «To-be-a-star-Training» findet hier jede Woche statt und ist für Kinder. Hundert Kinder sind hier gerade von ihren Eltern hergebracht worden, Latinos, Schwarze, Weiße, alles. Die stehen jetzt alle auf der Bühne und drehen durch – ein Höllenlärm. Die Eltern sitzen im Parkett und schauen zu. Man sieht denen richtig an, wie sie das Geld für das «To-be-a-star-Training» ihrer Kids zusammengekratzt haben, das kostet nämlich 800 Dollar für drei Doppelstunden. Das muss man sich mal vorstellen: Da steht ein smarter Trainer, der eben mit dem Porsche vorgefahren ist, und schreit auf ihre Kinder ein: «You get it!

Do it! Make it now!», und die Eltern glauben, ihr Geld sei gut investiert. Das ist total erschütternd. Ich bin rausgelaufen, das halte ich nicht aus.

SZ: Und ansonsten?

Rinke: Es gibt ein paar technische Probleme. Es gibt überhaupt nur technische Probleme. Das kann man hier ja mit Deutschland gar nicht vergleichen ...

SZ: Wie meinen Sie das?

Rinke: Der Reichtum, den es am deutschen Theater gibt, der wird einem ja erst hier richtig klar. Eben war ich zum Beispiel mit der Regisseurin am Strand, da haben wir Sand geholt, weil in dem Stück an einer Stelle Putz von den Wänden bröckeln soll. Gibt's aber nicht. Also fahren Regisseurin und Autor an den Strand und holen Sand. Jeder Filter für einen Scheinwerfer, den man hier braucht, bedeutet für das Theater ein finanzielles Desaster. Vorhin war Fotoprobe. In Deutschland laufen da circa 50 Fotografen rum, hier aber stand nur der Theaterdirektor mit einer Pocketkamera auf der Bühne und knipste selbst. Es ist einfach überhaupt kein Geld da.

SZ: Das klingt aber mühsam. Lässt sich so überhaupt arbeiten?

Rinke: Amélie Niermeyer nimmt das mittlerweile alles mit Humor. Am Strand hat sie nur noch gelacht. Ich glaube auch deshalb, weil wenigstens die Schauspieler grandios sind. Sie hat 900 Schauspieler gecastet und drei genommen, alle ungefähr so gut wie Dustin Hoffman und Meryl Streep, so was findet man ja in Deutschland gar nicht so leicht. Aber am Anfang kam sie überhaupt nicht zum Inszenieren. Sie brauchte zum Beispiel fünf Kühlschränke. In Deutschland sagt man das dem Ausstatter, und am nächsten Tag sind die dann da. Hier musste das ganze Team die Kühlschränke auf den Schrottplätzen suchen. Dann stinken die natürlich alle, wir haben sie heute vor der Probe auswaschen müssen.

SZ: Liegt das am Odyssey Theater?

Rinke: Nein. Das ist ein richtig angesehenes Theater, eines der ältesten von Los Angeles. Aber das ist eben eines der typischen

99-Plätze-Theater – bei 99 Plätzen muss das Theater keine Honorare und Gehälter zahlen. 99-Plätze-Theater ist hier wohl das, was in New York Off-Off-Broadway heißt. Da gibt es überhaupt keine Zuschüsse.

SZ: Aber so ein traditionsreiches Haus in Hollywood müsste doch reiche Gönner finden.

Rinke: Ja, den Berliner Senat! Der hat diese Aufführung zusammen mit dem Goethe-Institut Los Angeles und der Villa Aurora mitfinanziert. Die reichen US-Gönner investieren wohl eher in Steven Spielberg oder in die Oper in Downtown, nicht in deutsche Dramatik. Das Team hier besteht aus lauter Freiwilligen, das muss man sich mal vorstellen. Der Toningenieur zum Beispiel ist der Nachtwächter eines Hotels. Der macht tagsüber den Ton bei den Proben, und abends geht er in sein Hotel und macht Nachtschicht. Ich habe ihn gefragt, warum er das macht, wo es doch kein Geld gibt, und warum er nicht lieber tagsüber schläft. Er meinte, auf diese Weise würde er wenigstens nicht so viel Fernsehen gucken.

SZ: Aber die Schauspieler werden doch sicher einen Tariflohn bekommen?

Rinke: Die kriegen pro Vorstellung sieben Dollar Fahrgeld. Sieben Dollar! Hier kriegt man nicht mal einen Kaffee für sieben Dollar. Für die drei Rollen haben trotzdem 900 Leute vorgesprochen. Die wollen unbedingt spielen. Es gibt Schauspieler in L.A., die zahlen sogar dafür, dass sie spielen können. Weil sie hoffen, dass sie von einem Agenten gesehen und für einen Film gecastet werden. Deswegen müssen die Stücke auch immer schön kurz sein, weil die Agenten bei mehr als zwei Stunden erst gar nicht kommen.

SZ: Interessieren sich die Schauspieler denn auch für das Theater selbst?

Rinke: Schon, sie sind ja auch wirklich sehr gut. Allerdings dadurch, dass sie kein Geld bekommen, können sie auch jederzeit wegbleiben. Die müssen nur einen Auftritt in einem Werbespot haben, schon lassen sie alles fallen. Beim ersten Durchlauf war zum Beispiel die Schauspielerin nicht da, weil sie einen Werbespot für Turnschuhe hatte. Gewerkschaftlich ist das hier so geregelt, dass Schauspieler sogar am Tag der Premiere für einen Werbespot die Vorstellung schmeißen können. In Deutschland würden die Regisseure ausflippen.

SZ: Kommt da überhaupt jemand – bei einem deutschen Autor, der noch nie in Los Angeles gespielt wurde?

Rinke: Dadurch, dass das Theater so angesehen ist, kommen die Leute über den Highway hier rausgefahren. Hat man mir versprochen! Das Odyssey Theatre ist dafür bekannt, neuartige Sachen zu machen. Die haben hier – okay, das klingt für deutsche Verhältnisse jetzt nicht so neuartig –, aber die haben hier zum Beispiel «Faust» aufgeführt. Oder sie haben Brecht gespielt. Na ja, der ist schon ein bisschen eingeführt in Hollywood. Mit meinem Stück spielen sie seit langem mal wieder einen jungen deutschen Autor. Der letzte war, glaube ich, Botho Strauß vor zwanzig Jahren. Das ist wirklich mutig. Der Theaterdirektor ist schon ganz nervös. Und hat auch seine Pocket-Fotos zum Erwerb ausgelegt. Der muss ja auch seine Büros hier irgendwie finanzieren.

SZ: Und wer kommt da so? Ist das dann doch Hollywood, das seine Wurzeln im Theater nicht vergessen hat?

Rinke: Das habe ich auch gefragt. Es kommen wohl eher die eingefleischten Theaterabonnenten. Was das für Leute sind, davon habe ich gestern eine Ahnung bekommen. In der Oper gab es «Pique Dame» mit Placido Domingo, grauenhaft. Ein Riesen-Auflauf der High Society. Da war eine Deutsche, die mit einem sehr reichen Mann verheiratet ist, die meinte, ja, von meiner Premiere habe sie gehört und sie habe auch schon Karten besorgt. Da dachte ich mir: Na Mahlzeit, das ist ja nicht gerade das Publikum, von dem ich als Autor geträumt habe. Die Frau hatte drei Kilo schwere Klunker an den Ohren. Neben ihr saß Buzz Aldrin, der mit Neil Armstrong zum Mond geflogen ist. Der will auch kommen mit seiner Frau. Also das finde ich dann wieder toll: Der zweite Mann auf dem Mond in meinem Stück.

SZ: In New York gab es dieses Jahr eine totale Theaterhysterie. Erst der große Ansturm auf «The Producers», dann auf Tschechows «Möwe» mit Meryl Streep. Das war vor allem junges Publikum.

Rinke: Das habe ich auch gehört. Ich treffe morgen eine junge Frau, die gibt mir Yoga-Unterricht, die ist natürlich auch Schauspielerin. Yoga-Lehrer und Schauspieler, das sind hier die gängigsten Berufsgruppen. Diese Frau hat gerade Tschechow gespielt am Odyssey. Sie sagt, das sei sehr gut angekommen. Es gibt also durchaus ein Publikum.

SZ: Vielleicht gibt es dann bei der Premiere ja doch noch ein wenig Hollywood-Glamour …

Rinke: Könnte schon sein. Gestern zum Beispiel rief Brad Pitt hier an. Der Mann der Kostümbildnerin ist nämlich Architekt, und der baut mit Brad Pitt ein Museum für dessen Stühle. Brad Pitt sammelt angeblich wie ein Irrer Stühle. Und nun versuchte er, über die Kostümbildnerin deren Mann zu erreichen und rief auf ihrem Handy an. Da stand die Frau dann mit rosigen Wangen und sagte: «It's Brad!» Und das inmitten von dem ganzen Staub und all den Sachen, die nicht funktionieren. Dass Brad Pitt auf dem Handy anruft, fand ich ja dann schon ein bisschen Hollywood.

Interview: Andrian Kreye
Süddeutsche Zeitung, 8. 9. 2001

WER IN DER LUFT TOMATENSAFT TRINKT, DER IST GUT IM GESCHÄFT

INTERVIEW MIT MORITZ RINKE

DIE WELT: Ihr neues Stück trägt im Titel den Namen der versunkenen Stadt Vineta, die kaum jemand kennt. Warum haben Sie sich nicht für Atlantis entschieden?

Moritz Rinke: Im Stück geht es eigentlich gar nicht um die Sage, sondern der Name – verbunden mit etwas Verheißungsvollem, Schönem – wird als utopischer Begriff von den Figuren wie ein Werbeslogan benutzt. Atlantis konnte man nicht nehmen, das war schon zu besetzt. Utopia geht auch nicht, das ist wohl zu platt. Also Vineta. Ist auch im Theater noch nie vorgekommen, glaub ich.

DIE WELT: Der volle Name des Dramas lautet «Republik Vineta», welche Geschichte wollen Sie uns erzählen?

Rinke: «Republik Vineta» ist im Stück ein Arbeitstitel für eine Insel im Bottnischen Meerbusen, etwa so groß wie Capri. Dort gibt es nichts außer einem Leuchtturm und ein paar Fischerhütten. Die Insel ist von einer ominösen «Delta AG» gekauft worden, die wiederum einen Herrn Leonhard beauftragt hat, einen Planungsstab zusammenzurufen, um bei Gotha im thüringischen Wald in einer alten, verfallenen Villa und in aller Abgeschiedenheit einen neuen, idealen Staat zu erdenken, der auf der Insel errichtet werden soll.

DIE WELT: Eine neue gesellschaftliche Utopie nach dem Scheitern der großen sozialistischen Utopien des 20. Jahrhunderts?

Rinke: Der Leiter des Projektes hat erst einmal ein Faible für die gescheiterten Utopien. Er sieht sich in Paris immer die Guillotinen aus der Französischen Revolution an, die beflügeln seinen Geist. In der Republik Vineta will er einen «Themenpark der verlorenen Träume» bauen lassen, in dem er neben der Guillotine eine Lenin-Statue und eine auf Kuba stationierte Rakete ausstellen will, die während der Kuba-Krise auf das Weiße Haus in Washington gerichtet war. Lenin geht aber leider mit dem Frachter unter, der ihn zur Insel bringen sollte. Er wird jedoch geborgen und an einem Hubschrauber hängend zur Insel Vineta geflogen.

DIE WELT: Wie frei ist die Geschichte, sind die Figuren erfunden?

Rinke: Die Arbeitsbedingungen des Planungsstabes und die Konstellation der Männer, die dort arbeiten, sind realistisch angelegt, orientieren sich an den Planungsstäben, die in England ganze Städte konzipierten. Hier kommen Menschen aus unterschiedlichsten Berufsgruppen zusammen, die so normalerweise nie gemeinsam an einem Tisch sitzen würden. Permanent krachen jetzt Berufswelten aufeinander – beispielsweise die des Hamburger Kapitäns und die des Unternehmensberaters. Sie müssen aber miteinander arbeiten, weil sie nicht – wie sonst im Berufsleben – in einer abgekapselten und fachidiotischen Zelle sitzen, sondern gemeinsam eine neue Welt bauen. Die Figuren des Stückes sind mir teilweise begegnet. Der Berliner Architekt zum Beispiel, einer, der auf dem Potsdamer Platz Bauarbeiter mit vorgehaltener Pistole auffordert, die Arbeit einzustellen, weil sie so einen unglaublichen Mist bauen. Den Kapitän habe ich kennen gelernt, als ich Schiffsjunge war – auf der Strecke Hamburg–New York.

DIE WELT: Wie schließt sich die «Republik Vineta» an Ihre bisherigen Arbeiten an? In «Der Mann, der noch keiner Frau Blöße entdeckte» oder in «Männer und Frauen» geht es ja noch stärker um Beziehungen und Entfremdungen und die formulierte Trauer darüber.

Rinke: Im neuen Stück habe ich mich viel stärker auf ein konkretes Thema konzentriert. Die Männer in «Republik Vineta» sind, hoffe ich, ein Abbild verschiedener Gruppen unserer Republik, darüber hinaus sind sie alle berufen, Höheres zu leisten. Man kann ja solche Männer in den ICEs und Flugzeugen mit ihren

Laptops und Handys sehr gut beobachten, wie sie geschäftig und bedeutsam ihren Tomatensaft trinken. Es gibt eine alte Regel: Wer in der Luft Tomatensaft trinkt, der ist gut im Geschäft. Sie lachen, aber die Kehrseite ist doch, dass dies auch schon ihr ganzes Selbstbild ist. Der Fetisch Erfolg, den wir alle leben und durch den sich die Tomatensafttrinker definieren. Ihr Erfolg macht sie süchtig. Die Angst aber, keinen Erfolg zu haben, führt andere Menschen in dieselbe Sucht. In Deutschland gibt es schon mehrere Therapiezentren für Arbeitssüchtige. Sie glauben ja gar nicht, was da los ist. Von der Putzfrau bis zum Bäcker oder dem Beamten im Arbeitsamt, alle total wahnsinnig. Man braucht ja gar nicht an die Ränder der Gesellschaft zu gehen, sondern die Katastrophen finden auch in der Mitte statt. Die nächste Fusion reißt wieder Tausende in die Tiefe.

DIE WELT: Warum schreiben Sie heute, nach der Wiedervereinigung, gegen die Erfahrung des Scheiterns gerade politischer Utopien an?

Rinke: Zum einen muss jede Generation ihre eigene Kraft ausprobieren und ihre Ziele formulieren, auch wenn sie dann zwanzig Jahre später genau dort ankommt, wo die vorherige Generation jetzt schon auf der Stelle tritt. Das haben wir ja mit unseren 68ern so erlebt. Zum anderen habe ich mir vielleicht den Machtkampf zwischen Schröder, Lafontaine und Scharping als Vorbild genommen. Wie aus den Idealen und einer vielleicht linken Programmatik am Ende nur noch Machtspiel und Pragmatik wird. Wo ist denn heute der Unterschied zwischen Sozialdemokraten und Christdemokraten, mal ehrlich, was wollen die eigentlich?

DIE WELT: Fällt es Ihnen nicht schwer, das Stück aus der Hand zu geben?

Rinke: Natürlich gibt man das Kind aus der Hand, das man liebt. Der Vorgang ist für alle anderen normal, nur eben nicht für den Autor. Aber das ist ja auch das Schöne, da erzählen jetzt andere die Geschichte, entscheiden vielleicht auch anders, als ich entschieden habe. Tja, ist ja schön, richtig, tut aber trotzdem manchmal weh. Ich saß gerade im Volksparkstadion und habe mir überlegt, welche Rolle der Autor beim Fußball spielen würde. Der Autor ist nicht der Trainer (das ist der Regisseur), nicht die Spieler (das sind die Schauspieler), und dann dachte ich, er ist der Torwart, weil er die Tore reinkriegt, wenn die Mannschaft schlecht spielt. Stimmt aber auch nicht, denn der Torwart kann ja glänzen, wenn die anderen nicht gut in der Abwehr stehen. Dann aber fiel das 3:2 gegen den HSV, und da wurde mir klar: Der Autor ist der Stadionsprecher, der das kommentieren darf, was schon passiert ist.

DIE WELT: Haben Sie eine persönliche Utopie?

Rinke: Ja, aber wahrscheinlich kann man sie auf dem Theater nur noch behaupten, wenn man sie ganz weglässt oder zerstört und dadurch die Sehnsucht nach ihr weckt. Ich kann sie aber nie ganz zerstören, sie liegt immer in der Zärtlichkeit und Sehnsucht einiger Figuren. Und schön wäre, wenn die Zuschauer Lust hätten, an der «Republik Vineta» mitzuarbeiten, und sagen würden: «Das ist doch ein Raum, den müssen wir füllen, mit Kraft und guter Energie.»

Die Welt, 22. 9. 2000

TEXTE ZUM THEATER

WAS FÜR EIN BETRIEB!

Ein schwarzes Auto mit einem Sarg und einem großen Kreuz vorn auf der Haube fährt langsam durch die engen Gassen des sizilianischen Dorfes Taormina. Dahinter, im Auspuffqualm des Autos, eine alte, weinende Frau. Neben ihr zwei auf den Boden blickende Männer in viel zu eng sitzenden Anzügen, gefolgt von einem Geistlichen und von etwa fünfzig Menschen mit zerfurchten Gesichtern, gebückten Haltungen, Handstöcken und einem kleinen Mädchen dazwischen mit schwarzer Schleife im Haar.

Hinter dem Trauerzug beginnt der Stau. Gemüseautos, Karren mit frischen Meeresfrüchten, Zitronen und Mandarinen; Schwarzafrikaner mit Schmuck und Sonnenbrillen; Touristen mit Eiscreme, bunten Sonnenhüten und weißen Beinen.

Dahinter wiederum, und von einer Anhöhe aus gut zu sehen, eine feierlich hinterherschreitende Abteilung ebenfalls dunkel gekleideter Menschen, die aber nicht wissen, warum es auf der Straße nur so langsam weitergeht. Einige tragen mehrere Zeitungen unterm Arm, andere bewegen mit großen Gesten ihre Hände hin und her und sprechen abwechselnd mit dem einen oder anderen. Plötzlich ist der Theatermagier Robert Wilson zu erkennen, der beim Gehen einige faxähnliche Papiere durchsieht und eingerahmt wird von Meeresfrüchten und Schwarzafrikanern. Hinter ihm läuft, ebenfalls deutlich zu erkennen, Christoph Marthaler, ein weiterer berühmter Theaterregisseur, der jetzt plötzlich stehen bleibt und einen Ruccola-Salat kauft. Des Weiteren im hinteren Teil des Trauerzugs: Ivan Nagel, der große Essayist und Adorno-Schüler, flankiert von Jack Lang, dem ehemaligen französischen Kulturminister und jetzigem Direktor des Mailänder Piccolo-Teatro; sowie Luca Ronconi, italienischer Meisterregisseur, Franco Quadri, italienischer Kritikerpapst, Torsten Maß, Berliner Festspiele, Frédéric Ferney, «Le Figaro» sowie «Neue Zürcher Zeitung», «The Guardian», Rai uno, FAZ, taz und Antenna Sicilia und weiteren, ungefähr achtzig Theaterleuten inklusive Berliner Ensemble, Produktion «Der Ozeanflug», Bertolt Brecht.

Was für eine sonderbare Prozession!

Vorne die Trauer alter Sizilianer, die in ihrem Leben einmal, vielleicht zweimal einen schwarzen Anzug tragen und am Ende, überbrückt durch Neckermann-Tourismus und Dritte Welt, das europäische Defilee der Top-Kultur. Wie wahr, wie richtig, wie bezeichnend ist dieses Bild. Vorne weiß niemand etwas von hinten, und hinten weiß niemand etwas von vorne.

Mehr wäre eigentlich gar nicht zu sagen.

*

Jedes Jahr wird also im sizilianischen Taormina der wichtigste (also höchstdotierte) europäische Theaterpreis verliehen. Bisher wurde der Preis durch die Europäische Union sechsmal vergeben: an Ariane Mnouchkine, Peter Brook, Giorgio Strehler, Heiner Müller, Robert Wilson und jetzt an Luca Ronconi sowie den Preis für «Neue Wirklichkeiten des Theaters» an Christoph Marthaler. Jedes Jahr finden um die Verleihung herum Konferenzen statt und Aufführungen sowie Workshops oder Proben. Diesmal jedoch hatte man sich innerhalb des vereinbarten Diskussionsraumes wenig zu sagen. Eine der Hauptveranstaltungen: «Die Methode des Luca Ronconi» geriet zu einer mehrstündigen Heiligsprechung des Regisseurs von ungefähr 30 italienischen Schauspielern, die alle auf der Bühne saßen und sich gegenseitig in immer blödere und devotere Anekdoten über den Meister steigerten, der seit Strehlers Tod die Krone des italienischen Theaters trägt und heute das Teatro di Roma leitet.

Kein Mensch sprach über die Aufführungen, zum Beispiel über Karl Kraus' «Die letzten Tage der Menschheit», jener Großinszenierung von Ronconi in der Turiner Lingottofabrik von Fiat, wo sich angeblich Schauspieler in Hubschraubern und in Lokomotiven durch das Bühnenbild bewegten. Am Beispiel dieser Aufführung hätte man wahrscheinlich wunderbar über die «Neuen Wirklichkeiten des Theaters» sprechen können, sich fragen können, ob das, was man macht, eigentlich noch mit denen zu tun hat, die den Trauerzug anführen, denn das war ja ursprünglich auch einmal eine Idee von Theater – «die samaritische Sympathie mit den Glanzlosen und Hinfälligen», wie es Ivan Nagel in seiner Rede auf das Marthaler-Theater beschrieb.

Stattdessen ist es heute viel interessanter zu hören, dass Ronconi in der Probenarbeit zu «Die Brüder Karamasow» von Dostojewskij für die Schauspieler Kaffee kochte. Dies wird von mehreren Seiten bestätigt und soll den umfassenden Humanismus zeigen, dem sich dieses Theater verschrieben hat.

Na ja, wenn im «Gravitationszentrum des Bewusstseins» (typische Theaterformel) der Regisseur Kaffee für seine Schauspieler kocht, bevor sie mit dem Hubschrauber durchs Bühnenbild fliegen, dann ist ja alles in Ordnung!

*

Das Festival von Taormina kostet ungefähr eine Million Mark in drei Tagen, mit allen Einladungen, Gastspielen, Flügen, Banquett etc. Behauptete man jetzt, Taormina sei so eine Art Symbol für den immer noch reichsten Subventionsbetrieb, dann wird es schwierig. Subventionsdebatten unterliegen ja in Deutschland der Patt-Situation. Wer ein schärferes Bewusstsein dafür einfordert, wie man das Geld und mit welcher Energie wo einsetzt, der kippt Wasser auf die Mühlen der Bürokraten und Kämmerer, sagt man. Und das stimmt sogar wahrscheinlich. Darum muss man vermutlich, statt ein schärferes Bewusstsein einzufordern, das Noch-Luxuriöse darstellen als etwas Schon-Ruinöses – das machen wir ja permanent in Deutschland, und dies ist aus Sicht der Theater eigentlich auch schon wieder sehr stimmig: Wer stets mit Silberbesteck speiste und jetzt plötzlich nur noch mit den Händen, dem geht es einfach definitiv schlechter.

Die Wochenzeitung «Die Zeit» hat kürzlich in einer Kontroverse die Subventionskultur diskutiert. Sigrid Löffler erklärte darin, dass das Etikett der «staatlich subventionierten Elendsinszenierung» (Ulrich Greiner über Hans Kresniks Arbeit) nur dann zuträfe, «wenn nachweisbar wäre, dass eine nicht staatlich subventionierte Elendsinszenierung per se besser sein muss». Das ist ein interessanter Gedanke, aber vermutlich in Deutschland gar nicht zu beweisen. Denn das gesellschaftliche Bewusstsein und die politische Haltung einer Aufführung werden immer im Schatten der Ästhetik beziehungsweise des im Namen der Kunst betriebenen Aufwandes stehen – und der lässt sich von den Feuilletonisten vorläufig eher im Subventionsbetrieb entdecken als in den Mühen oder der Wut mittelloser Idealisten.

*

Warum in Sizilien eigentlich so an der Sache zweifeln?

Warum nicht einfach auf die Piazza setzen, auf das Mittelmeer sehen und dabei eine selbst gepflückte Mandarine essen? Jetzt in der Bar Torrisi unter Pinien und Palmen Vino rosso ordern! Hat Heiner Müller auch schon so gemacht. Und Aischylos. Goethe. Marcel Proust. Wilhelm II., Woody Allen. Sie saßen alle in der Bar Torrisi, einer Tavola Calda und vermutlich berühmtesten Theaterbar der Welt, und redeten und redeten.

Am Nebentisch höre ich, wie ein Theaterdirektor aus Belgrad Unterricht in der Aussprache der Theatervokabeln erhält. Gerade ist das Wort «Marthaler» dran, doch der Mann aus Belgrad sagt immer «Marthov». Er wird jetzt unterrichtet von den Kritikern Rudolfo di Giammarco von «La Repubblica» und Jean-Pierre Leonardini von «L' humanité». Rudolfo di Giammarco spricht «Marthaler» aus mit rollendem «rrrrr», hinten und vorne. Jean Pierre Leonardini aber mit lang gezogenem «aaaaa», ebenfalls hinten und vorne. Ein paar Minuten später steht der Mann aus Belgrad plötzlich auf und ruft «Marrrrrthaaaaaler!!!» über die Piazza, und alle klatschen.

Jetzt gehört er dazu. So funktioniert das System. Europäische Theaterleute können sich wunderbar in gebrochensten Sprachbrocken unterhalten, wenn sie nur immer dem Ruf der Namen folgen und sie wie Reporter beim Pferderennen mit einiger Emphase in die Runde werfen: «Marrrrrthaaaaaler!!!» oder «Heinäär Müüüüler» oder «Wilsoooon» (absolute Experten sagen einfach nur «Bob!») – das reicht, und schon lernt man sich kennen, tauscht Visitenkarten, umarmt sich oder lädt sich gleich gegenseitig ein zu den jeweils eigenen Festivals in Avignon, Lisboa, Capri, Granada, La Abadia …

*

Was für ein Betrieb!

*

Ich schlendere durch Taormina und sehe über das Meer. Vorne, auf einem einsamen Plateau mit Palme sitzt Professor Ernst Schumacher aus Berlin, der alte Brecht-Experte mit weißem Haar, buschigen Brauen. Ich glaube, er geht seit 65 Jahren ins Theater und hat von Piscator über Gründgens bis Marthaler alles mitgemacht. Jetzt sitzt er einfach auf einem Klappstuhl da, starrt über das Meer und steckt ab und zu in langsamen, gefrierenden Bewegungen, die irgendwie an Bob Wilson erinnern, eine Mandarine in den Mund. Er sieht traurig aus.

*

Am letzten Tag, um fünf Uhr morgens auf der Piazza. Das Berliner Ensemble hat am Abend zuvor die 400 000 Mark teure Robert-Wilson-Aufführung von Brechts «Der Ozeanflug» präsentiert (Hubschrauber?! Hubschrauber?!), und jetzt sieht die Piazza aus wie ein Fabrikgelände. 20 Techniker des Berliner Ensembles sowie einige sizilianische Hilfsarbeiter schleppen ungefähr 90

Scheinwerfer durch Taormina, die dann von Sizilien ein paar Tage mit Transportern, Schiffen und Lokomotiven zurück ins Berliner Ensemble gefahren werden, das derweil zu Hause den Rest des Repertoires vermutlich mit Taschenlampen beleuchtet, während Robert Wilson bereits in Los Angeles oder Tokio längst wieder mit anderen Scheinwerfern zaubert.

Ja, was für ein Betrieb.

Ich bin müde.

Auf dem Weg zum Hotel, am Rande der engen Gasse, plötzlich eine schwarze Schleife. Ich glaube, das sizilianische Mädchen trug sie im Haar, als es zwischen den Trauernden dem Auto mit dem Leichnam folgte.

DIE AVANTGARDE! Ein Tagebuch

FÜR TOM STROMBERG UND BENJAMIN HENRICHS

18. Juni, zwei Tage* vor *Eröffnung der Kasseler documenta X, (dX):

Treffen aller Beteiligten des neu gegründeten documenta-Theaters und erstes Abschreiten des Parcours. Gemeinsames Ziel aller ist das Laisser-faire der Flaneur-Technik von Walter Benjamin: Alles wird konstituierender Faktor und steht in fließender Beziehung und Durchdringung: Innen und Außen und Kassel und Welt. Ich befinde mich in folgender Gruppe: Der Welttheaterstar mit obligatem Strohhut und der Empfehlung, sofort im Restaurant «Gambero Rosso» dinieren zu gehen. Dahinter der genialische Fotograf mit Gehstock und Belichtungsmesser, gefolgt vom Musiktheaterinnovator mit Abhörgerät und zunehmendem Klangteppich sowie dem Kurator des documenta-Theaters mit drei Handys plus Assistent.

Acht Stunden später. Beim Abendessen. Der Nachwuchsregisseur spricht von Migrationsproblemen anhand äthiopischer Krautpflanzen und anderer Neophyten zwischen den Bahngleisen im Kulturbahnhof. Der Schaubühnenregisseur befindet sich mit der US-Choreographin im Streitgespräch über den Unterschied zwischen der «Globalisierung» (dX-Chefin) und dem urbanen Projekt als moderne Ruine in einer «fraktalen Gesellschaft» (auch dX-Chefin). Der Musiktheaterinnovator behauptet, über der Ausstellung läge der Klangteppich eines Utopismus und Irrationalismus in c-Moll. Der genialische Fotograf ruft: Ich will endlich eine Aura! Der Welttheaterstar sagt: Man könnte ja auch mal wieder ein Bild mit bunter Farbe malen. Das Telefon vom Kurator klingelt. Der französische Theaterdirektor ist zusammen mit dem belgischen Theaterdirektor eingeschlafen. Mein persönliches Ziel: die dX-Chefin und damit den Pariser Postmodernismus noch vor Mitternacht betrunken zu machen. Um Mitternacht erklärt die dX-Chefin, die documenta wolle in einer «manifestation culturelle» auch jene Herausforderung annehmen, die von der Krise des Theaters ausgehe.

Mitte Juli: Ich rufe in Kassel an und frage, was denn außer der «manifestation culturelle» das eigentliche Konzept sei und dass es schwierig ist, etwas zu dokumentieren, was es in Kassel noch gar nicht gibt, aber unbedingt jetzt dokumentiert werden muss.

Ende Juli: Der Kurator ruft aus Melbourne an und erklärt, dass er im Flugzeug folgende konzeptionelle Ideen hatte: Der Welttheaterstar stünde in Kassel für die Kategorie der Zeit. Demnach der Schaubühnenregisseur für den Raum und die US-Choreographin für die Bewegung. Der Rest sei klar. Belgischer Theaterdirektor: Poesie. Französischer Theaterdirektor: Text. Musiktheaterinnovator: Musik. Nachwuchsregisseur: RAF. Zweiter Nachwuchsregisseur: Zeitgeist. Und der genialische Fotograf fotografiert das alles.

Anfang August: Der Assistent ruft an und erklärt, der Welttheaterstar sei verschollen und damit die Kategorie der Zeit. Er sagt, das Einzige, was in der documenta-Produktion des Welttheaterstars feststehe, sei der Hospitant. Dafür aber gebe es folgende Entwicklungen: Der Schaubühnenregisseur überlege, die neu gegründete Fußballmannschaft der Schaubühne auf der documenta als Sinnbild einer «fraktalen Gesellschaft» (dX-Chefin) trainieren zu lassen. (Raum: Niederaue). Der zweite Nachwuchsregisseur (Zeitgeist) wolle in einem östlichen Straßenbahntunnel die Schauspieler anreisen lassen, die dann aussteigen und nach ca. 15 Minuten wieder aus Kassel abreisen werden.

Mitte August: Der Kurator ruft aus Helsinki an und erklärt, ihm sei im Flugzeug klar geworden, dass sich das Avantgarde-Theater der neunziger Jahre vielleicht immer mehr entfernen müsse vom verfertigten Ereignis hin zum Unvollendeten, Angerissenen, offen Klaffenden, das sich lokalisiere zum «urbanen Unikat» (dX-Chefin) ohne Jetset und ohne «Kirmeseffekt» (auch dX-Chefin).

Immer noch Mitte August: Der Assistent ruft an und sagt, der Schaubühnenregisseur habe sein Konzept plötzlich umgestellt. Er werde jetzt eine berühmte Filmschauspielerin zwei- bis sechsminütige Ferngespräche in Kasseler Telefonzellen führen lassen: als Sinnbild von Urbanität (dX-Chefin) bei gleichzeitiger Globalisierung (auch dX-Chefin). Die anderen Regisseure seien entweder verschollen oder hätten noch nicht so konkrete Vorstellungen. Wahrscheinlich werde es einen sehr bunten Abend geben mit Elementen wie einer Orgel, die in c-Moll Irrationales über das Lautsprechersystem der Bundesbahn spielt (Poesie), Caligula-Fragmenten als Fanal der globalen Verpflichtung zum Widerstand (RAF) sowie ein Spiel mit einer Videofixkiste, in der Stimmungen und Meinungen zur documenta 6 vor zwanzig Jahren aufgezeichnet werden (Zeit).

Ende August: Der Kurator ruft vom Frankfurter Flughafen an und fügt hinzu, dass er im Übrigen gar nicht an ein lineares Fortschrittsmodell glaube im Avantgarde-Theater der neunziger Jahre. Er sehe in Anlehnung an den Pariser Postmodernismus eher synchronische Entwicklungen oder bunte Felder quer durch die Jahrhunderte. Und jetzt noch etwas Komisches: Er habe geträumt, dass man ihn verrissen habe (FAZ), weil er Oskar Schlemmer (Bauhaus) nicht eingeladen hat.

Ebenfalls Ende August: Der genialische Fotograf ruft an und fragt, ob ich wisse, wie die Sache in Kassel denn nun eigentlich ablaufen wird. Ich erkläre, dass ich nicht an ein lineares Fortschrittsmodell glaube und eher mit synchronischen Entwicklungen rechne oder bunten Feldern quer durch die Jahrhunderte. Wahrscheinlich als urbanes Unikat.

8 Minuten vor Redaktionsschluss: Der Kurator ruft überraschend aus Kassel an und erklärt, er stehe jetzt vor Ort im Parcours. Außerdem sei ihm gerade bewusst geworden, dass sich das Avantgarde-Theater der neunziger Jahre vielleicht eher konsequenterweise dahin entwickeln müsse, überhaupt keine Veranstaltung mehr zu sein. Er beziehe sich da auf den so genannten «Benetton-Effekt» (dX-Chefin), der die Vermarktung, Auflösung und das Versinken der Kunst in jedem Kulturpublikum beschreibe. Dann schaltete er sein Handy für immer ab. Hier endet das Dokument.

Der Autor war zusammen mit dem Fotografen Joseph Gallus Rittenberg Teilnehmer der documenta X innerhalb des documenta-Theaters.

ICH SAG EUCH, DIE WELT GEHT UNTER
Der Theaterdirektor Kurt Hübner

Kurt Hübner!

Als ich ihn kennen lernte, war ich siebzehn. Hübner inszenierte am Bremer Theater den «Kaufmann von Venedig» und war also ein Jahrzehnt nach seiner legendären Bremer Intendanz noch einmal zurückgekehrt. An einem probenfreien Abend ging er ins «Wintermärchen» der Bremer Shakespeare Company, wo die Mutter meiner ersten Freundin Sekretärin war. Und dort also sah ich ihn. Ein Mann im blauen Pullover, einem riesigen Hemdkragen, die Brille ziemlich weit vorne auf der Nase und diese kritisch prüfenden Augen! Ich schlich mich vorsichtig an ihn heran und sagte leise: «Herr Hübner, Guten Tag, ich … also ich will auch zum Theater.» Er richtete sofort seinen Blick in die Höhe, sodass seine Nase, für die er ja berühmt geworden ist, wie ein Navigationsinstrument über dem Foyer lag. Seine ersten Worte waren: «Bur, ich rate ab!»

Hübner riet ab vom Theater. In der folgenden Viertelstunde, in der ich die erste Hübner-Rede hörte und die ich nur zusammenfassen kann, sprach Hübner von der ungeheuren Idiotie des Theaters, von dem immer mehr um sich greifenden «Firlefanz», dem «Tralala»; jawohl, die Welt sei wahnwitzig und kompliziert, das Theater aber ein über die Dinge hinweghuschendes «Tralala», eine jämmerliche Anstalt, in der die Eitelkeit, dieser ekelhafte Narzissmus und die Verlogenheit immer wachse und wachse, die Sachkenntnis, die Wahrhaftigkeit und Könnerschaft aber immer mehr und mehr herabsinke, sodass bald alles verkommen sei, auch das Kino, das Fernsehen sowieso, die Zeitungen auch, die verstehe heute kein Mensch mehr, lauter Geschwätz, hingesagte Frechheiten und Dummheiten, Müll, eben Tralala, außerdem werde die Welt in ein paar Jahren sowieso untergehen, das prophezeie er, denn alle Auspizien deuteten darauf hin, dass der Weltuntergang kurz bevorstehe. Hübner endete, verließ das Foyer, und ich entschied, vielleicht doch nicht zum Theater zu gehen, sondern eventuell Humanmedizin zu studieren.

Fünf Jahre später, 1989, bewarb ich mich für die Regieklasse von Jürgen Flimm in Hamburg. Das Prüfungsthema war Peter Steins «Tasso» von 1969, da war ich zwar schon zwei, hatte aber Steins Inszenierung trotzdem nicht gesehen, sondern musste auf ein Video zurückgreifen. Ivan Nagel, der über diese berühmte Aufführung mit Bruno Ganz, Jutta Lampe und Edith Clever geschrieben hatte, sprach von einer Inszenierung, die den Text auf die Herrschaftsform seiner Entstehungszeit prüfte und sie dann auf 1969 übertrug; die Theatermacher, so sah es wohl Stein, waren selbst Angestellte einer auf Kunstbefriedigung ausgerichteten Gesellschaft, die das Theater nur als Dekor ihrer Wohlstands-Fassade betrachte. Man sprach von «Emotionalclowns» auf der Bühne und hörte von Krächen zwischen Hübner, dem Theaterdirektor und seinen jungen Angestellten, denn Stein zog nach dieser Aufführung aus Bremen weg und gründete die Schaubühne in Berlin.

Ich rief Hübner in München an, wohin er nach seiner Intendanz an der Freien Volksbühne Berlin gezogen war, um dort, mittlerweile Ehren-Professor, Falkenberg-Schüler zu unterrichten. Hübner konnte sich an die Begegnung im Foyer halbwegs erinnern, war erst unwirsch, spürte aber die Hartnäckigkeit (darin ist er wohl sehr deutsch; er liebt das Insistieren), und dann fing er wieder an: Es war die zweite große Hübner-Rede, diesmal 90 Minuten, Ferngespräch, und damals gab's noch keine Anbieter wie Otelo oder Super24.

Hübner sprach über Peter Stein, diesen wunderbaren Demagogen mit seinen Mitbestimmungsreden, der ihn, Hübner, zur Weißglut brachte, weil er ja den Fortbestand des Theaters sichern musste. Er habe Stein in München aus einem Vietnamkriegs-Disput mit den Kammerspielen losgeeist, und das war dann der

Dank. Er sprach über Peter Zadek, der einen Skandal nach dem anderen fabrizierte, die er, Hübner, alle ausbaden musste: Onanie-Szenen in «Frühlings Erwachen», ein brennendes Theater in Ulm, wo Hübner zuerst Theaterdirektor war. Sogar Morddrohungen von Pastoren! Er berichtete vom Kritiker Siegfried Melchinger, der im Theater noch nie so viele Miniröcke gesehen habe, wie er Hübner gestand, dann über den «Bremer Stil», einen Begriff, den «Theater heute» geprägt hatte, um das Hübner-Theater von Stein, Zadek, Grüber, Minks, Kresnik, Palitzsch, Herrmann, Fassbinder, Ganz, Lampe, Clever, Rehm, Hoger, Carstensen usw. zu beschreiben, das Hübner aber als einzige Stillosigkeit empfand, weil da ja jeder in eine andere Richtung rannte und Zadek sogar in 17 verschiedene gleichzeitig. Dann sprach er noch von Günther Rühle, der ihn einen «Menschensammler» nannte, von Neuenfels, den er für die Volksbühne gewann, über Minetti, Gründgens, von dem er ein Autogramm erhielt, Käthe Dorsch, die er vergötterte, Heinz Hilpert, Heinrich Koch, Lothar Müthel, Jeßner, Noelte, Shakespeare, Kleist, den Zweiten Weltkrieg, Bismarck, Rembrandt, Michelangelo, Platon – und am Ende, wo mir klar wurde, dass ich gerade mein ganzes Bafög vertelefoniere, da prophezeite er mir, dass im Übrigen die Welt unterginge, alle Auspizien stünden auf Untergang, es sei ganz egal, ob ich meine Prüfung bei Flimm bestehe oder nicht bestehe, es hätte sowieso keinen Sinn. Dann legte er auf.

In der Prüfung schrieb ich, dass Peter Steins zugegebenermaßen interessante Aufführung die gesellschaftliche Relevanz von Theater in Frage stellte, aber Hübner müsse man auch verstehen; er wollte, er musste den Betrieb aufrechterhalten, er konnte dieses ewige Gerede nicht dulden, außerdem hatte Hübner ihn ja auch aus dem Vietnam-Disput in München gerettet, und das war jetzt wohl der Dank. Dann schrieb ich noch über Zadek, Käthe Dorsch, Bismarck, Platon und dass ich als Erstes bei Flimm in der Schule dieses berühmte Stück von Karl Kraus inszenieren möchte, weil die Welt eventuell bald untergeht.

Ich fiel durch.

Ein paar Jahre später wurde Kurt Hübner mit dem Fritz-Kortner-Preis ausgezeichnet, den die Zeitschrift «Theater heute» vergibt. Die Redaktion beauftragte mich, Kurt Hübner zu interviewen, und ich interviewte ihn in Montefino, seinem Sommersitz in den Abruzzen, genau vor dem Berg, auf dem man Mussolini festgesetzt hatte. Dort also im Garten, auf einem Komposthaufen sitzend, hörte ich die dritte Hübner-Rede, sie dauerte genau 48 Stunden und begann mit dem Satz: «Was soll man sagen?» und endete mit jener Prophezeiung und dem Satz: «Bur, ich rat ab!»

Das Gespräch hörte sich später auf Tonband an wie der Monolog einer zum Leben erweckten Figur von Thomas Bernhard. Ein grandioser, kritischer, böser, auch manischer, sich wiederholender, aber rhythmischer Monolog über die ganze Welt, nur, und das unterscheidet Hübner von einer Bernhard-Figur: neugieriger! Neugieriger auf das Neue, das von ihm noch nicht Durchdrungene. Bernhards grandiose Herren haben immer mit der Welt abgeschlossen, haben sich im Ekel abgewendet von ihr, was Hübner auch konnte, in dieser Rolle hatte ich ihn ja kennen gelernt; eine Rolle, die er auch heute immer wieder gerne spielt, aber in Wahrheit ist er über die Bernhard-Welt hinausgegangen, weil seine Neugierde ihn immer wieder nach vorne treibt.

Genau vor einem Jahr saßen wir, Hübner, sein Lebensgefährte Hans-Jürgen Punte und ein paar Theaterfreunde zusammen und feierten in Hübners 84. Geburtstag hinein. Es wurde geredet über Gott und die Welt, und auffällig war, mit welcher Hingabe Hübner immer wieder streitlustig ins Detail geht: Christoph Daums Haaranalyse, die Verlogenheit des DFB, unsere spießige Gesellschaft, das ganze Theater kokse ja, wenn man die jetzt alle entlassen würde; «Leitkultur»: was für eine Unreflektiertheit, was für ein Gesabbel, mit dem Leute, die nicht mal einen Satz von Heinrich von Kleist im Kopf haben, Begriffe in die Welt setzen, die wir nie wieder loswerden. Das Fremdwort «Oxymoron» fällt, und keiner weiß die genaue Übersetzung:

typisch Hübner, der jetzt aufsteht und den Duden holt. Hübner liest: «Zusammenstellung zweier sich widersprechender Begriffe in einem Additionswort, zum Beispiel ‹bittersüß› oder ‹Eile mit Weile›.»

An diesem Abend dachte ich, als Hübner aus dem Duden vorlas, dass er wohl am besten mit einem solchen Oxymoron zu beschreiben wäre – im Sinne von wissend-unwissend, fertig mit sich und der Welt, aber eben so neugierig; laut und bernhardisch in seinem Urteil über das Vergangene, aber so wach und vorsichtig für das Neue; laut-leise, schroff-sanft, polternd-zärtlich, alt-jung.

Alt-Jung! Das ist es. Kurt Ludwig Hans Hübner, geboren 1916 in Hamburg, reist heute mit 85 von A nach B, von C nach D, um Regietalente aufzuspüren und sie mit einem Bensheimer Förderpreis auszuzeichnen. Als der von Hübner entdeckte Peter Zadek 70 Jahre wurde und ein großes Fest in Berlin gegeben wurde, da sagte Hübner mit der Begründung ab, er müsse nach Bad Schwanstein reisen, um sich dort eine Studioproduktion von jungen Leuten anzugucken, die er vielleicht entdecken könnte, und Zadek sei ja schon entdeckt. Mühelos hätte sich Hübner an diesem Abend in Berlin mitfeiern lassen können, aber nein, er reiste nach Bad Schwanstein.

Ich kann Kurt Hübner jetzt nicht zu Ende beschreiben: Einerseits habe ich den Abstand verloren und mittlerweile bestimmt 700 Hübner-Reden gehört, denen ich allen im Großen und Ganzen zustimme. Andererseits, weil er besser die Fransen, Widersprüche und offenen Ränder behält, denn schließlich lebt er ja noch lange, zumindest so lange, bis die Welt untergeht. Diesen Triumph würde sich Hübner nicht entgehen lassen. Er würde wie Hagen von Tronje vor seinen Burgundern stehen und sagen: Ich fürchte, ich hatte Recht. Seht nur, wir gehen unter!

Rede zum 85. Geburtstag, gehalten im Bremer Theater am Goetheplatz

AUS DEM ARBEITSJOURNAL ZU «MÄNNER UND FRAUEN»

DER AUTOR SIEHT SEINE FIGUR AN DER IMBISSBUDE. FÜR WOODY ALLEN

Heute habe ich mein neues Theaterstück zur Post gebracht, es wiegt 55 Gramm mit Kuvert, in dem sich jetzt zehn Hauptfiguren befinden sowie sechs weitere Personen. Es ist ihre erste Reise und ich hoffe, es geht niemand unterwegs verloren.

Das wäre ja was. Ein Autor schickt sein Stück an das Theater. Einige Tage später, an denen der Autor immer auf und ab ging, ruft endlich der Dramaturg an und sagt, ja, es gefalle ihm. Der Autor jubelt und fragt, wie denn der Dramaturg das rondohafte Ineinanderfließen der Szenen bewerte, wie er über das Nebeneinander von Realismus und Traumspiel denke und wen er denn zum Beispiel mit der Figur der Verlorenen, der Protagonistin der Liebe, besetzen würde, aber plötzlich sagt der Dramaturg: «Entschuldigung, welche Verlorene denn?» Dann entsteht ein kurzes Schweigen, in dem der Autor sofort wieder völlig neurotisch wird und glaubt, der Dramaturg denkt, dass er mit einem ganz anderen Autor telefoniert (so was kommt ja auch manchmal mal vor), aber dann wird klar: Der Dramaturg hat das richtige Stück gelesen, aber es fehlt definitiv die Verlorene.

Einer meiner Lieblingsfilme ist «Purple Rose of Kairo» von Woody Allen. Da läuft nämlich eine Figur aus dem Film ins Publikum, weil sie einfach keine Lust mehr hat, in dieser idiotischen Handlung mitzuspielen. Heute habe ich mir den ganzen Tag vorgestellt, dass die Verlorene einfach aus meinem Stück weggelaufen ist, nicht weil die Handlung so idiotisch ist, nein, nein, das ist sie wirklich nicht, sondern weil die Verlorene in dem Stück so allein ist mit ihren Sehnsüchten und Träumen und zärtlichen Bildern. Aber wo ist sie jetzt? Hat sie sich irgendwo aus dem fahrenden Postauto gestürzt? Oder sitzt sie jetzt wieder irgendwo zwischen Berlin und Hannover und wartet auf den einen Menschen, der sie erkennt, der durch das, was sie scheint, hindurchsieht auf ihren Grund.

Der Dramaturg hat natürlich sofort den Theaterdirektor alarmiert und gesagt, dem neuen Stück sei sensationellerweise eine Figur weggelaufen, aber der Theaterdirektor begrüßte diesen Vorgang, weil ja jetzt alles etwas billiger wird. Man muss wissen, dass die meisten Theaterdirektoren bei jedem neuen Stück immer erst mal fragen: Wie viel Mal «H» (Herren) und «D» (Damen) und wie viel Mal «Dek» (Dekorationen). Ein wirklich typischer Dialog zwischen einem Dichter und einem Theaterdirektor ist der: Der Dichter: «Verehrter Herr Theaterdirektor, hier ist mein Werk!» Der Theaterdirektor: «Danke. Wie viel Deks?»

Na ja, aber in diesem Fall ordnet der Theaterdirektor an, dass die Figur in das Stück zurück muss und der Autor 48 Stunden Zeit hat, sonst platzt die Uraufführung.

Jetzt habe ich mir vorgestellt: Der Autor auf den Landstraßen zwischen Berlin und Hannover, es regnet in Strömen. Im Scheinwerferlicht sieht er, wie die Wassermassen herunterfallen, der Wind weht Äste und Laub auf die Landstraße und plötzlich – eine Person am Rande. Der Autor fährt langsamer, versucht die Scheinwerfer auf die Person zu richten, und plötzlich weiß er, dass dies nicht seine Figur ist. Er denkt noch kurz darüber nach, dass der hagere Mann in den hohen Stiefeln und mit dem langen Haar, der mitten auf der Landstraße durch die Nacht lief, so aussah, wie er sich immer den Werther vorgestellt hat. Und dass ihm jetzt vielleicht gleich eine Kutsche entgegenkommt mit einem Kutscher und Goethe, der aus dem Fenster guckt und auch auf der Suche ist.

Dann fährt er die Landstraße immer geradeaus, und in einem kleinen Dorf bei Wolfsburg hält er morgens um fünf vor einer Imbissstube an, weil er sieht, wie eine Frau einem Mann von hinten auf die Schulter tippt, dann aber plötzlich wegläuft, als der Autor die Scheinwerfer genau auf die Imbissbude richtet.

Er hat noch 16 Stunden Zeit.

Ich möchte mit diesem Bild enden, weil es ein bisschen, so hoffe ich, erzählt von der ständigen Suche, die man für das Schreiben auf sich nehmen muss, von der Angst, etwas nicht zu finden und der Hoffnung, dass es eine Figur plötzlich doch gibt und ich ihr «Hallo» sagen kann und «Bis morgen». Eigentlich steckt in dem Bild des Autors bei Nacht auf der Landstraße beides: die Suche und auch das Glück, dass man jetzt sehr genau weiß, wer da plötzlich weggelaufen ist.

PLÄDOYER FÜR EINE ARROGANTE NAIVITÄT/ ÜBER MODISCHE HALTUNGEN ZUR WELT

Was sind die bestimmenden Themen des neuen Dramas, das derzeit sehr stark mit Großbritannien in Verbindung gebracht wird? Man kann sie vielleicht in drei Komplexe zu einer britischen Triade zusammenfassen:

1. Ficken.
2. Bumsen.
3. Vögeln.

Eigentlich sind das ja sehr schöne Themen. Allerdings werden sie im neuen Drama nicht bis zum Ende hin durchvariiert, weil sie noch von einer weiteren Triade, einer Triade der Bedrohung, dramaturgisch kontrastiert werden.

1. Schwanz abschneiden.
2. Möse abschneiden.
3. Beides abschneiden.

Nun ist ja für jemanden, der ein deutsches Stück mit Frauen und Männern schreiben soll, damit schon alles gesagt. Zwischen 1. (Ficken) oder 2. (Bumsen) – siehe Triade 1 – beziehungsweise 3.

(Beides abschneiden), scheint ja die ganze Bandbreite der dramatischen Geschehnisse schon ziemlich abgegrast zu sein.
Welche Zwischenstufen bleiben noch?
Wie an den Triaden vorbeierzählen, wenn sie synonym gesetzt werden mit *jung, wild, pop, neu* und *next*, also den Attributen einer Kritik, die das Theater nur noch von den Extrem-, Reiz- und Endpunkten her beschreibt – was hier natürlich niemals in sich revolutionär ist, sondern nur eine kapitale Form verkaufbarer, kalkulierter Wut?
Und was, by the way, soll man nach 3. (Beides abschneiden) eigentlich noch erzählen?
Ich denke, danach wird es irgendwie schwierig.

Die Welt ist auf dem Theater darstellbar, wenn beides abgeschnitten wird. (Frei nach dem Organon von Brecht)
Oder einfacher: *Ficken ist aristotelisch.*

Gestern las ich in der Zeitung, dass die Autorentheatertage in Hannover neu ausgeschrieben wurden. «Das Interesse», so der Juror Ralph Hammerthaler, «gilt eher dem Rohen als dem Gutgemachten, eher dem Obsessiven als dem Diskursiven, eher dem durchtriebenen Bösen als dem harmlosen Guten, eher der alten subversiven Arroganz als der neuen angepassten Naivität.» Das hat mich überrascht. Angepasste Naivität? Wo gibt es denn heute im Drama noch so viel neue Naivität, dass man sich ihr anpassen könnte? Und was ist das eigentlich: Naivität? Wäre Naivität, die hier verbunden wird mit Nicht-Bösem und Nicht-Rohem, also die Sehnsucht, an etwas zu glauben, vielleicht sogar an Menschen, doch noch an Menschen?
Oder wäre Naivität, die hier verbunden wird mit Nicht-Subversivem oder einer Nicht-Arroganz, also etwas, das irgendetwas befürwortet, vielleicht sogar etwas Gutes, doch noch etwas Gutes?
Ich glaube, wenn jetzt jemand käme und es schaffen würde, dass man sich in Menschen und Figuren verliebt, dann wäre das viel

obsessiver und subversiver und übrigens auch arroganter als das oder alles andere. (Plädoyer für eine arrogante Naivität! Und jetzt gehen bestimmt wieder alle romantischen Schubladen auf.)

Das nur so jetzt dahingesagt. Es kann ja sein, dass der Juror etwas ganz anderes meint und ich nur so genervt bin vom Theater momentan und dem Herumposaunen der Kriterien. Ich wünsche auf jeden Fall dem Hammerthaler, dass er Stücke kriegt, in denen noch nicht alles abgeschnitten ist.

PS: «Erschrecklich zuvörderst für Dienstmädchen und behütete Bürgerkinder». (Stand heut' in der Zeitung! Rainer Stephan in der SZ über den «Gewaltkörperkult im Theater»)

DIE ARCHITEKTEN. ÜBERS STÜCKESCHREIBEN

Max Frisch hat einmal in einem Gespräch über eines seiner Stücke gesagt, er habe es zuerst auf einem Bierdeckel skizziert: Personal, Szenenfolge, Plot. Früher hat mir diese Bemerkung immer Mut gemacht. Wenn der Frisch ein Stück auf einem Bierdeckel konzipiert, dann kann das ja mit dem Stückeschreiben so ein großer Aufwand nicht sein.

Als ich mein neues Stück konzipierte, saß ich in einem spanischen Restaurant, und vor mir lagen ungefähr siebzehn Bierdeckel. Irgendwann machte ich ein paar Randbemerkungen auf die Tischdecke, die aus sehr schönem gehärteten Papier bestand, und am Ende, nachdem ich auf allen Stühlen um den Tisch herum gesessen hatte, fragte ich den Kellner, ob ich die Tischdecke mitnehmen dürfte.

Max Frisch war Architekt, der konnte das. Wer ein Haus baut, muss schon am Anfang wissen, wie das Dach aussieht. Es gibt ein Foto von Brecht und Frisch, aufgenommen auf dem Dach eines Schwimmbads in Zürich, das Frisch entworfen hatte. Auf dem Foto sieht man, wie beide auf einen Plan gucken und Frisch eine erklärende Geste macht, während ihnen der Wind durchs Haar weht.

Sehr oft beim Schreiben stelle ich mir die beiden auf dem Dach vor. Frisch zieht seinen Bierdeckel hervor und sagt zu Brecht: «So wird's gemacht.» Und Brecht sagt: «Ja, Frisch, so mach ich's eigentlich auch immer», denn Marxisten sind ja auch Architekten, zumindest wollten sie es sein.

Na ja, auf jeden Fall zieh ich dann auch meine Tischdecke hervor – zwei Meter mal ein Meter fünfzig – und sehe, dass nichts mehr mit dem übereinstimmt, was ursprünglich einmal gedacht war.

Die ganze, mit dem Schauspiel Hannover abgesprochene «Doktor-Faust»-Parallele, pünktlich zum 250. Geburtstag von Goethe, ist plötzlich weggebrochen. Eine der Hauptfiguren, Therapisto, ist spurlos verschwunden, und die sieben Bände vom «Dialektisch-emanzipatorischen Prinzip der Psychoanalyse und seine Konsequenzen für die tiefenpsychologische Therapie» habe ich, glaub ich, auch umsonst gelesen.

Vereinbart waren sechs Frauen und zwei Männer. Mittlerweile sind es zehn Männer und neun Frauen. Gestern hat der Regisseur angerufen und gesagt: «Du, wenn es morgen 90 Frauen sind und doch wieder zwei Männer, wart ich noch ein bisschen mit meiner Besetzungskonzeption!» Die Werkstätten wissen ja auch nicht, was sie bauen sollen. «Spielt das Stück nun im Himmel oder am Sandstrand von Marokko? Gestern hieß es noch, das Ganze sei eine Vision der Hauptfigur in ihrem Hirninneren, jetzt sollen wir plötzlich den Potsdamer Platz nachbauen!» Der Theaterverlag sagt: «Wir lassen jetzt seit Wochen jeden Tag von der Rechtsabteilung einen neuen Titel prüfen: *Therapisto, der Lehrmeister der Liebe, Die Verlorenen, Die Glücklichen, Die Glücklosen, Die Idioten, Frauen und Männer, Männer und Frauen*» (die habe ich schon alle patentieren lassen).

Heute Morgen, als ich aufstand und mich an meinen Schreibtisch setzte, sah ich auf dem gegenüberliegenden Dach, genau vor meinem Fenster, Herrn Winkler von der Hausverwaltung das Dach reparieren mit einem Kollegen. Aber plötzlich war Winkler nicht mehr Winkler, sondern mein Intendant. Er stand mit wehendem Haar genau vor meinem Fenster und sagte: «So wird's gemacht!» Und sein Dramaturg, ebenfalls mit wehendem Haar, sagte: «So mach ich's eigentlich auch immer.»

PS: Niemand muss den Potsdamer Platz nachbauen!

THE YOUNG ARE OLD.
WAS IST «JUNGES THEATER»?
Rede auf einem Kongress

Ladies and Gentleman,
The young are young.
The old are old.
The old want that the young are young.
But the young don't want to be young as
the old want the young to be young.
The old want that the young are so young
as they were young a long time ago.
Or as they missed to be young a long time ago.
So the young want to be different young as
they are forced to be young.
Now they are artificially young.
But in reality they are old. Thank you.

Der Autor hielt diese Rede auf dem «Europäischen Theaterforum» mit dem Thema «Junge Regie» in St. Étienne im Sommer 1998.

WEST HOLLYWOOD, 11. SEPTEMBER 2001

So still war diese Stadt wohl noch nie. Downtown gesperrt, die Straßen vollkommen leer, die öffentlichen Gebäude innerhalb einer Stunde evakuiert, die US-Navy mit Abwehrraketen vor der Pazifik-Küste, der Flugverkehr über L.A. besteht nur noch aus Hubschraubern der Armee. Die Schulen, Universitäten, Restaurants geschlossen, die Bars, die Kinos am Abend dunkel sowie alle Hollywood-Theater. Das Madonna-Konzert im Stapless-Center abgesagt, die Lohengrin-Oper abgebrochen, Disneyland dicht, alle Museen ebenso, die Konsulate, das Goethe-Institut, und auch in den Universal-Studios werden derzeit angeblich keine Filme gedreht. Seit den frühen Morgenstunden des 11. September befinden sich, so scheint es, 15 Millionen Menschen in dieser Stadt vor dem Fernseher oder im Supermarkt. Schon zwei Stunden nach Ausrufung des state of emergency Riesenschlangen vor den großen Supermärkten in den Stadtteilen weit um Downtown herum. Im Valley nördlich von L.A. zum Beispiel ist schon am Mittag das Mineralwasser restlos weg. «Attack on America!, do they come to L.A.?!, tomorrow nuclear war!», sprudelt es aus einer Verkäuferin heraus, während sie Toast-Berge, Cheese-Pakete, Cakes-Kisten und andere Hamstereinkäufe abrechnet. «They said Pearl Harbor. It's like Pearl Harbor!», ruft ein Mann mit starrem Blick auf seine Tiefkühl-Chicken und rennt zum Auto. Nur auf den Autobahnbrücken stehen vereinzelt Menschen im Freien und schwenken schreiend amerikanische Fahnen. Am International Airport von Los Angeles, wo ich für den United Flight um acht Uhr nach Washington, D.C., einchecken wollte, fallen um sieben Uhr plötzlich alle Computer aus, dann gibt eine Stimme über Lautsprecher bekannt, was in New York passiert ist. Viel weiß man zu diesem Zeitpunkt noch nicht, nur dass die American-Airlines Boeing 767, Flug 011, und die United Airlines, Flug 077, aus Boston nach Los Angeles entführt und gegen das World Trade Center in New York geflogen seien. Dass sie hier nicht mehr landen werden, wird nicht gesagt, aber eine Halle weiter im Terminal 6 kann man auf der Anzeigetafel sehen: «American Airlines Flight 011: ask information». Davor einige Menschen, bleich und weiß, mit dem Tod im Gesicht. Im Terminal 6 völlige Erstarrung, davor und vor Terminal 7 prügeln sich Tausende um die wenigen Taxis. Am Lufthansa-Schalter erfahre ich, dass alle Flughäfen in Amerika gesperrt worden sind und alle Flugzeuge aus Europa umdrehen mussten. Grönland sei die Grenze gewesen, die Maschinen die Grönland bereits überflogen hatten, wurden nach Kanada umgeleitet, die anderen zurück nach Europa. Die Regisseurin, mit der ich in Los Angeles an einem Theaterstück gearbeitet habe, ruft noch vom Flughafen Freunde in Manhattan an. Die Freundin weint durch das Telefon: Vor ihrem Fenster sei alles schwarz, wie Nacht, überall Schreie, sie dürfe die Wohnung nicht verlassen, wolle aber weg, nach Long Island, da hätten Freunde ein sicheres Haus. Mitarbeiter eines Choreographen, der hier an der Oper arbeitet, rufen aus Kanada an: Wann und wie sie nach Los Angeles zurückkommen können, sagt man ihnen nicht, dann ist die Leitung wieder unterbrochen.

Im Laufe des Dienstags werden die Bilder im Fernsehen immer konkreter. Die Aufnahmen, die das amerikanische Fernsehen auf allen Kanälen in Sondersendungen ausstrahlt, zeigen immer wieder den Flug der American-Airlines-Boeing in den nördlichen Twin-Tower. Immer wieder der Anflug von rechts, dann das Verschwinden der Boeing hinter dem rechten Turm, dann der Feuerball links und die Schreie der Menschen und zwei Schwarze, ein Mann im Anzug und eine Frau, beide total verstaubt, überall Schutt in den Haaren und das große Weiß in ihren aufgerissenen Augen. Sie sehen aus wie Greise mit ihren verkalkten Haaren, aber sie sind ganz jung. Gegen 12 Uhr 30 kommen dann neue Bilder: Nahaufnahmen, wie ein Mann oben aus dem Turm springt, mindestens fünf Sekunden am World Trade Center entlangfliegt und dann auf einem anderen Gebäude aufschlägt. Von der Brooklyn-Bridge aufgenommen, kommt auf CBS-TV das dritte Tape: Man sieht von links das Flugzeug vollständig in das World Trade Center hineinfliegen, vorne hinein, aber hinten nicht mehr heraus, so als verschwinde es im Turm und liege jetzt bei den Menschen auf den Bürotischen. Bei der Leiterin des Goethe-Instituts in West-Hollywood, wo die Theaterleute wohnen, sitzen sie nach der Rückkehr vom Flughafen alle auf ihrem Gepäck und starren auf den Fernseher.

Als die Titanic sank, stand sie am Ende, kurz bevor es in die Tiefe ging, senkrecht, vielleicht so senkrecht und hoch wie die Türme vom World Trade Center, die jetzt mit Tausenden von Menschen zusammenstürzten. Es ist schon sehr merkwürdig: «Titanic» haben sie in Hollywood produziert, «Pearl Harbor» haben sie auch in Hollywood produziert, und jetzt sitzt man hier in L.A., West-Hollywood, und guckt den ganzen Tag «The Attack on America», allerdings noch im Fernsehen als Nachrichten-Sendung. (Aber man spürt irgendwie schon, wie in den Universal-Studios, die heute noch geschlossen sind, morgen die ersten Treatments geschrieben und die Produktionskosten überschlagen werden.)

Die einzige Zahl, die am Dienstagabend im amerikanischen Fernsehen feststeht, sind die 266 Todesopfer in den zwei Maschinen aus Boston, in der Maschine, die ins Pentagon raste, und die Opfer der Boeing, die im Wald bei Pittsburgh runterging. Mittlerweile werden im Regionalfernsehen Namen von Opfern bekannt gegeben: ein Film-Produzent, der sieben Awards gewonnen hatte, ein Direktor einer großen Internetfirma, ein Bankangestellter, dessen Frau im Interview erzählt, ihr Mann habe sie aus Boston angerufen und gesagt, er habe einen Fensterplatz und freue sich, wenn sie ihn später abhole. Sie wolle sich nicht vorstellen, so die Frau im Terminal 6 in die amerikanischen Kameras, wie ihr Mann aus dem Fenster guckte und sah, wie er direkt ins World Trade Center flog. George W. Bush, mittlerweile aus Nebraska nach Washington, D. C., zurückgekehrt, gibt am Abend seine letzte Ansprache an die Nation, diesmal in blauer Krawatte; am Mittag, als er in einer Schulklasse in Florida von den Anschlägen erfuhr, war es ja noch eine rote.

Und das ist eigentlich ziemlich bemerkenswert: dass ein amerikanischer Präsident am schwärzesten Tag der Geschichte seines Landes noch die Krawatte wechseln kann.

Der Tagesspiegel vom 13. 9. 2001

rowohlt paperback

Moritz Rinke
Die Nibelungen
Ein Theatestück
(paperback 23202)
Die Dramatisierung des Stoffes vermeidet brachiale Neuinterpretationen, sondern besinnt sich der ursprünglichen Erzählstränge. Uraufführung zur Eröffnung der Nibelungen-Freilichtspiele in Worms August 2002.

Sarah Kane
Sämtliche Stücke
(paperback 23138)
Sarah Kane zählt zu den wichtigsten Dramatikerinnen der Gegenwart. Sämtliche Stücke sind nun erstmals in einem Band veröffentlicht.

Helmut Krausser
Schweine und Elefanten *Roman*
(paperback 22526)
Schweine und Elefanten ist der noch ausstehende erste Teil der Hagen-Trinker-Trilogie, mit der Helmut Krausser seinen literarischen Durchbruch schaffte.

Susanna Moore
Die unzuverlässigste Sache der Welt *Roman*
(paperback 22427)
Abschied vom Haifischgott *Roman*
(paperback 22328)
«Susanna Moore schreibt wie ein Engel, der ein Leben lang Dämonologie studiert hat.» *Jim Harrison*

Literatur

Virginie Despentes
Die Unberührte *Roman*
(paperback 22330)
«... ausnahmsweise liegen die Trendjäger richtig, die Virginie Despentes zum absoluten *must* dieses Jahres gekürt haben.» *Le Figaro*

Virginie Despentes
Pauline und Claudine *Roman*
(paperback 22647)
Wölfe fangen *Roman*
(paperback 22331)

Ray Loriga
Schlimmer geht's nicht *Roman*
(paperback 13999)

Alex Shakar
Der letzte Schrei *Roman*
(paperback 23175)
Eine Science-Fiction-Welt totalen Konsums: Alex Shakar ist der Beigbeder von morgen.

Weitere Informationen in der **Rowohlt Revue** oder im **Internet: www.rowohlt.de**